IMAGINE ME GONE

岛上的人

［美］亚当·哈斯特 Adam Haslett 著

王岑卉 译

南海出版公司

没有痛苦，爱就一无所有。
我坚信人们的承诺只是过眼云烟，
迟早有一天他们会弃我而去，
这让我认识到：孤独才是人生的真谛。

或许世间所有音乐,

即便是最新旋律,

都不是被创造出来的,

而是从记忆深处涌现的

无声的泣血之歌。

——让·热内(法国诗人,荒诞派剧作家)

目录

序幕 / 001

第一章　创伤 / 007

第二章　迷茫 / 097

第三章　守护 / 203

序幕

亚历克

一走出小屋,耀眼的白光就刺得我睁不开眼睛。院子里的积雪在阳光下闪耀。融雪成水,顺着屋檐下的冰凌滴落。高大的冷杉静静矗立,原本衬着灰暗的天空显得黑黢黢的,如今在阳光下透出一抹绿意,像是万物有了复苏的迹象。我和迈克尔在雪路上留下的脚印,已经融化成了石板上椭圆的痕迹。车道上的轮胎印下面隐约可以看见石子路,这还是我们来这儿以后的头一次。寒潮已经持续了好几个星期,不过十二月的融雪天终于到了。我不确定现在是几号,也不确定是几点,只知道肯定是下午。

路对面停着年轻捕虾人的卡车,车底淌出一摊泥水,显然是车底盘结的冰融化了。他家柴堆上的积雪也化了不少,露出盖在上面的红色防水布。他家那白雪皑皑的屋顶上,青烟顺着烟囱缓缓升起,飘向湛蓝的天空。

我得给姐姐打电话,告诉她发生了什么事。那是几个小时前发生的,我还没跟任何人说过。

我开始朝村子走去,经过大门紧锁的避暑小屋,还有退休的老两口家。他们给门廊装了玻璃门,花布窗帘后面成天亮着灯。在彻骨的严寒中,这段路原本寂静无声,但现在我能听见潺潺小溪穿过树林,流经地下，扑向岩滩，能听见海鸥呱呱大叫，甚至能听见雪堆下面水声滴答，涓涓细流开出条条通路。

我想听到赛斯的声音，想听他聊聊自己的一天，哪怕只是讲讲早饭吃了什么，说说他为我回家后做的安排。然后，我就可以告诉他，现在一切都会好起来，我们可以不受干扰地在一起了。但我迟迟没能拨出这通电话。

一旦我开了口，一切就会成真。

我继续往前走，敞着外套，没戴帽子，也没戴手套，但在太阳底下竟然越走越暖和。此时此刻，在旧金山，我姐姐大概已经出门，在乘公交去上班的路上，说不定已经到办公室了。我妈妈大概要么是忙着买杂货，要么是跟朋友共进午餐，要么是趁着天好出门散步，惦记着我和迈克尔在缅因州过得怎么样，寻思过多久再给我们打电话。

在通往村子主路的十字路口，我看见了古老的浸信会教堂。教堂正厅高处的彩绘玻璃窗映着红霞，仿佛是由内而外在熠熠发光。教堂尖塔的白墙衬着漫天霞光，简直让人无法直视。我突然很想知道，捕虾人跟他老婆有没有进去过，他小时候有没有跟爸爸或者爷爷来过这里，还是说他压根就不上教堂。

他在车道上劈柴闹出的动静曾惹得迈克尔火冒三丈。他劈起柴来不疾不徐，隔上好久才传来"啪"的一声，害得迈克尔从沙发上跳起来，跑到饭厅的窗前，边朝外看边骂骂咧咧。

在此时此刻的恍惚状态中，在还只有我一个人知道的虚幻状态下，我心想，为什么那个声音不能再发挥一下作用，把迈克尔唤起来？让他如坐针毡吧,在他耳边抓挠吧。为什么不呢?要是连我都不试着去唤回他,那我还算是人吗?

我转过身,快步往回走,沿着通往海岸的小路返回坡上,希望这一天能从头来过。

转过弯,看见身穿工装夹克、头戴棒球帽的捕虾人(他只比我小几岁)走进前院时,我刚开始还以为是自己眼花了。我开始朝他小跑过去,生怕要是不赶紧跑,他就会消失不见。没想到,他在离车道尽头还有几米的地方停住了脚步,眼睁睁看着我朝卡车跑来。跑到他跟前,我扶着车厢后挡板,呼哧呼哧直喘气。

我们来这里已经一个月了,但我和迈克尔从来没跟他说过一句话。

我们就那么呆呆地站着,面面相觑了好一会儿。他两只胳膊垂在身体两侧,满脸胡须,面无表情,显得颇为古怪。

"需要帮忙吗?"他用警惕的语气缓缓问道,让这个问题带上了一丝威胁的意味。

我冲小屋努了努嘴:"我住在那边。"

"我知道,"他说,"我见过你们。"

走近些,我想说。我需要他再走近些,才能给他一巴掌,或者一头扎进他怀里。

"出事了,"我终于大声说出口,"是我哥。"

走近些,请走近些。但他没有。他只是站在自家院子里,带着对我和自己的怀疑,眯起眼睛打量着我。

迈克尔

你好,这里是沃尔特·本雅明医生的语音信箱。我目前不在办公室。如果你是我的病人,请留下姓名和简要留言,还有电话号码。要是你觉得我有你的号码,如果方便的话也请再留一次。我会及时回电。请注意,我从本周五到下周四都不在办公室,在此期间收到的信息将于下下周一回复。

如果是紧急情况,你碰巧跟弟弟外出度假,希望能远离日复一日、年复一年不变的场景,结果却被从天而降的大雪困住,只能看见过去的灾难,看不见一丝未来,那么请挂电话,联系我的接待员。

最后,如果你是想续生死攸关的药,又担心我没法及时收到这条消息,觉得对这台机器说的话可能会成为你的遗言,那么请记住,你已经尽力了,你深深爱过自己的家人。

第一章

创伤

玛格丽特

匆忙之中，我们注定会忘掉点什么。昨天我得带亚历克去找医生拆线，带凯尔西去看兽医，还得为出行准备吃的，结果行李只收拾了这么点。不过，我已经尽力了，起码约翰昨晚下班回家后还帮亚历克和西莉亚收好了书。反正不管怎么样，八点半我们得准时出门。约翰一直吓唬孩子们。在孩子们面前，他会把所有事都变成竞赛：慢一分钟我们都不等你，不会回来接你哦！只要约翰大摇大摆地走出家门，一声令下"出发"，孩子们就会立刻抓起身边的东西，争先恐后地冲进车里，抢占好座位，理所当然地认为剩下的行李该我拿。迈克尔和西莉亚会再一次占据上风，亚历克将再一次落在后面。要是哥哥姐姐不带他玩，亚历克就会哼哼唧唧，搅了他俩的兴致。孩子们对离开家既渴望又恐惧——尤其是去缅因州过暑假，在水边度过两个星期。

保姆再三保证会喂好兔子、荷兰鼠、小鸟，甚至是迈克尔的蛇。她得把老鼠解冻后拿绳子吊在棍子上，在它眼前晃来晃去才行。在所有家养宠物里，只有最淘气的凯尔西跟我们一起走。它是孩子们的小宠儿、吉祥物和开心果。这只不听话的小杂种狗经常把纱窗扒坏，还在床上拉屎，但看在孩子们的分上我还是爱它。

为了这次长途旅行，我给他们准备了惊喜大礼包，不过得到半路才会拿出来，好让他们有点盼头，给我换来半小时的安宁。那只鞋盒里会装满卡牌、花生和橘子，还有给亚历克的乐高玩具，给西莉亚的书，给迈克尔的音乐杂志。我必须赶在他们下楼前把东西装好藏起来，不然就发挥不出神奇效果了。我刚藏好不到一分钟，亚历克就冲进厨房问："早饭吃什么呀？"

迈克尔紧随其后，径直走向弟弟，掐住他的胳膊，疼得他吱哇乱叫，大声求饶。迈克尔说："妈妈收拾东西呢，也就是说，爸爸做早饭。他只会煎荷包蛋，所以早饭肯定是荷包蛋，你这小笨蛋。"

迈克尔和西莉亚都把亚历克看作是智商跟凯尔西差不多，时不时逗他一下找乐子。

"疼。"亚历克捂着胳膊哼哼，但迈克尔忙着调收音机，根本没搭理他。新闻播报、小提琴曲、购物广告、乡村音乐、抒情摇滚……几个电台来回调了三四次后，他终于锁定了迪斯科舞曲，那是他最近的大爱。

"拜托，现在别放这个行吗？"我说。

"咱们不能再听巴洛克音乐了。那会害得大脑萎缩。咱们需要来点劲爆的。"

十二岁的小屁孩是从哪儿学到"大脑萎缩"这种说法的？肯定是从他读的某本小说里。他喜欢这个词的读法，没事儿就用用，直到一周后被另一个让他念念不忘的词取而代之。他会在饭桌上把这些词现学现卖，通常拿七岁的亚历克当作实验对象。亚历克还懵懵懂懂，听不出哥哥在讽刺他是笨蛋。某天晚上，亚历克在讲自己球队在学校里的表现,迈克尔故意怼他:"你让我们开心得够久了。①"得意地停顿了一两秒后,迈克尔偷偷瞥了我和约翰一眼,瞧我们对他这句俏皮话有何反应。亚历克浑然不觉,还在自顾自地说着比赛,直到迈克尔狠狠掐了他胳膊一把。

"别放这个。"我说。于是,他调回波士顿公众电台罗伯特·路特塞玛主持的古典音乐节目,推开纱门,把一脸渴望的凯尔西放进院子,跟在它后面出去了。

今天日出是五点十七分,比昨天晚了一分钟。日出已经过去两个小时了,太阳已经高过松树的梢头。万寿菊花坛边的水池里,金丝雀和小麻雀在扑打翅膀。粗制滥造的花坛由水泥草草砌成,冬天被白雪覆盖显得尤为丑陋。车库的屋顶摇摇欲坠,我们经常提醒孩子别在那下面玩。还有那乱七八糟的小院,种了些皱皱巴巴、灰头土脸的牵牛花。这块地方平时看起来破破烂烂的,但今天早上,鸟儿身上抖落的水珠晶莹剔透,竟让它有了些许动人之处。

凯尔西已经沿着小路朝树林跑过去了——这一去又得一刻钟——但迈克尔没有跟上去,而是站在旅行车的保险杠上,双手抓住车顶的行李架,身子重心落在后轮上,弄得车子一颠一颠的,仿佛那是一头任由他驱使的野兽。

约翰一身他最喜欢的夏天打扮——百慕大休闲短裤、帆布皮带和蓝色 Polo 衫,春风满面地登场了,准备领我们踏上海边探险之旅。陆

---

① 原文为 you have delighted us long enough,《傲慢与偏见》中班纳特先生为了劝阻女儿继续唱歌说的反话。

地上的住处、海岛上的住处和往返用的船都是约翰的同事借给我们的，我们自己根本负担不起在百亩小岛上度两周的假，但孩子们毫不在意，最重要的是，我也毫不在意——这是一份令人开心的厚礼，我们已经享受了整整三年，我也渐渐爱上了它。只不过要等到最后关头，我们才能确定能不能成行，什么时候才能成行。这提醒着我，我们在这儿的生活是临时的、短暂的。

这里不是我们打算定居的城市，甚至不是我们打算定居的国家，更不是我们打算让孩子上学的地方。我们原本住在伦敦，迈克尔和西莉亚也出生在那边。那是约翰的故乡，他希望有朝一日能回去。我们在这边住了这么久其实是个意外，真的！约翰被派到波士顿做咨询工作，我们原以为只会待八个月，就在萨默塞特租了这栋房子，跟我老妈在同一条街上。以前我们家常来这个镇上过暑假，老爸去世后老妈就搬了过来。过去我们整个家族都住在附近，这栋房子还是我家某个当木匠的祖先盖的。

后来，约翰在伦敦的公司倒闭了，我们就搬了过来。这儿有很大的空间供孩子们玩耍，而且离外婆家只有三分钟的路程，也算是个优点。于是，约翰就找了份临时工作，我们的家具则在英国的仓库里堆着。他的临时工作换了又换，最后在新兴的风投领域找到一份长期工作。我们原本想象的生活——住在市区，朋友环绕，派对不断——就这么一年一年往后拖，到现在已经八年了。我们仍然认为有朝一日会回去，过不了多久就会回去。这让我一想起就有些茫然。不过大多数情况下，比如今天早上，天气晴朗，阳光明媚，孩子们开开心心，我都不愿意想太多。

约翰坐在方向盘后面，戴着玳瑁框太阳镜，搭配他的夏日装束。心情好的时候，他神采奕奕，慷慨大方，魅力就像拧开的自来水般倾泻而出。对于爵士乐，比起萨克斯演奏家约翰·克特兰，他更喜欢钢琴家艾灵顿公爵。对于歌手，比起民谣组合西蒙与加芬克尔，他更喜欢"白人爵士歌王"法兰克·辛纳屈。他喜欢等孩子们入睡后在客厅里悠然起舞，到晨曦初升再偷偷爬上床。他知道自己不会停下工作和挣钱的脚步，因为他在风投方面天赋惊人，好点子层出不穷，干这份工作对他来说易如反掌。我得承认，他最近状态挺不错。工作稳定，回家能赶上晚餐，看看孩子，周末跟他们在院子里玩玩，修剪草坪给他们骑自行车，到树林里清出散步的小道，这种生活确实不错，但跟我们举行婚礼前在伦敦的生活还是不太一样。当时，我们住在英皇大道旁的斯莱德本街，跟他那些光彩照人、衣着考究的朋友为伴，经常举行衣香鬓影、觥筹交错的派对。

当时，我对他的了解太肤浅了。成长环境使他对婚姻的理解跟现在的人不一样。他在注重礼仪和形式的旧世界长大，婚姻只是一种形式，跟感情无关。这不是说他不爱我，只是他的英国范儿太浓了。我觉得，他遇到我的时候，意识到自己终于可以逃离那些东西了，至少在私下里可以。在他看来，我拥有他欣赏的美国式的坦率。可事实上，我来伦敦也是为了逃离旧世界，逃离社交舞会和史密斯学院的女舍监。我想，我们是在半途中遇见的。

"至少我们说的都是标准英语。"我第一次到南安普敦郊外拜访他父母时，他妈妈在晚餐桌上自言自语地嘀咕了一句。显然，她原本以为会被我的口音吓到，结果发现并没有那么夸张。他爸爸在屋子旁边建了个高尔夫球场,下午通常在那里消磨光阴,晚餐则喜欢在沉默中度过。早餐端上的是包着毛线套的茶壶和搁在架子上的冷面包片,周日午餐是干巴巴的羊排配薄荷酱,晚上我还被问到"是否打算洗澡"。约翰从当时到现在一直是他妈妈的最爱。他是家里的长子,上过牛津,进入商界,穿着体面,知道什么该做什么不该做,在妈妈身边尤其如此,急于满足她的期待。

当时我在郊外一家图书馆工作,每天要早起赶火车去泰晤士河畔的沃尔顿,再乘巴士沿主干道开往维多利亚时代的红砖建筑,又是盖章又是摆书忙上一整天,晚上再原路返回,乘坐半空的列车回城,方向跟大多数人相反。

几个月前,我读了诺曼·梅勒的《夜幕下的大军》。这本书提醒我,由于六十年代的大部分时间都不在美国,我错过了很多东西。关于美军在海外的暴行,我大多是从书里读到的,或是从朋友嘴里听说的,终归是隔了一层。书里有一段话使我久久不能平静。结束了五角大楼的混战,在一番装腔作势的演讲后,所有人都被抓了起来,大半夜被押往维吉尼亚,一路上众人默然不语。梅勒写道,参与运动将被美国人铭记。或许他可以删掉"美国",直接用"人们"就好。无论如何,这确实让我倍感震惊。如果你把记忆视为对时间及其流逝的感知,而不是仅仅当作对往事的回顾,那么运动确实能起到这种效果。它能让时间变得恍如可见。这让我联想到,或许汽车和飞机那超自然的速度会让人怀念故乡。因为要想消除时间在眼前飞逝带来的陌生感,最简单的方法便是锁定某处,将其铸成永久的纪念碑。

就好像,我在昏暗的冬夜乘坐半空的列车回城,窗上映出行人穿过车水马龙的身影——这清晰的一幕代表当时我渴望见到约翰,期待跟他早日成家,搬到一起,让每晚的相见变得顺理成章。

而今也是如此。我坐在车里,把事先准备的礼包递给孩子,好换得片刻安宁。海风穿过敞开的车窗扑面而来,这些记忆突然浮上心头。我想起在公寓里跟约翰室友合办的喧闹派对,每个人都身穿西装,打了领带。那天晚上楼里的火警铃响起,我们急急忙忙从消防通道下楼,手中杯里的酒一路晃晃荡荡。约翰还跑回去拿了外套,以防有记者来报道火灾——他故意开了这个玩笑,免得派对搬到马路边上大家会冷场。结果相当成功,每个人都大笑不止,直到警报解除,再爬上楼继续喝酒。

他第一次吻我真算得上是一本正经。他跟朋友在一起从不会那么紧张。跟朋友在一起的时候,语言交流是最重要的。这种鲜明的反差深深吸引了我。我上大学时交往的美国男孩都会将漫不经心的自信带上床,这跟和他们聊天一样让我感觉不对劲。约翰可能也希望自己能不那么紧张,但跟我在一起的时候,他就是做不到。我倒一直把这当成是对我的恭维。第二天,他会带上野餐篮,开着借来的车,出现在我家门口,开车带我去乡间。哪怕四下无人,他也不会碰我,仿佛这能证明他的品行。我就因为这个爱上了他。他不确定自己在我心目中的位置,虽然平时处事游刃有余,我俩私下相处时却张口结舌,呼吸急促。我知道,这是因为他没法像读懂英国女人那样读懂我。出于同样的原因,我不禁怀疑,在他的世界里,我不过是个外人,这才是我最吸引他的一点。这让我对他心存疑虑,不禁从他的一言一行中寻找蛛丝马迹,想知道他关注和欣赏的究竟是我,还是我是个外国人。

这让我们俩之间存在一种神秘感，一种并不了解但渴望了解的感觉。你可能会觉得，经过十七年的共同生活，共同抚养三个孩子，再从伦敦搬到马萨诸塞州的小镇上，这种神秘感早该消失不见了，当年懵懂的情愫早该被现实洗刷殆尽了。大部分确实如此。他的魅力已经不能让我心跳加速了。但我看得出，他还能让别人心跳加速。光是他那口英腔就能迷倒不少美国人，但这种效果在婚姻中持续不了多久。当然，我绝对不会离开他，离开这种熟悉的感觉。我们会意见不合，会发生争吵。他惯着孩子，宠着他们，无视我对他们下的禁令，把我变成了不受欢迎的执法者。我讨厌他说不清什么时候会回英国，甚至会不会回英国。我讨厌这取决于他的工作。我并不是总生气，这也不能全怪他，但脾气上来的时候我真忍不了。像是我得在妈妈家的仓库里翻箱倒柜，从一堆老物件里寻找梳妆台或床头柜，因为我们婚后买的家具正躺在大洋彼岸的仓库里，约翰不愿意把它们运过来，因为我们可能很快就会回去。

不过我俩之间仍然存在神秘感。我的意思是，我们仍然不了解彼此，仍然会有新发现。当然，这是因为我们不是刚刚坠入爱河的时候了，不了解但渴望了解的阶段已经过去，但那种渴望依然存在。当然我有时也会想，这是不是我的一厢情愿，或许他对想了解的部分都了解了，我才是那个仍在努力读懂对方的人。仅此一点就足以让人产生怨恨。

不管怎么说，这已经跟我们的国籍或家庭背景无关了。从一开始，在我还没意识到的时候，情况就是这样了。至少在我们婚前发生的一段小插曲里，端倪便已初现。

那是1963年秋天，在我们订婚之后。我能感觉到他工作出了状况,因为我们见面的时候,他明显比平常心不在焉,寡言少语。迈克尔出生之前,他是我见过的语速最快的人。他兴致一上来,我只能靠在椅背上,听他滔滔不绝地聊起英国首相哈罗德·麦克米伦自鸣得意的模样,或是政治丑闻普罗富莫事件的最新进展,他和朋友们会借着酒劲时不时插几句俏皮话。我会想起自己早早成家的朋友们,她们大学还没毕业就嫁掉了,嫁给自幼便熟识的那种男人,不是华尔街的就是在法学院的,有几个孩子都三四岁了。想到这些,我会暗自感叹:谢天谢地!幸亏我没变成那种花瓶女,住进老妈幻想的大宅里。我逃出来了,逃得远远的。

但那年十月,约翰的节奏变得更慢了。起初并不明显。他很少谈工作上的事,但我猜肯定是有些压力,让他疲惫不堪,不再热衷于跟朋友共度夜晚。他看上去有点沮丧,仅此而已。哈罗德·麦克米伦辞去首相一职,本该是他会特别关注并大谈特谈的事,但他却没有露出半点兴趣。肯尼迪遇害那一晚(当时在英国是晚上),我发觉他有点不对劲,因为我泪流满面地跑到他住的公寓,他只是抱了抱我,扶我坐在沙发上,试图安慰我,看上去一点也没被触动。我并不指望他掉眼泪——那毕竟不是他的总统——但当时的感觉像是,我告诉他有个远房亲戚过世了,他不得不拍拍我的肩膀以示安慰。这相当反常。

三个星期后,我出发回纽约过圣诞。我只待了不到一个月,每个星期都要跟他通好几封信,内容大多是日常琐事,但有不少趣事。他的信里有几封激情洋溢,说他有多么爱我,其中蕴含的感情比他过去说过或写过的都要炽烈。

回到伦敦的当天,我给他打电话。他室友告诉我他住院了,我一头雾水，搞不懂是怎么回事。

"他出什么意外了吗？"我问。

"没有，"他说，"但你最好给他爸妈打个电话。"

我马上拨电话过去。他妈妈接的，什么也没说，直接把话筒递给了丈夫。"是的，"他说，"我们希望这件事能早点过去，他母亲对此很不愉快。"

我简直猝不及防。约翰坐在一间看上去像候诊室的大房间里，屋里桌椅凌乱，等着的都是男人，大多数在读报或玩牌，也有人出神地凝视窗外。他的脸是那么憔悴，我差点都没认出他来。要是他的眼睛没转，我大概会以为他已经死了。

房间里光线不足，人影幢幢。我搞不懂为什么要待在这种阴暗乏味的地方，便问："我们出去走走吧？"我得离开那儿，重回现实，把他也带回去。

当然，事情没这么简单。实际上，这已经不是他第一次住院了。他在牛津读书的第二年就被迫休学了一个学期。在那之后差不多十年里，他的状态一直不错，是我遇见他时的样子。但现在，他彻底变了，几乎不开口。我们在海德公园里散步，他只是默默拉着我的手，灵魂似乎脱离了躯壳。

他说，他得休息，他很累，仅此而已。但我知道，事实绝非如此，他只说了一半。作为固执己见的美国人，我马上约见了他的医生。这让工作人员很意外，"不过没问题"，医生会跟我见面的。

我还记得那位绅士的蓝格开衫、方框眼镜和朝后梳去、打了发蜡的浓密黑发。我说不清我们见面的房间是他的办公室，还是专门的会议室。架上的书摆放相当随意,墙上也没挂任何证书,但他看上去挺自在,请我坐到沙发上之前还递来一支烟。他坐在对面,大部分时间都盯着嘴里的烟,不时把烟灰掸进锈迹斑斑的海绿色铜质烟灰缸里。

"他状态相当不错。"他眼睛往上一瞥,微微点了点头,似乎希望能用这句话结束讨论。

"那他待在这儿干吗?您能告诉我吗?"

"你们在一起多久了?"

"一年半。"

他思索了片刻,似乎在考虑接下来该怎么说。

"这是种精神失调。"他边说边架起二郎腿,拿烟的手搁在膝盖上。他穿着翻边羊毛裤和棕色粗革皮鞋,年纪大概是我的两倍。他没穿白大褂,加上语速缓慢、用词谨慎,让我感觉不像是医生,更像个教授。

"你可以说他的大脑停滞了,进入了类似休眠的状态。他需要休息,偶尔也需要唤醒,现在或许不需要,但需要的时候我们能帮他。"

"这种事以前也发生过。"

"对,应该发生过。"

"那是说以后还会发生?"

"不好说。很有可能。但这种事无法预测。稳定下来,组建家庭……这些都会有帮助。"

我还记得,听到这句话,我差点哭出来。我没跟任何人说过这件事,最多顺口一提就敷衍过去,说一切都挺好。但在那个房间里,那位英国绅士的体贴触动了我,让我突然心生恐惧、特别想家,也许我确实哭了一阵子。"我们原本打算今年春天结婚的。"我说。

他再次在烟灰缸边缘轻掸烟灰，慢慢变换二郎腿的姿势，肩膀和脑袋却纹丝不动。他思索良久，始终没有回应，我还以为他没听见呢。最后，他温柔地抬头看着我，问道："这么说，我猜你是爱他？"

我点点头。

"那就这么做吧。"他说。

每天下午，我都到位于朗伯斯区的医院看他，陪他散步，风雨无阻。病房里糟糕的光线简直就是医院的渎职。我再也没有跟那位医生见过面，也没有跟他说过话。想从任何人口中挖出消息都很困难。提问是不恰当的行为。几年后，我在圣托马斯医院生下迈克尔，情况也是如此。每个人都笑容满面，但从他们嘴里问不出一点有用的东西。

约翰在医院待了一个月。他爸爸来过一次，他妈妈一次都没来过（约翰在她心目中是完美的，她不想看到任何相反的证据）。我不知道他跟室友和同事是怎么说的，但肯定不是说他进了精神病院。那一个月里，我不知道究竟哪个更糟糕，是他的低落情绪和阴郁状态，还是随之而来的羞耻感和沮丧感。他也不愿意跟我讨论这些。

我决定不告诉父母。朋友当然也不行，她们只会干着急。我倒是告诉了妹妹佩妮，但让她发誓保密。不知为什么，我竟然感觉跟约翰更亲近了。我是唯一一个定期看望他的人，不过我还在纠结婚礼的事。他现在几乎连读报纸的力气都没有，我很担心到时候他会是什么模样。在公园里散步的时候，或许正是因为他不像往常那样口若悬河，让我们这份爱多了一份严肃。我以前一直想知道，令人坠入爱河的激情是不是注定会消退，还是说遇到合适的人这种感觉就能持续下去。我万万没想到，答案竟会以这种形式呈现。我是如此惶恐不安，气他突然消失不见，只留下一个躯壳。但事情就是这样，这个秘密我永远琢磨不透。他的活力和神采原本已经烟消云散，但不知怎么的，六个星期后，他突然恢复了，似乎对这段时间发生的事浑然不知，兴高采烈地拉着我出去买车，共进晚餐，品尝美酒，仿佛什么也没有发生过。

在我们婚后的十五年里，他再也没有进过精神病院，就连边都没沾过。他再也没有中止工作，或者像那年秋天一样情绪低落。他的情绪还是会有起伏，偶尔会一连几周状态低迷。我觉得自己当年的忧虑永远不会消失，永远都会担心事情变得更糟。但这保住了我俩之间的神秘感。你可能会觉得这有违常理。恐惧在其中发挥了作用。但那不仅仅是恐惧，其中也蕴含着无限柔情。这点很难解释。只有我一个人知道，他需要别人照顾。在最糟糕的时候，当孩子们玩累了，家中一片狼藉，我能从他走进家门的步伐看出他处于谷底，那种感觉就像家里多了个孩子，我只想直接冲出大门，整整一个月不回来。不过大多数时候都不是这样。我或许看不出他在想什么，但他会向我伸手求助。每当这种时候，初入爱河的感觉会再度浮现。要是我对他了解得彻彻底底，就不可能发生这种事。

共同生活十七年，育有三个孩子。

回到现在，我们五口人挤在一辆车里，在一号公路上飞驰，孩子们在后座上又开始不老实了：迈克尔已经给凯尔西起过上百个外号了，如今又添了几个——开膛手、小混球、小臭屁。凯尔西能从他的口气听出不是好话，站在座位上汪汪直叫。西莉亚看不下去了，爬到后座保护凯尔西，不让迈克尔再冷嘲热讽。亚历克站在爸爸的座位后面，两只手伸得长长的，抚摸着约翰的双下巴，追问还有多远才到——这几个孩子都跟他们爸爸一样没耐心。

我是唯一一个不想刨根问底的人。约翰可能只是心里想想,嘴上不说出来。但孩子们可不一样,一天到晚问东问西:早饭吃什么?中饭吃什么?晚饭吃什么?凯尔西在哪?爸爸在哪?我们为什么非得进去?为什么非得上床睡觉?有些日子,我一天到晚没工夫说别的,光顾着回答他们提的问题,解释我为什么没法回答,还要说明他们想要的答案。

他们在路上会没完没了地追问,但只要登上小岛,他们三个大多数时间都会在岩滩上玩耍,跟爸爸乘船出海,或是沿着浅滩抓螃蟹。海水和阳光会消耗掉他们无限的精力,我就能时不时独自待上一会儿。当他们跑回家来,或者我在旁边偷窥的时候,才能好好看看他们。通常我不会这么做。我一般不会用眼睛看,而是用手触摸他们,用耳朵倾听他们。看孩子们几年前拍的照片,我会很难认出他们。但对他们的声音和身体,我却再熟悉不过了。但约翰不一样,我们生活在平行世界。显然,科学界现在也认可这种说法了。我是在迈克尔出生后才意识到的。如今,这种状况非常明显。我有一天读小说,里面有个人说:"我们活在死人中间,直到加入他们。"反正是类似令人毛骨悚然的话。我心想,真可怕,但身边有这么多活蹦乱跳的活人,谁还有空去管死人啊?

下午三四点的时候,我们来到了克莱德港的蓝色小木屋,去杂货店订了些开船用的燃气,又买了些日常用品。约翰希望我们第二天早起,尽快到岛上去。他本打算当天晚上就上岛的,但等我们过去收拾好东西,准备好吃的,就得在油灯下整理床铺了,于是他打消了这个念头。而且孩子们很喜欢这间小屋,在岩滩上玩得不亦乐乎,沿着栈桥跑来跑去。我一边准备晚饭,一边望着他们。

他们完全沉浸在新世界里,感受咸咸的海风、在南方只有到秋天才看见的清澈天空,还有色彩斑斓的捕虾船在微波粼粼的水面上留下的倒影。他们不会记住这些,身边的东西才是最重要的——迈克尔可以用来拦住别人、不让他们走过栈桥的锁链,大家可以躲在后面的灌木丛,只有手脚并用才能爬过的茂密草丛——这玩意儿很快就会让亚历克和迈克尔犯哮喘。

晚饭过后,迈克尔和西莉亚在睡前可以读一小时书。虽然亚历克在家里有独立的房间,但如果他觉得哥哥姐姐在一起商量什么鬼点子,就不愿意自个儿待着。但今天晚上没关系,因为爸爸给他讲了个故事。约翰从不给孩子们念书,而是自己编故事。我白天忙了一整天,晚上可没力气给孩子们念书,更没精力即兴创作。但他却能把餐巾纸变成鬼魂,将木块化作国王。亚历克会静静坐着,听得如痴如醉,不光是因为故事本身,还因为父亲此刻的精力完全倾注在他一人身上,让他感觉仿佛身在天堂。当约翰俯身亲吻他,跟他说晚安的时候,亚历克会再摸摸他的双下巴。那儿肉肉的、暖暖的,摸起来还有点痒,他会得到我永远无法提供的满足,因为我从不给他这种机会。

约翰刷碗的时候,我跑去看了二十分钟福特·麦多克斯·福特的小说《好兵》。那老生常谈的情节和弯弯绕绕、从不直说的对话,害得我刚开始差点看不下去。就像亨利·詹姆斯和伊迪丝·华顿的小说一样。那些书里的主人公,你都替他们着急,恨不得吼上几句,让他们别再啰哩啰嗦,省下一百页的支吾搪塞。可一旦静下心,这些刻薄的想法就消失了。我沉浸在瑙海姆城的阿什伯纳姆一家的遭遇之中，思索一个人的生活何以会被痴恋扭曲。这时，约翰走进屋里，肩头搭着洗碗巾，穿过凌乱的房间，在购物袋里翻找报纸。他想不起把那个性命攸关的东西塞在哪儿了。我从他公文包的侧袋摸出报纸，伸手递给他。

"你给比尔打电话了吗？"

"打了，都说好了。"他边说边坐在我对面落地灯下的椅子上，开始浏览头条新闻。

我实在累惨了，只好相信他跟比尔·米切尔通电话时已经敲定了时间。我实在不明白，为什么不能提前一个月定好日子。我只想确定我们能好好待上两个星期（前一年，他们提早回来了一天，搞得我们只好住汽车旅馆）。约翰习惯性的心不在焉简直令人恼火。我对每个重要日子都记得清清楚楚。承认我脑子里存了这么多东西，其实挺令人尴尬的：我们第一次拜访约翰父母的日子（1963年4月5日）、他买回那辆莫里斯老爷车的日子（1964年3月10日），等等。我连这些日子的周年纪念日都记着，但我从没对人提起过，因为除了生日、忌日和结婚纪念日，只要说起其他日子，别人看我的眼神就像在说：你记这些破事干吗？它为啥那么重要？（我倒是会跟孩子们说。他们压根不知我在说什么，完全是左耳进右耳出，但还是会点点头，然后继续对我提问。）比如，十六年前的上个月，约翰事先没打招呼就出现在我家门口，车里装满美食和美酒，带我去向朋友借的房子度周末。

约翰朋友的房子。我们所有假期都是在这种地方度过的。

西莉亚在楼上已经睡着了，书还摊在胸口。我把书从她手里抽出来，她只是翻了个身，眼睛都没睁开。迈克尔还靠在床头读小说，两只脚丫在毯子下抖动。他得花很长时间才能安静下来。亚历克和西莉亚的精力有限，很快就消耗殆尽。但对迈克尔来说，虽然已经连着三个暑假来这里了，新鲜感却还没退却，长途驾驶和院中追跑都不足以让他老实待着。再过几天，上岛以后，他才会稍微消停点，变得跟另外两个孩子差不多，但也不会彻底老实。他看见我进屋了，但还是自顾自读书，嘴里发出叽里咕噜的声音。我捋了捋他浓密的黑发——已经遮住眼睛和耳朵，该剪剪了——摸摸里面有没有虱子。他把头扭了过去。

"你不是摸过了嘛。"

摸亚历克要容易得多。他一直喜欢被抚摸的感觉。西莉亚已经十岁了，有了身体意识，所以摸她比较麻烦。我再也不能把她抱在膝头了，她会拼命挣扎，躲得远远的。但迈克尔从一开始就不让人省心。小宝宝最初都是蜷成一团，但渐渐会在摇篮里或地板上躺平。但迈克尔不是。他一直弯着腰，驼着背，跟个小老头似的。他睡得挺安稳，但一旦哭起来，抱着一点用都没有。我没法理解。当妈的应该抱着哭泣的孩子。我起初觉得可能是自己没经验，但后来西莉亚呱呱落地了，接着是亚历克，这招对他们俩都很管用。只要一抱起来，就像拨了开关一样，他们立马就不哭了。这让我意识到了孩子之间的区别：西莉亚和亚历克的难受像小动物一样，是暂时的，那股劲儿过去了，人也就老实了。但抱着迈克尔就像抱着个小大人，他知道奶总有喂完的时候，知道你迟早会把他放下来，知道得到的安慰只是暂时的。我虽然没有意识到这一点，但通过他不断摸索的小手和乱蹬的双腿，也能感受到那种预感带来的痛苦。我的抚摸和亲吻中带着不安，是因为我感觉到这其实是徒劳的吗？跟孩子在一起，所有正在发生的事都会成为历史。

事发之时,你试图追赶它;事过之后,你只能目送它远去。

"咱们明天得早起呢,"我告诉他,"你得把灯关了。"

"但我还不困。"他盯着书页,没有抬头。

我在床边坐下,手搭在他肩上。对他,我得注意自己的身体语言——这是他跟其他孩子不一样的地方。

"你在看什么呢?"

"托马斯·曼的书。他是德国人,但故事发生在威尼斯。你去过威尼斯吗?"

"跟你爸结婚之前去过。"

"那里臭不臭?"

"还行。你喜欢这本书吗?"

"我才刚开始读呢。所有拼到临近崩溃的诗人。挺不赖。"

"你就带了这一本?"

"不是,还有一本关于机器代码的。"那本小册子是他直接从麦格劳希尔出版社订购的,讲的是电脑或者电脑里的数字。我看着就像天书一样。但他有个同学也对这个感兴趣,他不像弟弟妹妹那么善交朋友,所以我对此大力支持。

"再看五分钟,行吗?"

"行,没问题。"他说着翻了一页,显得我格外多余。

* * *

楼下,约翰给自己倒了一杯比尔·米切尔的苏格兰威士忌,开始读报纸的商业版。我想,得给孩子们准备明天的午饭了,但马上想起明天不用上学,没必要那么匆忙。

泪水突然夺眶而出。我默默擦干眼泪。约翰没看见。"等上了岛,多陪陪迈克尔吧。"我说,"带他去划船,就你们俩。或者带上午餐,到外面散散步。行吗?"

"怎么了?"他嘴里问着,脑袋还埋在报纸里。

"没怎么。他从来不会主动提出要求,就像亚历克从来不会停止问问题。你在听吗?"

"听着呢,"他抬头看了看我,"行啊。"

"给我来一杯行吗?"

"这个吗?"他举起高脚杯,诧异地问。

"对。"

他走到餐柜旁边,给我也倒了一杯。

我在他身边的沙发上坐下,慢慢抿着酒。他又读了一会儿报纸。趁他盯着报纸的时候,我从镜子里看见了他两鬓的白发。他一直渴望鬓生华发,觉得这能让自己显得卓尔不群,但又害怕自己还没这个资格,担心白发不过是衰老的标志。

我应该问问他这周的会开得怎么样,他努力一年多招揽的新投资人怎么样了,他是不是还在担心这些人什么时候才会投资,或者说,他是不是还在担心任何事。他需要被人问起。他是绝对不会主动提起的。他觉得,只要把这些事情藏在心底,解决方法自然会在心中浮现,一切问题都会得到解决——他从小被灌输的思想已经变成了一种迷信。

他把报纸搁在一旁,朝我侧过身来,跟我碰了碰额头。有时候这是接吻的前奏,有时候只是稍作休息。放弃一切努力,任由睡意袭来,听凭身体和头脑放松下来。

"谢谢。"我用手指轻轻捋过他的头发。

"谢什么?"

"谢谢你带我们来这儿。"

他亲了亲我的面颊。无论开始做爱时有多紧张,他总是那么温柔。可能有些女人会觉得这很无趣,但我不觉得。这或许是因为,我们大多数时候都像在挑战不可能。我不确定这是否还会发生,但它确实发生了。能重新找回他,让我备感欣慰。

西莉亚

我们在捕虾船边上买了龙虾,这里离小岛还挺远的,爸爸突然关掉了引擎。它每次停下都会冒灰烟,烟飘过来,搞得我一鼻子汽油味。他把螺旋桨从水里拎出来抖了抖,把引擎钥匙塞进粉色裤子的口袋里(我真希望他没选这条裤子)。小船不往前走了,开始在水面上左摇右晃,就像我们有时候会在海边看见的浮木一样。每一波浪打过来,船都会被推远一点。爸爸躺在船上躺下,拿了一件救生衣当枕头,眼睛闭着,就像在打瞌睡,脸上一点表情也没有。好了,他说,假如现在出了点事,我没法开船,引擎又发动不了,你们现在要怎么做?亚历克问,你为什么不能把船发动起来?爸爸说,就当我不在了,只有你们俩。你们要怎么做?旁边没有别的船,也没刮风,只能听见水声,房子又离得老远,就算我喊破喉咙都不会有人听见。我问他这是不是某种考验。但他玩游戏的时候很严肃,就像不是在玩,而是动真格的。所以这才刺激,因为每一步都很重要,你永远不知道接下来会发生什么。玩这种游戏你永远不会觉得无聊。这是考验吗?我又问了他一遍。但他只是说,你们就当我不在这里。到底怎么了?亚历克问。红色救生衣的后背高过他的头顶,因为没他那么小的号。他第一次穿的时候,迈克尔笑他是得白化病的兔子,穿着苏联人的盔甲。爸爸笑了,亚历克却哭了,因为他搞不懂是什么意思。你觉得是怎么了?我问。如果爸爸不在这里,我们就得自己想办法,就像学校里的安全演习一样。但我不想嘛,亚历克说,你能坐起来不,爸爸?但爸爸仍然闭着眼睛,什么也没说。他在哪都能睡着,说不定已经真睡着了。他旁边帆布袋里的龙虾拼命想爬出来,但顶多伸出一只钳子。咱们得划船,我说,要是没发动机,咱们就用桨。我拽起离我最近的桨。它又长又重,竖起来比我还高。以前爸爸让我坐在怀里,手把手教过我划船,所以我知道该怎么做。但我得用两只手才能抬起一支桨,把它搭上船帮的时候,还差点滑进水里,只好先把它拖上来。接着我想起,得把桨套在两边船帮上的小铁环里。我叫亚历克把他那边的桨套进环里。这回他倒是照办了。我弄这边的时候,只让桨的一小部分沉在水里,免得它再滑下去,然后开始一下一下划起来。爸爸不是这么划的,亚历克说,你划起来像个女孩子。我往船前进的方向看,只能看见水面和天空,得转过来才能看见小岛。它似乎比一分钟前离得更远了。爸爸,她搞不定,亚历克晃着爸爸的脖子。起来吧,求你了。我说,咱们得一起划,你这小牢骚鬼,不然可搞不定。我把自己的桨拖进船里,身子挪到另一边,拽起对面的桨。我说,拿着,然后教他怎么握桨。两只手动作一致。先往前送,然后往回拉。你得确保它碰到水,但又不能太多。他用布满雀斑的小手握住桨,坐在那儿直噘嘴。我挪回自己那边,把桨伸进水里——在这么小的船上可不能站起来,否则很容易失去平衡,掉进水里。现在,把你的桨也伸进水里,我说。咱们必须同时划,不然可没用。他把桨伸进水里,手朝前一推,船反倒后退了。我没盯住自己的桨,结果溅起一片水花,刚好落在爸爸躺着的地方旁边。他表情一点也没变,好像真的睡着了。这不公平,他为什么要挑我和亚历克,为什么不是我和迈克尔,要是迈克尔在这儿,就算我得教他怎么划船,至少他有力气拿桨,我们能让船动起来。亚历克只是个小不点,就知道哭。我不玩了,爸爸,亚历克哀号着。睁眼呀,爸爸,她不知该怎么办。爸爸不在这儿,我说,你嚎也没用,他根本不在这儿,你刚才没听见他说吗?咱们得让船动起来,所以别嚎了。我再教你一遍。你要先把手搁在前面,然后往回拉,别这么没用。把它伸进水里,我一喊"走",你就往回拉。我们把桨放下去,我刚喊"走",浪就朝亚历克那边涌过去,把他的桨拍进了海里。抓住!我大喊。他伸手去够,但胳膊太短,没有够着。我赶紧挪过去,弯下身子去捞。这时又一个大浪打来,桨沉了下去。我只能眼睁睁看它沉入海底。亚历克开始抽鼻子。他又晃了晃爸爸的腿,但爸爸还是没动,也没睁眼。太阳底下热的要命,水面的反光刺得我睁不开眼睛。我回头看了看,我们离爸爸跟捕虾船挥手告别的地方越来越远了，离小岛也越来越远了。他真是不公平，把我跟一个爱哭鬼丢在这儿。我把桨从铁环里拔出来，搬到船头。那是最容易被浪头打湿的地方。我以前见爸爸这么做过：起雾或者快靠岸的时候，他会关掉引擎，把桨架在船头，左划一下右划一下，闯过迷雾，找到码头。他坐着就能办到，但我得跪在长凳上，才能让桨够到水。至少我在这里能看见屋子，就知道我们该朝哪边走了。但这其实没什么用，因为我基本只能保证桨不滑下去，不被浪卷走。这么跪了几分钟以后，因为船总在摇来晃去，眼睛又一直盯着水面，我开始有点晕船了，赶紧转身坐正，好让胃里舒服一点儿。亚历克哇哇大哭。他蹲在船底，靠在爸爸旁边，不停摇晃他软绵绵的胳膊。他不在这儿，我说。但其实我已经放弃了。我知道游戏快结束了。

玛格丽特

"你在沉思。"迈克尔说。他站在楼梯顶上，手里拿着那本电脑小册子。他瘦得像根竹竿，特别是穿着短袖短裤的时候。他经常因为这个被同学取笑，这也是他为什么在学校过得不开心的原因。

"是吗？"

"你盯着空中，一脸迷茫。人们把这种状态叫作沉思。"

"你爸呢？"

"在船上鼓捣呢。他带了西莉亚和亚历克。"

"你怎么没去?"

他瞥了一眼波光粼粼的海面,没理会我的提问。"你在沉思什么呢?"

上岛已经一个星期了,约翰跟他独处的时间还不到十分钟,现在又带另外两个孩子出海了。迈克尔偶尔会和弟弟妹妹玩,但大部分时间不是读书就是写东西,最近是在戏仿当地的报纸。我今天早上就在他床头柜上看见了一份。《波塔基特邮讯报》:意外出游之家已然返还。700夜店特别专访。天气预报。

我心情好的时候,会觉得约翰只是忘记了我的请求。作为一个热爱自由的男人,他相信孩子们应该爱做什么就做什么。但有些时候,我会凭直觉意识到,这绝不仅仅是他心不在焉。他不知道该跟大儿子说些什么,觉得这既麻烦又尴尬,宁愿跳过这个阶段,从把他当作小屁孩看待,一下子跳到把他当作能够面对现实世界的成年人。约翰八岁就被送进了寄宿学校,很清楚那有多残酷,但他完全靠自己挺了过来,不愿跟弱者为伍的观念已经深入骨髓。迈克尔被他默默排斥了,西莉亚和亚历克则没有。

"去沙钱①海滩怎么样?"我问。"咱们还没去过呢。"

"你是建议去消遣一下吗?"

"我是建议出去走走,林子里凉快点。"

"是凉快,但要是刮龙卷风就惨了。"

---

① 沙钱,又名"海钱",属于海胆纲,因外形呈圆盘状、类似银币而得名。

"得了。"我说,"走吧。"

他把书搁在长椅上,一脸忧虑地从我身边走过,回到屋子里。我的孩子都很有礼貌。我们从小就教他们要讲礼貌,从没想过要教他们别的。不是像英国传统那样,让他们在成人在场时保持沉默,而是教他们怎么善意待人,怎么跟陌生人打招呼,怎么控制自己的情绪,照顾别人的感受。要是教得太过火,就会扼杀孩子的天性。我想我妈妈可能从没考虑过,讲礼貌要让一个人付出多大的代价,因为无论要付出多大的代价,都比不上给别人留下坏印象。她无法想象不循规蹈矩的生活。约翰的妈妈还要更保守,总觉得我们管不住孩子,对此非常不满。她告诉约翰,这全是我的美国作风害的。她怨我害她儿子搬来美国,就像我们住哪里是由我决定似的。

我们没有讨论过该怎么教育孩子,是不是要跟我们自己接受的教育一样,结果完全是自然而然的。就算我们有钱,也不会刻意把西莉亚培养成上流社会的淑女,那实在太荒唐了。我当然希望孩子能给别人留下好印象,但我已经做到了,也没费太大力气。我只是给他们指出哪些是无礼的举动,哪些是表达感激的正确方式,还有设身处地地为别人着想有多重要。迈克尔和西莉亚小时候被约翰打过屁股,亚历克也被揍过两三次,但都是因为他们撒了谎,或是犯了错屡教不改。现在两个大孩子已经很少出现这种情况,他们学会了守规矩。我们家没太多规矩,但吃饭必须一起吃,得在桌上吃,吃完得打招呼才能离开。有些人可能觉得这些规矩过时了,觉得我应该鼓励他们突发奇想。但我实在是搞不懂。无论他们做什么,都会影响到周围的人。他们得跟别人打交道,时刻以礼待人。我希望他们快快乐乐。这才是最重要的。

在林间小道上，迈克尔走在前面引路，帮我拨开道路两旁黑莓树伸出的枝丫。从我们住的地方去海滩要走二十分钟，或许在我本该准备晚餐的时候走这么一圈实在太远了，但活动活动腿脚总归是件好事。他一路上都在聊卡特先生，我们家养的王蛇就是从他那儿买的。但我耳朵里灌的全是呼呼的风声，得挨得很近才能听见他在说什么。

昨天夜里下了场雨，大大小小的蘑菇都冒了出来。我本该认识它们的，但却喊不出它们的名字。它们有的像白纱裙，如同枯树上绽放的凝固的白云，有的聚集在腐烂的树桩根部，仿佛奶油上零星点缀着几块橙色斑痕，有的状如棕色月牙，沿古树的枝干盘旋而上，好似小人国的阶梯。

林子有那么多纤细的松树和云杉奋力生长，试图夺取成年树木霸占的阳光，又有那么多小树在竞争中惨遭淘汰，如大号火柴杆般栽倒在地，成为地衣和苔藓的居所、昆虫的食粮。这着实让人觉得不可思议。

前方横亘着一棵多年前倒伏在地的巨型花旗松，如今上面已经长满了蕨类植物。比尔·米切尔在上面用斧头砍出了一些台阶，我们就踩在上面翻过它粗大的树干。

我真希望迈克尔能多欣赏欣赏大自然的奇观，但因为患有哮喘，他不得不尽量避免户外活动，也不能多在我们屋后的田间跑跑，甚至连冬天的寒风都得格外注意，稍有不慎就可能犯病。

"……他把鬣蜥养在那里，"现在小道变宽了，我可以跟他并肩前进了，"他家楼下有条小溪，他说他打算养条小鳄鱼，如果能腾出足够大的地方的话。但他不确定，因为那得占两个空卧室。"

约翰和大卫·卡特是几年前在一个少数族裔企业家论坛上认识的。

如果我没记错的话,他想拓展自己的宠物业务,约翰则试图说服他的合伙人投资。他们俩都没成功,但约翰后来一直跟他保持联系,还带迈克尔去看了那些爬行动物。有一天,他们没跟我商量,就带回来一条一米多长的黑王蛇。我也不好说些什么,毕竟西莉亚有兔子,亚历克有荷兰鼠、小鸟和凯尔西。迈克尔没给它起名字,这也许是对的。它显然是条蟒蛇,不会咬人。但如果说这是为了让我放心,那就大错特错了。他把蛇照顾得挺好,起码大多数时候是这样。他会清理搁在娱乐室里的饲养箱,也会拿那些恶心的死老鼠喂它。但有一天晚上,他没把饲养箱的门关牢,留了一条小缝,结果蛇溜出来爬进了他卧室。他半夜起来上厕所,一脚踩到蛇身上,闹出了不小的动静。我不是故意要冲他大吼大叫的,但当时的情况实在太恐怖了。

"如果养了鳄鱼,"迈克尔继续说,"他就养全了,或者说差不多养全了,要是算上那些蚺蟒和巨蜥的话。"

"他不会让你靠近那些家伙吧,对吧?"

"那又没关系,"迈克尔边说边用木棍扫荡前方的蕨类植物,"它们可温顺了。"

接下来的一分钟,我们俩都一言不发。

"我记得他说过的,"他说,"所以他才会在家里养那么多宠物。"

"我可不觉得爬行动物是最好的伴儿。"

"爸爸想帮他,是因为他是黑人吗?"

我不知该怎么回答。我不知道约翰为什么会对投资少数族裔的生意感兴趣。这可能跟美国中小企业管理署有关,也许这种投资有利可图吧。但即使这样,他也做得有点过火了——芝加哥的一份西班牙语杂志，某位黑人橄榄球运动员开的一家连锁餐厅。他确实做了不少事。如果他是美国人，你也许可以说他是推动民权进步，支持黑人企业主，说不定他确实是这么做的——我们没聊过这件事——但因为他是英国人，这么说就有点怪了。他又没有参与过民权运动。我也不明白他为什么这么做，但绝对会全力支持。

"我猜你爸是喜欢跟他做伴吧。"我说，"所以想帮他一把。"

"我觉得他那么悲伤，是因为他是黑人。"

"别这么说，迈克尔。你不许这么说。没有人该为自己的人种感到悲伤。那跟这个没关系。他不是一个人住吗？这会让人觉得孤单。"

"我不是说这个。我不是说他因为自己是黑人而悲伤，就跟他不想做黑人似的。我说的是别的。"

"他还跟你说了什么？"

"没什么。还有蛇。"

"呃，我觉得你肯定是自己想出来的。人不会因为自己肤色觉得孤单。"

我们走上草地时，他一直在思考。草地一大半都有树荫遮盖，报春花在树荫下竞相开放，心形的黄色花瓣尽情舒展。毛虫在枝头上大快朵颐，蝴蝶在草丛中翩翩起舞。我们在萨默塞特的屋子后面也有一片草地，但不如这里美妙僻静。

迈克尔似乎对周围的一切毫无感觉。

"如果你是奴隶，你就会受压迫，会感到害怕。"他说。

"你在说什么呢？卡特先生有自己的公司，住在漂亮的大房子里。我希望你别当他的面说这种话。他可能会生气的。他跟奴隶一点关系都没有。你怎么会想到这个?"

"你不能这么说。他的祖先就是奴隶。"

"迈克尔,他到底都跟你说什么了?"

"没什么,我不是说过了嘛。"

"所以这些都是你自己想出来的?"

"算了,你又不明白。"

这是他最新的口头禅:你又不明白。我觉得孩子们这么说我应该已经听习惯了。要是迈克尔说这种话,跟西莉亚一样,是为了跟同龄人打成一片,那我能明白。但要是迈克尔对我这么说,不是因为受到某些早熟而叛逆的朋友影响,而是指其他东西,那些只有他能看透的东西,那不明白的就不仅仅是我和他的弟弟妹妹了。

草地向下方延伸,走出几分钟后,我们来到海滩上方的峭壁,从树冠缝隙间能看见澄澈的天空。崖壁相当陡峭,有将近十米高,右侧是从树林通往海滩的小路,沿着倾斜的花岗岩壁蜿蜒而下。岩壁上布满裂痕,笔直平行,封印着成千上万年前形成的黑色岩浆。上面矗立着块块巨石,如同老人翘首期盼归来的航船。

海滩本身不大,放眼望去只见岩石和沙砾,一群海鸟在退潮的浅滩上觅食。在离水面稍远的地方,沙子干燥松软,海藻和浮木散落其间。过去几年我们就是在这里捡沙钱的。孩子们把它们搁在装螃蟹的长柄锅和小桶里,用其他海洋生物装点这些小小的水族箱。

迈克尔低着头,拿木棍在沙滩上写写画画。他现在只比我矮几厘米,明年估计就能跟我一样高,以后还会越长越高。他不知该拿这副新身体怎么办,站也不是,坐也不是。这就是他为什么总是静不下来,时时刻刻都在动的原因。或许这只是部分原因，另外部分原因是他转个不停的大脑。他的四肢因为大脑而动个不停，烦恼多于快乐，更别提运动的快感了。亲爱的小生命在我眼前蜕变，我却无法深入了解。如果当初在伦敦那家医院的小办公室里，医生对我说的是"不行，你应该重新考虑，最好取消婚礼"，要是他没问我爱不爱约翰，那令人难以想象的情况就会出现：迈克尔根本不会存在。我把他的名字念了一遍又一遍，直到这几个字失去原本的意义，但我无法用其他方式称呼这个奇迹——我的第一个孩子。孩子被抛到这个世界上，不知也不懂该做些什么，只能依赖于父母，实在是身不由己。这不公平，但他无从选择。

"你不打算找找沙钱吗？"

他还在沙滩上写字，像是没听见我的问题。

"这是什么意思？"我走到他后面，看见地上写着几个大字：你让我觉得异常真头。

"一句歌词，西尔维斯特的歌。你不知道西尔维斯特是谁吧？"

"是迪斯科吗？"

"不完全是。不过，也可以说是迪斯科吧。"

"你这么喜欢那些磁带，怎么从没见你跟着它们跳舞？"

他翻了个白眼，径自朝远处走去，身后留下一串蜿蜒的脚印。到他戴上耳机听音乐的时间了。但除了摇头晃脑，他听音乐的时候什么也不做。我们以前会跟着音乐跳舞，现在偶尔也会，但他跟我们不一样，不能享受这种乐趣，我觉得挺遗憾的。

"我们要搬回英国了，"他说话的时候背对着我，"爸爸会带我们回去。"

他的语气让我愣住了。他有时会故意把声音压得很低,但马上就会恢复小男孩的嗓音。但这次他的嗓音是前所未有的低沉,不是出自喉咙,而是发自胸腔。而且,他言之凿凿,仿佛这已是板上钉钉的事。最令人不安的是,他一字一顿,语速很慢。他从来不这么说话。

"你在说什么呀?是他告诉你的?"我问。

约翰不该这么做的,心不在焉地自言自语,提到这种事情,完全没意识到会让孩子们胡思乱想。如果真是这样,看我不扭断他的脖子——这么大的事我竟然是从迈克尔嘴里知道的。

"是你爸说的吗?回答我。"我提高了嗓门。他转过身来,摇了摇头。

"那你为什么要这么说?"

"你为什么生气了?"

"我没生气,只想知道你为什么要这么说。"

"因为这是事实。"

他继承了约翰的黑发、褐眼和苍白的肤色,一眼就能看出他们是父子俩。这原本再自然不过了。但是为什么,盯着这张熟悉的面孔,某种若有若无、似曾相识的感觉竟让我浑身僵硬——为什么我竟如此害怕?

西莉亚

爸爸带我们回到岸边的时候,迈克尔在码头上等着。他告诉爸爸,妈妈找他。爸爸沿着木头台阶往屋子走去，亚历克和我跟迈克尔走另一条路去岩滩。迈克尔开始跑起来，在大石头上蹦来蹦去。我一边努力跟上他的脚步，一边提防脚下打滑。亚历克在后面喊我们等等他。迈克尔放慢了脚步，但还是继续前进，一直跑到从屋子看不见的地方，海岸线变成开阔的海面的地方。他站在一块浪花溅不到的大石头上，停下来望着海浪拍击巨石。亚历克跟了过来，站在水线以下，每次浪一打过来就急忙爬上来，扭头瞧我们有没有看他。

来玩"太阳兄弟，月亮姊妹"吧，迈克尔说。我同意了。亚历克说他不喜欢玩，说我们还是抓螃蟹吧，但我和迈克尔已经开始找合适的角落或石洞了。我们找到一个合适的地方，地下挺平的，头上悬着一块巨石。里头很暗，就像真正的洞穴。好了，进来吧，迈克尔对亚历克说。亚历克乖乖听话，盘腿坐下，摆弄着他刚才捡的小石子。我当谁？亚历克问。你当修士，迈克尔说，这是你住的地方。你们当谁？这不重要，你还不认识我们呢。我要做什么？亚历克问。你住在这儿，小混蛋，迈克尔边说边在亚历克的胳膊上掐了一把。你住在这儿，对着大海冥想。但我不想，亚历克说。还挺大胆，我说。为什么我老得待在洞里？亚历克问。因为你是修士，迈克尔说，我们会来找你。待在这儿别动，别看我们往哪边走，懂吧？闭上眼睛。亚历克一闭上眼睛，我和迈克尔就沿着树林边上光滑的大石头狂奔，一直跑到看不见亚历克的地方。这里海浪更大，涛声更响。浪花撞上巨石，然后退回去，露出石头下半截的海藻和藤壶，接着它们又被下一波浪淹没。天色已经不早了，但太阳还没落山。

瞧呀，我说。我们右手边水线以上一块平坦的大石头上，三只海豹正晒着太阳呢。它们好像死了,迈克尔说。它们没死,是在睡觉,我说。我们轻手轻脚地朝它们爬过去。别太近了,我说,它们会醒过来,钻回水里的。它们的皮肤像灰色、棕色、绿色和蓝色的混合,脏兮兮的白胡须和大鼻子湿漉漉的,就跟凯尔西一样。个头最大的那只大声喘气,打着呼噜。你看见它们身上的脂肪了吗?迈克尔这句话简直是喊出来的。咱们可以叉死它,把脂肪取出来当燃料!他的口气像在说,他想跟掐亚历克胳膊一样掐它,把脂肪统统挤出来。

我觉得它们是原生动物,他说。什么呀?就是很古老的动物,人类出现之前就有的,靠它们的脂肪活着。迈克尔喜欢"脂肪"这个词,总把它挂在嘴边,即使要说的东西跟"脂肪"根本不沾边。我们蹲下来看它们。每隔几分钟,就会有一只海豹抬起头,扭过身子看看我们,然后重新躺下。最后,中间那头开始用鼻子蹭它的肚皮

你觉得咱们能赶上开饭吗?迈克尔问。可能吧,我说。咱们在这儿待了多久了?他问。几分钟,我说。不是,我是说来岛上多久了。我不知道,我说。你说咱们还能再待一个星期不?他问。我不知道。还能再待十天不?可能吧。

他总是问些类似的问题,但我通常都不回答,因为我其实不太明白。迈克尔说的话和提的问题,妈妈通常也不理会,但有时候爸爸会回答。不过接下来,他又会抛出更多迈克尔式的问题。

鱼叉能把这些家伙弄醒,他说。我没有回答。亚历克听了可能会哈哈大笑,让迈克尔洋洋得意,但我不会。迈克尔站起来,绕到海豹的另一边,但还是跟它们保持距离。过了一会儿,我也绕了过去,跟他一起蹲在阴处。一个大浪打在海豹的脑袋上,它们晃来晃去,抖掉

身上的水，就像没有腿的大懒狗。

爸爸妈妈今天晚上肯定会吵架，他说。你怎么知道？我就是知道，他说，妈妈会对爸爸发火。她经常对他发火，我说。才没有呢，不是真的，他说。是真的，咱们一去睡觉她就冲他发火。不是每天晚上都这样，他说，她不是每天晚上都发火。再说了，所有夫妻都会吵架。是妈妈告诉你的吧，我说。那又怎么样？他说，本来就是这样嘛。

在我们跑过来的那条海岸线上，有些黑鸬鹚站在湿淋淋的大石头上。有几只弯着脖子，一动不动。有两只在太阳底下晾羽毛，翅膀张得大大的，跟大蝙蝠似的，看上去有点吓人。它们每只都对旁边的同类视而不见，仿佛大石头上只有自己这一只鸟。远处，海鸥在一艘开往岸边的捕虾船上空盘旋。我还是不知道它们怎么能在天上飞那么久，都不用休息一下。

迈克尔朝一只海豹的尾鳍扔了块鹅卵石，但它完全没反应。别这样，我说。他又扔了一块，砸在个头最大的海豹背上，但它也没反应。

别这样！

它们的脂肪够冬天整个克利夫兰烧上一个星期！他大声说。他老是对他的朋友拉尔夫说这种话。拉尔夫是我们家保姆的弟弟，他会用更夸张的话来反驳，比如，它们的脂肪够整个新斯科舍烧上一年！他们会这么没完没了地扯下去。亚历克也想凑热闹，但不懂该说什么，所以一点也不搞笑。我虽然知道该说什么，但他们不喜欢跟女孩子玩。别闹了，我说。他就把剩下的鹅卵石都丢进了水里。

你们在船上都干吗了？他问。爸爸让我们假装他不在那儿，我说。迈克尔开始在石头缝里找小贝壳，找到以后用衣服擦干，在脚边摆成一条线。我也捡了些贝壳,接着那条线摆下去,一直摆到我跟前。你觉得咱们还有多久得回去上学,三个星期还是一个月?我不知道,我说,问这个干吗?我就是想知道嘛,他说。等摆的贝壳够多了,他就从中间取走一些,让它们看起来像一条白色虚线。大风卷起的浪花打湿了我的脸。我饿了,我说,回去吃饭吧。海豹们已经挪到了全干的石头上,全身一动不动,连脑袋都没晃一下。

迈克尔不想回去上学,所以他才会这么问。拉尔夫是他唯一的朋友。以前我们在岛上的时候,他通常要过好几天才会发脾气,不会像这回这么早。

他站起来,看着下面的海豹说,原生哺乳动物晒太阳的时候就像一大块会动的猪肉。接着,他开始往回走,我跟在后面。

我恨你们,我们回到亚历克待的那个石洞时,他说。但我们找到你了,迈克尔说,游戏这样才能结束嘛。你是阿西西的圣弗朗西斯,在这里虔诚祷告,直到手掌流血。我不明白,他抽泣着,那你是谁?我是年轻时候的圣弗朗西斯,迈克尔说,西莉亚是他的朋友克莱尔,她是照顾麻风病人的。我恨你们,亚历克边说边站起来,头也不回地朝着大石头跑掉了。

我知道迈克尔说爸爸妈妈会吵架肯定没错,因为我们回去以后妈妈什么也没说,连我们去哪儿了都没问一句。妈妈冲爸爸发火的时候,爸爸在厨房里就会特别活跃。他让我们每人都往沸水里丢一只龙虾。爸爸得把亚历克抱起来,他才不会被溅起的水烫到手。龙虾黑乎乎的触须在锅边甩来甩去,过了好一会儿才沉下去。

妈妈叫我们把装螃蟹的长柄锅从饭桌上拿下去,我们就把螃蟹倒在地上，从房门一直摆到门廊，总共有十几二十只，颜色不同，大小各异。它们都活蹦乱跳的，看上去挺开心。凯尔西凑过来闻了闻，它不喜欢它们横着走的样子。

小监工饿了，迈克尔边说边拍了拍它的肚皮。

吃完晚饭，亚历克玩着玩着又哭了起来。爸爸带他上楼去睡觉，他拼命尖叫，说这不公平。妈妈把碗留给爸爸一会儿去洗，自己就着昏暗的油灯读起书来。我们每个人（除了亚历克）都有一盏可以拎来拎去的小油灯，床头也放了一盏。油灯侧面有个旋钮，你可以把灯芯往上旋。灯点好以后，把玻璃灯罩扣在金属底座上就行了。在昏暗的灯光下很难分辨布鲁盖尔油画拼图的颜色，但我实在读不进书，所以就将就了。后来，我们开始玩博格拼字游戏，亚历克又哭哭啼啼地跑下来，妈妈就说我们都该上床睡觉了。

几分钟后，我听见他们俩走来走去的声音。妈妈的声音也传了上来。她的声音跟平时完全不一样，语速又快又激动。我能隐约听见几个词，但没法全听清。爸爸的回答像往常一样平静，嗓音低沉得多。他说的我一个字也听不清，只能听出他的语气始终很平静，这也跟他平常不一样。妈妈提到什么家具，还有上帝保佑，她用这个词代替骂脏话。爸爸对此没有任何反应。接着妈妈的声音陡然升高。你就干坐在那儿？什么都不说？！

我侧过身子躺着，把枕头压在耳朵上面，但还能听见她的声音：是迈克尔告诉我的！我问过无数遍了，最后竟然是从孩子嘴里知道的！爸爸说了些什么，声音低沉又冷静，我听不清。反正不管他说了什么，只是让妈妈火气更大了。这似乎不太公平，爸爸每次一开口，她就更生气了。接下来要怎么样？她吼道，再过一年？再过两年？我们的生活，我跟孩子们的生活，完全取决于你能不能说服那些人接受你的想法？你他妈真行啊，约翰！她吼道。听起来她好像对他恨之入骨。

我房间的门开了，我听见亚历克在抽泣。他们为什么还不停？他问。我耳朵里的血管砰砰直响，就像把海螺搁在耳朵旁边一样。回去睡觉吧，我轻声说。但他哭起来了。不是那种寻求关注的小声抽泣，而是恐怖的号啕大哭。他这么难过的时候，从来不去迈克尔的房间，只会来我这里。他现在已经站在我床边了。

你就光坐在这儿，他妈的一句话都不说！她喊道。你觉得这是我的错！你觉得我无理取闹！人不该这么生活，这纯粹是做梦！

他们怎么就不停下来？亚历克哭着问。闭嘴！我小声说。安静点。爸爸又用平缓低沉的声音说了句什么话。

趁妈妈还没开始咆哮，我掀开被子，冲到楼下客厅，大喊：别吵了！别吵了！我要睡觉！

妈妈站在沙发上，居高临下地盯着爸爸。她朝我转过身，眼睛里全是怒火。爸爸只把头转了过来，脸色苍白，面无表情。亚历克站在我身后的楼梯上，还在哭着。老天啊！妈妈对爸爸说，瞧瞧你干的好事！

别吵了！我大喊。不是他干的！是你！这不公平！

啊，老天啊，她叹了口气。你不用担心，真的，西莉亚，不用担心。带他们上楼吧，行吗？她问。爸爸起身走过来，伸出两只胳膊，想把我抱起来，似乎忘了我已经长大，他抱不动了。但他很快就意识到了这一点，两只手搭到我肩上，让我转身冲着楼梯。

没事了,他说,平静得像是他在午睡,希望我们安静一点。

你为什么要吼他,妈妈?我问。

现在没事了,西莉亚,真的。求你了,跟你爸上楼去吧。

我挣脱爸爸搭在我肩头的大手,故意跺着脚走上楼梯,把亚历克也推了回去。在走廊深处,迈克尔从门缝里偷偷往外看。我们一上去,他就把门关上了。

回自己床上去,亚历克,爸爸说,我一会儿就过去。他提着一盏油灯,跟我走回房间,等我上床盖好被子后,在床边坐下。面对幽暗的窗户,我只能借着床头灯看见他的侧脸。我的心脏跳得飞快,知道自己要过很长一段时间才能睡着。他把大手搁在我的头上,轻轻抚摸我的头发和耳朵,最后把手掌贴在我脑后,用大拇指按压我的太阳穴。

你为什么让她那么吼你?

你妈妈很生气。她会好起来的。

虽然我不想哭,但他抚摸我的脑袋时,我还是忍不住掉了眼泪。你们为什么老吵架?你们以为我听不见,但我都听见了。

他扭过头,投在身后墙壁和天花板上的影子晃了一下。他捧着我的脑袋,但一句话也没说。他的影子似乎比没光的地方还要暗,因为如果没有光,就无法比较有多暗。我已经不哭了,只希望他能再说几句。但他只是摸着我的脑袋,盯着阴影里的光斑,然后拍拍我的胳膊,起身离开了。

迈克尔

8月27日

亲爱的佩妮姨妈：

  您好。希望收到这封信的时候，您过得比我们都好。事实证明，这是一趟艰难的旅程。事情是这么开始的：爸爸租了一辆豪华轿车，带我们从阿蒙克他朋友的房子出发，开车去西区码头。在三十五摄氏度的高温下，车子在亨利·哈德逊路上抛锚了。您能想象妈妈有多沮丧！开船的时间步步逼近，车子引擎却冒着蒸汽，我们五个人加上拴着链子的狗只好待在路出口的保护带上，汗哗啦啦往下流。足足过了四十五分钟，他们才送来一辆新车，不过我们还是及时赶到了码头。您知道，自从去年夏天爸爸宣布出行计划，妈妈已经魂不守舍地等了整整一年，但她坚持让他兑现承诺，带全家一起乘船旅行。她太想让我们体验当年她乘船去欧洲的感觉了，我们当然都非常激动。

  我不知道您什么时候才能收到这封信。现在是我们去南安普敦的八天行程里的第四天，不过我还没搞清他们的"每日邮件"系统是怎么回事（这不算我最关注的事，至于为什么，您很快就会知道了）。我知道您很关心我们家里发生的事，所以我就赶紧说了。第一天晚上去吃饭的路上，妈妈不幸被凸起的金属门槛绊倒了。我猜那东西是用来防止水漫过甲板的（但后来发现也不是太管用）。如果只是稍微绊了一下，我想她应该还没什么事，但她另外一条腿也被绊到了，结果重重地摔在金属地面上。船上的医生抛出了一大堆术语，什么"胫骨断裂"啦，"膝盖骨半脱位"啦，"股骨挫伤"啦，我一个都听不懂。简单来说，我觉得她就是把腿摔断了。反正看上去是这样，因为她腿上打了石膏，又用滑轮吊起来。总之妈妈的这趟旅程算是提前结束了。我们有时间就会去看她，但还发生了很多别的事。

比方说，亚历克失踪了。妈妈发生意外后的第二天中午，我们在自助餐厅里把他弄丢了，一直到现在也没找着。奇怪的是，船员们的反应一点也不积极，就连爸爸去问（他对服务员提要求时一点也不腼腆，这您是知道的），他们也爱搭不理的。他们说，这艘船很大，这种事天天发生，他自己最后会摸回来的。确实，船上有很多空沙发，他可以随便睡，也有自助餐，他不会饿着。只要他没掉下船，能跑多远嘛？可他都失踪四十八个小时了，我能看出来，爸爸有点火了。当然，我们没告诉妈妈。她在养病的时候，最不该听到的就是这种消息。西莉亚说，亚历克可能只是想惹人关注，最好别搭理他，让他自己折腾去。

我多少同意她的看法，至少在昨天早上之前是这样。我不知道您还记不记得您在电话上那通长长的留言，说到在飓风季横跨大西洋很危险，还有您在我们临行前几天寄给我妈的剪报，上面是"加勒比海邮轮遭热带风暴袭击导致多人伤亡"的报道。我只想说，您太有先见之明了。随他们怎么炫耀船上的雷达和稳定装置，您可能已经在报上读到了，三级飓风埃斯梅拉达从外滩群岛擦身而过，几天前开始朝北大西洋进发。昨天早上大概六点的样子，它撞上了我们的船。他们取消了早餐，让每个人都待在客舱里，我猜是免得晕船的人吐在公共区域的沙发上。透过舷窗，我和西莉亚看见外面巨浪滔天，波涛汹涌，转眼海水就把舷窗遮住了，就像我们待在玻璃鱼缸里似的。大浪涌进了我们头顶上的甲板，我们跟锁在柜子里的行李一起被甩到了地上。

我不骗人，那天真是难熬。爸爸倒是蛮从容冷静的，给我们讲他小时候乘风破浪去怀特岛的事。他说船不可能沉下去，顶多摔碎几个瓷器，加上很多人晕船。但事实上，有个度蜜月的女士在船尾被大浪卷走了，她丈夫的脊椎也受了伤，不过没媒体报道的那么严重。我们当然想知道妈妈在看护室里怎么样了，我们只知道她的腿被固定住了。但他们切断了电梯的电源，我们不可能爬六层楼去看她，也不可能去烟囱旁边的狗舍看淘气包。坦白说，我更担心亚历克，因为真的有人从船上掉下去了。不过我跟西莉亚整天吐个不停，人在吐个不停的时候根本顾不了别的。

不过，昨天可能没我写得那么可怕。飓风最恐怖的部分从我们西边擦过，等到晚上天空已经放晴，气温一下子降了二十多度。我们吃掉了本打算吃一个星期的零食（没有提供晚餐），然后早早上床了。

直到今天早上，我才终于有时间坐下来给您写这封信。我没看见有小船靠近我们，当然更没有直升机，所以我也不确定这封信要怎么发出去。不过，我还是想努力联系一下您。不管您做什么，千万别担心我们。再有四天我们就到南安普敦了。他们保证接下来的行程会比前四天稳当得多。另外，大家都向您问好。

您的迈克尔

8月29日

亲爱的佩妮姨妈：

就像我前天写的那样，不知这封信什么时候才会到您手里，但我知道您迫切想了解我们的情况，所以我忙里偷闲，在赌场里给您写了这封信。亚历克还是连影子都没有，但西莉亚非常确信，早餐后她看见亚历克从起居甲板走去泳池那边了。不过，总的来说，飓风过去以后，船上的一切都恢复了原样。

您绝对不会相信这个！猜猜谁在船上？猜猜谁在离我只隔三台老虎机的地方？迪斯科女王唐娜·莎曼！我没开玩笑。事先我压根不知道——天知道爸妈几个月前怎么没告诉我——她其实是这次横跨大西洋之旅中的主场表演嘉宾。我真想不出他们砸了多少钱才请到她（说不定送了她免费客舱），但不管花了多少钱，这钱都花得值。

夜场表演得二十一岁以上才能看，但昨天晚上，我趁乱摸黑挤了进去，藏在一辆没人用的送餐车后面。自然不用说，我听她唱片的次数，比我吃过的晚饭都多。光是《麦克阿瑟公园》这首曲子，我就足足听坏了十几个唱针。这次旅行我带了五盘她的磁带（另外十二盘装在托运的箱子里）。您肯定早就知道了，她是新一代的代表，拼命起来像台机器，简直叫人心碎。我相信她自己也意识到了这一点，但又深受折磨。"那股巨大的、巨大的力量。"这是她对《滚石》杂志描述自己的职业生涯时说的。"你要对制作过程中所有的人和物负责，观众和所有掌控你的东西促使你变成一台机器。机器到某个时间点都会垮掉。"我这样的人用耳朵和眼睛把她划得遍体鳞伤。我就是那股巨大力量的一部分。但我忍不住。音乐能救苦救难。

现在，她活生生地站在我面前，跟我在同一个房间里，穿着炫目的白色亮片装，烈焰红唇，涂着金属光泽的蓝色眼影，嘴唇上翘，鼻孔大张，就像专辑封面上那样（您知道她是在多彻斯特长大的吗），染了色的长指甲紧紧抓着黑色无线麦克风。豪华包厢的赌鬼根本不知道她有多重要。他们来这儿只是为了饭后消遣。

我不知道您对她在美国出的第一张十二英寸唱片《爱你宝贝》（*Love to Love You Baby*，绿洲/卡萨布兰卡，1975年）引起的争议了解多少，但您可能还记得BBC拒绝宣传它，美国好多个州还禁止播放，因为里面有她的呻吟声，模仿——您也许会觉得我说这个还太早了——性高潮。据说录这张唱片的时候（1975年5月到6月，在慕尼黑的乐土工作室），她要求调暗所有的灯，躺在沙发上唱出歌词，想象自己是玛丽莲·梦露。当然，这很难确认，但一听到开头的低吟浅唱——她在现场也唱了——你就明白是怎么回事了。那激动人心的嘶吼让外界的指责全都成了过眼云烟。

我写这封信的时候，她就坐在离我近两米远的地方玩老虎机，全身上下都是海军风，包括白色棉质长裤、深蓝色亚麻外套和我见过的最大的墨镜（绝对是哈尔斯顿牌的）。她旁边是个顶着爆炸头、留着八字胡、戴着跟她一样大的墨镜的意大利人，我相信不可能是别人，只可能是她的音乐制作人、合作者吉奥吉·莫罗德。不得不说，他确实是"迪斯科之父"（我向您保证，佩妮姨妈，我从没碰过可卡因，但我确信他碰过）。

但我完全不想找他们搭话。搭上话又能怎么样？他们不可能有兴趣跟我聊天，我也只能说些他们早就知道的话，像是他们改变了历史进程什么的。昨天晚上她唱《爱你宝贝》的时候，我听得两腿打战。到返场曲《我们的爱》（*Our Love*）的时候，我更是听得如醉如痴。您知道这种灵魂的震颤吗？这首歌在《坏女孩》（*Bad Girl*）第四面上就有，但几个月前被录进十二英寸唱片《日落之人》（*Sunset People*）B面以后才开始火起来。《日落之人》这张专辑其实挺普通，不过是赞美洛杉矶灯红酒绿的夜生活，不算特别好的作品，但《坏女孩》却是划时代之作。除了随信附上这张唱片，用货到付款的方法寄给您之外，我不知怎么才能证明这一点。开头哀伤的歌词甚至能打动一头水牛。写下这句话，带给你平静/让我来抚慰，你疲惫的心……人们觉得迪斯科肤浅低俗，是因为他们没听出里面暗藏的悲伤。还有什么能让你边扭边哭？当莫罗德在一分钟的地方去掉所有音效，只留下鼓声，莎曼用略带嘶哑的嗓音反复吟唱"我们的爱永远不变"，一遍又一遍，反复十二遍，你怎么也能听出那是个谎言。爱当然不可能永远不变。但她仍然想带给我们平静，抚慰我们疲惫的心。有谁不希望这样？至于结尾那古怪的电子合成音，还有那动感的魔幻旋律？那是未来的声音。从鹿特丹到东京，每家舞厅都用这段旋律把气氛推向高潮。那是专辑里最关键的二十秒。我敢说再过两年，在随便哪个白人流行音乐电台都能听到类似的旋律。

看她的现场演出，击碎了我心中的寒冰。我跌跌撞撞地从人群里挤出来，觉得自己无比高大。就是那个时候，我看见亚历克站在起居甲板的另外一头。后来才知道，他那几天过得很不容易。显然，他在第三层甲板上被少儿卖淫集团的人拐走了。他觉得可能是英国人或者苏联人，也可能是荷兰人。他本来要被塞进板条箱，偷运到黑海的苏联口岸，但他藏在送茶水的手推车里面，被人推进了厨房。我当然大吃一惊。对亚历克来说，被运往克里米亚半岛的塞瓦斯托波尔可能都要好得多。据我了解，被卖作性奴的人下场都很惨。我心想，这艘船上究竟还有什么事不会发生？

最后这部分请别跟爸爸妈妈说。他们已经有很多事要发愁了，我们努力不叫他们担心。亚历克说他再也不去第三层甲板了，下午也会离赌场远远的，因为少数族裔下午也能进来玩老虎机。我们告诉了西莉亚，但她说这些都是亚历克编出来的。她正在读九卷本的勃朗特姐妹传记，不想被人打扰。

我想这给我们的教训是，无论你走到哪里，生活都会跟着你，把你抓住，把你拐走（只是开个玩笑）。我们还有两天就要到英国了，然后妈妈就能转进三级医院。最后那天晚上，唐娜·莎曼还会上台表演！

赶紧来看我们吧！

您的迈克尔

9月7日

亲爱的佩妮姨妈：

我本以为现在能从英国给您写信了，没想到我们的旅行延长了。您知道的，爸爸是精打细算的行家，会制订性价比超高的旅行计划。但这一回他做得真不怎么样。大约一个星期之前，我拿双筒望远镜看来看去，想找找康沃尔在哪里，发现船左边有好多小岛。后来我才看清，那是亚速尔群岛。这就能解释为什么会有"热浪"！已经有好几天了，大家都在抱怨太阳好晒，纷纷脱掉外套。所有东西都黏糊糊的，没有一个人愿意动弹。刚开始船上的工作人员还比较谨慎，只是说会给大家一个惊喜。等船在几内亚湾的某个地方停下，大家就不干了，说什么也要他们给个解释。船长通过广播宣布，丘纳德公司时不时会附送热带旅行，回馈新老客户。他强调，不收取额外费用，而且香槟免费畅饮。

至少还在船上的人都能享受到。我们后来才知道，亚历克在第三层甲板上被绑架不过是冰山一角。最开始，出来吃晚餐的人越来越少，我们还以为大家是被高温坏了胃口。老年人因为讲究形式，还会坚持出席。就目前来看，所谓的"热带旅行"就是让我们在炎炎烈日下晒着，所以这很快就变成了走过场。每天吃完早饭，我就去娱乐室打游戏。停船两天后，我刚推开娱乐室的大门，就看到了奇怪的一幕：一群十几二十岁的年轻人光着身子排成一行，手腕被绑了起来，面朝墙壁站在那儿。一开始，我还以为那是没放进公共日程的同志聚会呢。这甚至能解释为什么有两个船员拿婴儿按摩油给他们擦身子。但如果那是某种私密聚会，为什么有那么多人在哭？我觉得好尴尬，就谁也没告诉，尤其是爸爸。不过，我后来再也没去过娱乐室。

对大多数人来说，看到第一艘救生艇搭满脖子被绳拴住的裸男朝岸边划去，警钟才算是敲响了。要是用成语来说，我觉得应该叫作"如梦方醒"。后来才知道，这条船上搭的全是白人奴隶！整整一舱！

推迟抵达南安普敦是一码事，这件事又该怎么解释？船长说航运公司跟美国政府签了协议，帮助他们把囚犯引渡到加蓬。这简直是把我们当白痴嘛。美国定期引渡到加蓬的能有多少人？再说就算他们是囚犯，难道不能让他们防个晒吗？吃饭的时候，跟我们同桌的米尔福德夫妇表示要申请全额退款（包括税款和小费），还考虑发起请愿。莎莉·米尔福德说丘纳德公司现在比以前差远了。当然，妈妈也很失望，不光是因为她还处于恢复期，还因为这次横跨大西洋的旅行跟她当年的美好回忆相差太远。我见过爸爸对酒店员工大力施压，但这次他最多只能冲乘务长发发火，那是他能找到的级别最高的船员了。爸爸说，他认识丘纳德公司的董事会成员（纯属蒙人），让乘客卷入这种肮脏交易的人一定会吃不了兜着走。

但还是面对现实吧——谁叫我们少不更事呢。我们的三餐和甜点一顿不落，服务员洛伦佐每天晚上还会在西莉亚的蛋糕上插朵小花，餐厅服务员还会一起给乘客高唱生日歌、庆祝纪念日。直到一半的乘客得了登革热！为了给这些病人腾地方，妈妈被踢出了病房，就像她一直是装病似的。但真正叫人忍无可忍的是，船上的排水系统整个堵住了——好像是某个水泵坏了——这就意味着没法冲厕所，搞得臭气熏天。他们信誓旦旦地说会派人每天清理一次，但就跟他们的其他许多承诺一样，根本没能兑现。

现在，救生艇每隔几个小时就发一班，离开的时候装满活像举重运动员、从头到脚被锁住的赤裸乘客，回来的时候空空如也。西莉亚觉得大块头的会被卖去割脂肪，小个子的则有可能被拉去当苦力，或者被卖到内陆换成其他货物。她说她在《国家地理》上看到过这种事。我说不可能，虽然现在还搞不清是什么状况，但这肯定属于地下贸易。但她说不是，她绝对在杂志上看到过，大家最担心的是被吃掉，但这只是个种族主义偏见。即使在最糟糕的情况下，人的脂肪也不会被吃掉，最多用来做燃料。这也许就是为什么我们没被带走，因为我们太瘦了。

事实上，我觉得妈妈真生气了。这总会让我特别焦虑。我想找个办法让她冷静下来，但有些时候，不管我做什么都没用。真是太可怕了。

当然，生气的不止她一个人。米尔福德夫妇真是天生一对。要是他们再叫我在呼吁船长辞职的请愿书上签字，我就要爆发了。他们吃晚饭的时候只说这个。在我看来，他们就像紧张兮兮的自由派，好不容易逮到一个机会，终于能借此发泄怒气了。我猜有些人就是想把别人也拖下水，免得自己太孤单。但这是成年人该做的事吗？

我们对隔壁舱的几对夫妇显然有了更深的了解，比如来自哈里斯堡的吉姆和玛莎·博特斯。吉姆说现在的情况让他想起了二战电影《坦克大决战》，不过玛莎说不管什么事都能让他想起《坦克大决战》，但这跟奴隶有什么关系？我喜欢她。她总是拿着立顿冰茶，穿着一件式连衣裤。她自己都没意识到，凭这身打扮，再骑上头瞪羚，她绝对能挤进著名夜店 Studio 54。但一提到米尔福德夫妇，他们就开始翻白眼。当然，昨天他们把莎莉拖到甲板长椅上，拿鞭子狠狠抽了一顿，打到皮开肉绽，然后丢在烈日下任她自生自灭，确实有点过分了。但吉姆的观点是，莎莉又不会被运到岸上卖掉，所以就不该多管闲事。毕竟，罗马又不是一天建成的（这也是他的口头禅）。

可以说，发生这一连串事件后，船上的社交氛围大大减弱。我发现逛珠宝店和拍照片的人都变少了。我还觉得，原本打算旅行结婚的那几对夫妇，都后悔自己没在陆地上举行婚礼。

不过我得走了。该去做每日团体操了,那是船长的要求。很快跟您联系,我保证。

您的迈克尔

9月19日

亲爱的佩妮姨妈:

这趟旅行真烦人!现在妈妈又染上了马尔堡病毒,就是你去年一直念叨的那种!她已经尽最大努力止血了,但还是难受得要命。我们现在的情况很搞笑。好像我们会一直停在这里,直到船上的人统统被卖光。而且现在不光用救生艇了,独木舟和波士顿捕鲸船全来了,跟船员们讨价还价,从登船口把乘客带走。旁边起码有三艘邮轮都在干这种事。真诡异,是吧?

几天前,一群人开始爆粗口,然后跳进海里。跟博特斯夫妇同桌吃饭的吉尔·辛克莱尔在丈夫得登革热以后就跳了船(船上没有停尸房,所以全都用海葬。不过我得说,现在的葬礼是越来越糊弄事了)。根据她丈夫的说法,辛克莱尔夫人以前是个游泳健将。不过她游得再快,也快不过一大群鲨鱼。这属于种族差距。有些人开始退缩,不过不是所有人。随着事态越来越严重,船长觉得有必要让船员在船周围拉起网,防止大家自寻短见。我猜这算是某种公共健康干预措施吧,不过我得说,这给不了大家多少安慰。

让我震惊的是,西莉亚不读勃朗特姐妹的传记了,所以她现在有了更多空闲时间,但精神越来越差。她说得没错:最可怕的事是被人吃掉，其次是在安哥拉的矿井里当苦力。很多人都说，非洲的饥荒促成了这种人口买卖。但这说不通，因为饥荒通常发生在埃塞俄比亚，再说白人游客也不可能比大米还便宜。老实说，船上这些人也没剩多少脂肪了，毕竟都是上面喝粥、下面拉稀。他们当初打广告的时候，真该把减肥当成主要卖点的。亚历克瘦到只剩二十来斤，可把妈妈急坏了。我试着提醒她，她自己还血流不止呢，得先照顾好自己。等我们到了英国，亚历克马上就会胖回去的。

我跟您提过强制锻炼的事吧？唐娜·莎曼在给剩下的五百名乘客演唱金曲的时候，船员在旁边用大喇叭狂吼，叫大家赶紧跳起来，这恐怕不是她在合同条款里最喜欢的一条。不过她的演出还是棒极了。要是能弄到她昨天唱《在广播》（On the Radio）的录音，哪怕用门牙去换我都心甘情愿。开头的钢琴和弦乐营造的氛围，介于感伤的洛杉矶流行音乐和悲剧序曲之间，直到她用纯净的嗓音唱出第一句歌词。但她昨天的演唱达到了新高度，展现了最极致的渴望。有人发现你在电台写给我的信／你的感受从此无人不晓……当鼓点响起的时候，我发誓，泪水就在她眼眶里打转。她的妆全糊了，跟站在她面前的那些女士的睫毛膏一样。尽管衣服和行李全被没收了，她们每天还是精心打扮。她们舞跳得不好，而且无精打采，不过昨天我看见许多人闭上了眼睛，不由自主地跟着她的节奏（不是鼓点的节奏）摆动起来。

她唱到中段的时候，舞池里的气氛就像星期天凌晨两点的天堂车库夜店，只是少了些男同志和黑人。她让一群晒得暴皮的家伙疯狂扭动，就算踩到自己身上的铁链也不在乎。

早场音乐结束后，我路过九区一个房门半开的套间，发现唐娜在里面，跪在床前祈祷。我全身上下只穿了一条内裤，简直尴尬极了。她的保镖随时可能上完厕所回来，叫我滚蛋。但不知怎么的，她祈祷的样子竟然让我挪不开眼睛。

讲了这么多，我觉得实在没理由再对您保密了：其实（请原谅我的忏悔）我伴着《爱你宝贝》的曲调自慰过好几次，不光是音乐，还有对歌手本人的幻想。显然，她一直觉得自己相貌平平，对自己的外表特别挑剔。我在书上读到这个的时候，突然觉得跟她特别亲近，因为我也是这样。我正透过门缝痴痴地望着她，吉奥吉·莫罗德突然推开门，狠狠盯着我，用意大利口音说："滚开。"我想都没想，脱口而出："您是当代最伟大的音乐制作人。"

他没料到我会这么说，愣了一会儿，不知该怎么回答。他脚上也戴着铁链，条纹亚麻裤子脏兮兮、皱巴巴的。他问我对他早期的吉他独奏知道多少。我说，我全知道。比如1969年发行的《这是乔治的泡泡糖》(*That's Bubblegum, That's Giorgio*)，就不是适合小孩子听。但这不重要。你从里面能听出他后来的风格，那预示着一场音乐革命即将爆发。那种音乐能反映出商业文化的肤浅，同时提醒我们，人类注定要在这种环境中生活，被忧郁的逆流侵扰。我发自内心地对他说，我对他的第一张专辑很感兴趣，绝不亚于艺术史学家对毕加索早年学院派现实主义画作的兴趣。他递给我一条浴巾，让我围起来，把我请进了他们的套间。

他关上卧室的门，给唐娜留出私人空间，然后告诉我，他们从没碰上过这种事。"简直是狗屁。"他说。他给一个高级船员塞了钱，给洛杉矶所有他能想到的人发了电报，让他们赶紧想办法弄架飞机过来，把他们俩从这个鬼地方接走。但他怀疑这些消息根本没发出去。唐娜的心脏有毛病,情况越来越严重。五天前她就该在录音室里了,现在她的嗓子快撑不住了。我们聊到了七十年代中期的慕尼黑,要不要跟格芬唱片签约的事,还有唐娜想在下张专辑里加入更多摇滚元素。我好想告诉他,他们没法控制他们开创的音乐潮流,以后节奏只会越来越快,电音只会越来越炫,但这么说好像有点唐突。我担心门会打开,唐娜会出现,而我看起来又丑又呆。所以,我最后找了个借口,跑回了我们在五区的船舱。

老实说,佩妮姨妈,我也不知道接下来会怎么样。两天前,爸爸和吉姆·博特斯被铁链拴到了一起,搞得大家睡觉都不方便,我们觉得糟糕透了。爸爸一觉醒来,发现吉姆已经被马尔堡病毒夺去性命,变成了一具尸体,但手脚还跟自己锁在一起。吉姆的病很可能是妈妈传给他的。我们大半个上午都在清理血迹和黏液(除了那个讨厌的小混蛋亚历克,他说他头疼)。我原本打算这次旅行好好读几本书的,结果一本都没读。不管怎么样,等一切都过去以后,他们需要找人把船往北开回去,到时候也许我就有时间读书了。

最后,保重。无论事态怎么发展,我们五个都会牢牢盯住彼此。很快您就能来英国的新家看我们了。到时候,我们会一起为这些疯狂遭遇开怀大笑。

您的迈克尔

亚历克

　　楼下的卫生间铺着软木地板，有个古怪的电热毛巾架。有浴缸，但没花洒。水箱高高挂在墙上，想要冲厕所，你就得拉它底下那根链子。洗手池又高又小。但卫生间里没窗户，没人能看见你，所以很安全。而且这里暖和又亮堂，不像屋里其他房间。

　　我在马桶上坐到两腿发麻，还是什么也没拉出来。我待到腿都疼了，眼睛似乎能看穿墙壁，经过门前的走廊、车道、迈克尔称为"比乐队还矫情"的小路，再往前穿过几栋屋子，直达我们住过两个学年的镇中央，看到那些古怪的英式食品店、肉铺、蔬果店和报刊亭。在这里，只有星期天我才会穿长裤，因为只有这一天我不用去上学，只有长大成熟的男孩才能穿长裤。

　　长裤的灰色羊毛衬里耷拉在我的脚脖子上。当麻木变成疼痛，我就站起来，甩开了裤子。现在，我浑身上下只穿着迈克尔的丝质白衬衫，感觉就像有人在摸我一样。我解开纽扣，让衬衫也滑落到地板上，然后把凳子搬到洗手池前面，站上去，看着镜子里光溜溜的自己，往前凑了凑。

　　"好好看看呗，你这个小变态。"林斯伯恩在赛后冲凉的时候是这么说的。我盯着他看，自己都没意识到。每个人都看着我，我只好低下头,盯着灰扑扑的肥皂水沿着排水口流下去。

但在这儿,门锁得紧紧的,没人知道我光着身子在防滑垫上跑来跑去。我用光溜溜的大腿去蹭毛巾架上的圆弧和发热器——好烫!——接着又用肚皮去蹭毛巾柜的把手。后来我玩腻了,朝门口走去。

我用拇指和食指捏住插销的把手。插销太紧,很不好用。妈妈总说,你得按到手疼才行。她总是跟爸爸说,赶紧去修。我费了半天劲,大拇指都疼了,但还是转不动。这又让我兴奋起来。只要用力一推,他们就能把门打开,发现我光着身子。

我敲了敲门,然后静静站着,屏住呼吸,听外面的动静。什么事也没发生。我又使劲敲了敲,听见了脚步声。妈妈走进了门前的走廊。

"谁在里面?"

"我。插销卡住了,我弄不开。"

"用点劲试试。"

我又试了一次,手又疼了。

"太紧了,"我说,"它不动。"

"那就找个东西撬它,皮搋子的杆子之类的。"

我照办了,光着身子穿过卫生间,拿起皮搋子,用木杆子使劲撬金属插销,声音大到她绝对听得见。

"还是不行。"我说。

"怎么了?"西莉亚走下楼。

"他弄不开门。"

"怎么会,他劲太小了吧?"

"不是!"我隔着门大声喊,"它卡住了。"

"呃,再使点劲嘛。"

"他试过了。我就知道会发生这种事,早就跟你爸说过。"

凯尔西听见我们的声音,兴奋地直甩尾巴,"啪啪"地拍在卫生间门上。我听见迈克尔穿过客厅走过来。

"亚历克把自己锁厕所里了。"西莉亚告诉他。

"我就说他运气好嘛。"迈克尔说,"你们还不信呢。"

"别说风凉话了,"妈妈说,"我得去看看肉熟了没。你们俩帮帮弟弟行不?"

"赶紧开门吧,"西莉亚说,"我还要用发夹呢。"

"我弄不开。"我只觉得脸颊发烫,头晕眼花,仿佛整个人飘了起来,离他们只有几厘米,只有门遮着我。

"里面情况怎么样?"迈克尔问,"供给充足不?"

"你这样会让他更来劲的,"西莉亚甩下一句话,朝客厅走去,"让他在里面待着吧,他一会儿就出来了。"

但迈克尔留下了,一屁股坐在走廊桌边吱呀作响的藤椅上。我听见抽屉被拉开的声音。过了一会儿,一根黑色的鞋带从门底下塞了进来。

"这能干吗?"

"你把它绑在插销上再拽。"

我把光溜溜的后背贴在墙上,身子哧溜滑下去,盘腿坐在地板上。

迈克尔跟我一样讨厌学校,至少刚开始是这样。他还为这件事哭过鼻子,虽然他已经很大了,不应该再哭鼻子了。晚上,我在卧室里听见妈妈安慰他说,没关系的,他会交到新朋友,一切都会好起来。那个时候,我们俩星期天还会一起跟凯尔西玩,把它引到白色波斯猫待的房间,看它俩打架。但现在迈克尔星期天一般会去牛津买碟,平时要到饭点才会回家,吃完饭还要做功课。

"爸爸呢?"我边问边拿鞋带拽插销。

"床上呢,"迈克尔说,"最近他老在床上躺着。"

"他为啥睡那么久?"

"我觉得他是累了吧,"迈克尔说,"特别累。显然失业了就会这样。"

"你说什么呢?"

"他现在会接你放学,对吧?他以前有这么做过吗?"

从上个月起,爸爸突然开始来学校接我,开着一辆蓝色斯柯达。回家路上,在笔直的乡间小道上,他会开到时速八九十英里,然后换到空挡,关掉引擎。我们会冲进山谷,穿过旷野,看最远能开到哪里,能不能开到桥边的酒吧。直到速度降到每小时几英里,后面的车开始狂按喇叭,从旁边超车,他再重新启动车子。

"他不是还在里面吧?"妈妈现在有点着急了,"太荒唐了。你爸呢?迈克尔,叫你爸来。"

我赶紧跑到洗手池边,把衣服穿上,回到门口,准备把插销拉开,但我没有,只是等着。天花板上传来了爸爸的脚步声,这是他在卧室走来走去的声音。他现在必须起床了,没有别的选择。接着,我听见了他下楼的声音,听见他隔着门喊我。

"亚历克?"

"嗯?"

"怎么了?"

"插销卡住了。"

他离开了走廊，什么也没说。过了一会儿，门底下有动静，我看见一只钳子的尖头。但门缝太窄了，塞不进来。他站起来，去换了个小钳子，从门底下塞给我。

我夹紧插销，用力去扳。

"你得攥紧了。"他说。

我停下来，喘了口气："没用，"我说，"还是在卡着。"

"老天哪，"妈妈又过来了，"饭菜都上桌了。"

"快他妈开门。"西莉亚说。

"不许说脏话。"妈妈说。

现在他们四个都在门口，包括凯尔西。爸爸什么也没说。

我耳朵里的血管"砰砰"地跳个不停。

"就这样?"妈妈对爸爸说，"你没别的招了?"

"亚历克，"他说，"往后退，离门远点。"

"你要干吗啊，约翰?"

"把门撞开。"他说。

"别!"我喊道，"等我再试一下。"我握住钳子，夹紧插销，猛地一拽。

约翰

透过林间空地,沿着云杉树丛向下望去,能看见清晨树荫下的小溪缓缓流过石滩。岩石寂然无声,仍带有夏日的余热。它拥有人类所不具备的耐心。这提醒着人们,从岩石矿物的角度来看,感受和生命是无足轻重的。每个人都是一场即将到来的毁灭。我们所在的这个星球,也是一场即将到来的毁灭。无论从何种角度来看,神灵都不存在。我只知道,这种磨难已渗入我生命的每个角落。

我千里迢迢地回到英国是个错误。英国遭遇了经济衰退。说服老实巴交的乡下人做风险投资本就不容易,衰退的市场环境使他们更加谨慎。我曾告诉企业家们,我受过的训练使我绝对不会做一件事——在兑现足够的承诺之前举家搬离,但我还是这么做了。以下是我为自己开脱的理由,至少是玛格丽特说服我相信的理由。那就是,她现在不会再因为自己和孩子们两次背井离乡而被恐惧和愤怒吞没了。我们先是搬去英国,把旧家具从仓库里取出,把孩子们送进英国学校,接着不到三年又撤回美国。这全怪我。因为我被自己的合伙人一脚踢出,他们说无法承受我的体虚乏力——那可是我创办的公司啊。回到美国后,不同的小镇,不同的学校,一切都焕然一新。沃尔科特位于波士顿西部，至少在这里，我之前帮助过的一个人出于同情愿意给我一份工作。这份工作不可能持久，事实也确实如此。工作一年半后，他建议我改成兼职；再后来，在几个月前，连兼职也保不住了。

面对怪物，我总在寻找意义。并非为寻找意义而寻找意义，因为在正常情况下，谁需要思考意义呢？如果意义存在，就让它无处不在，于消逝中被人记住吧。但当怪物从你脑后吸走眼前的光明，将其吞入遗忘之口，意义便不复存在。于是，我像个残废一样，追寻着别人拥有而不自知的东西——日常的意义。

还好，我还有词语。怪物还没有夺走词语。它或许夺去了我说话的能力，却并未从我头脑中夺去体积更小的词语。微小而隐形的亡灵大军挥舞着细小的镰刀，收割头脑的血肉。跟一般的刀刃不同，它们越用越锋利，盼望着重装上阵。如若不是反反复复，自责还有什么意义。自责并不深刻，只是无穷无尽。

我教孩子们如何在水上保持平衡，如何上下船，如何划桨，如何开汽艇，如何打结，有机会时还教他们如何驾驶帆船。在萨默塞特的乡间，我教他们如何骑车，在乡间为他们开辟骑行的道路，为他们建造树屋。回到英国后，这两年半以来，我带他们游览了各类城堡和罗马长城，把我上学时学到的历史知识教给他们。可以说，我给予他们的父爱，是我自己从未得到过的。但这太像美国人的说法，也太像做精神分析了。我父亲毫无怨言地满足了那个时代社会对男人的期待，我并不怨恨他。我们本就不该了解彼此,也确实不了解彼此。他没有在我心里种下那只怪物。怪物比他老得多,也狡诈得多。父亲在贝尔法斯特为家传的航运业工作,刚过而立之年就成为了南安普敦的代理商,并在此遇到我母亲。他带全家人熬过了大萧条和二战,让孩子们接受了良好的教育。他虽然不常开口,但对我影响颇深,我想象不出他还能是其他模样。我想说,人们很容易对做父亲的提出过高要求。

几个月前,一阵前所未有的浓雾遮蔽了我的双眼。我在怪物的臂弯里沉睡,后颈能感觉到他的呼吸,背部能感觉到他腹部的起伏,跟往常一样看不见它的头部和面孔。我再也无法对玛格丽特隐瞒失业的事实了。孩子们变成了让我耳朵无法忍受的噪音。我停止了一切活动。一周周飞逝而过,仿佛毫无区别一般。我能闻到自己腋窝、呼吸和腹股沟里发出的腐烂气味,仿佛死亡的过程已经开始,随着意志的消失,躯体也渐渐腐朽。在但丁和弥尔顿笔下,地狱的场景栩栩如生。原罪让死者陷入挣扎。生命中遍布黑暗的荆棘。有那么多故事值得讲述。但在迷雾之中,什么也看不见。与你同眠的怪物就是你自己。那种无尽的挣扎只有自己能明白。我想这快结束了。只要某天晚上,背后的怪物稍微多用点力气,我就会停止呼吸。半死不活的我,期盼这一天的到来。

但这并没有发生。透过桌边的窗户,我看到了鸡爪枫的树叶、邻屋的屋顶和横贯天空的白云。细节开始清晰起来。阳光下的浮尘。地毯上的纹理。原先令我难以集中注意力、让我忘却谈话内容的东西,如今却成了精神活动的标志——物体的色彩和轮廓与背景形成鲜明对比。我能下床了。虽然说话暂时还办不到，但我恢复跟家人一起吃饭了。玛格丽特已经筋疲力尽，但她仍然每晚坚持做饭。透过我给这个家庭带来的阴霾，我再度发现了孩子们的美。西莉亚乌黑的秀发在壁灯鹅黄的光晕中闪闪发亮，大大的眼睛写满了对父母现状的愤怒。亚历克——难以想象，他已经跟我一样高了——总想赶上姐姐，处处和她针锋相对，既老实又做作（或许，正因为是装出来的，他看上去才老实）。我无法想象自己也曾那般年轻，那般不设防。他斜觑着我，不确定我是谁，或者说是什么。

还有迈克尔的空椅子。他跟我们一起从英国回来，却无法忍受这里。也可能是无法忍受我吧。西蒙，他的一个朋友，说迈克尔可以回英国，住在他家，完成最后一年的学业，我们最终还是同意了。当然，这更说得通。若不是我把事情弄得一团糟，他也不至于过得那么凄惨。事实上，他离开反而更好。比起另外两个孩子，迈克尔更让我头疼。他小时候，我们还住在伦敦巴特西区的时候，有一次他在楼梯上摔了一跤，脑袋磕到了地上。他伤得很重，玛格丽特没往我办公室打电话。但就在他出事的那个时候，上午十点左右，我突然头痛欲裂，不得不到楼外呼吸新鲜空气。我走进公园，想缓解头痛。突然意识到他出事了。我给玛格丽特打电话的时候，没有提到我已经知道她要告诉我的事了，因为我不想让她担心。

迈克尔小时候是个安静又爱思考的孩子。他有时候会神秘兮兮，孩子们偶尔都会这样，就像他在平静地观察事物的本质，同时深知这无法用语言描述。但更多情况下，这种早熟让他忧心忡忡。车里剩下的油还够不够开到奶奶家？我们还来不来得及赶上火车？要是妈妈没在旁边盯着的时候水烧开了怎么办？要是警察不知该去哪里抓犯人怎么办？他的问题无穷无尽，没有答案能让他满足。我并不介意。后来他长大了，意识到那些问题太幼稚，就不再高声提问，而是默默思考。他问我答的对话就此终结了。他被学校接管了。他在学校里不开心，可每当我试图保护他，比如找欺负他的同学家长说理，事情只会变得更糟糕。现在他长得比我还高，瘦得像根竹竿，说话语速飞快。他不再提问，而是不停地创造。他的想象力远远跑在前面，确保一切都在运动，确保他不会被困住。

几个星期之前，我很久以来第一次跟玛格丽特和孩子们共进晚餐。西莉亚一直在摆弄桌上的餐巾，先是攥紧，然后打开，接着再攥紧。我叫她把餐巾搁在腿上，她就朝我大吼，说她想怎么做就怎么做。玛格丽特把盘子往桌上一摔，说如果我们再不闭嘴，她就离开饭桌。但第二天晚上情况就好多了。虽然迈克尔不在场，不能用欢声笑语吸引弟弟妹妹的注意力，但情况还是好多了。

随着病情好转，我开始散步。我会早早起床，带上凯尔西，到林间解开牵引绳，任它自由奔跑。植物释放的新鲜氧气，残留着夜晚的潮湿气息，沁人心脾。我喜爱美国的林地甚于家乡汉普郡的林地。在我的家乡，城镇、村庄和农场的林地范围是有限的。新英格兰则恰恰相反，森林里有大片空地。一路向北走去，林间空地会越来越小，直至消失。在这里，我不会遇见其他人。这一点很重要。我的头脑能好好休息。此时此刻，我的情况愈发明朗——我不会好起来了。家人的爱一直是我没有彻底放弃的理由，但我已无力承受。我可以吃药，让洪水淹没头脑，让怪物变得迟缓，让挣扎沉入水底，让我活在混沌之中。但那头怪物怎么也杀不死。我还小的时候，它就盯上了我。到我死去的那一天，它才会放过我。我年纪越大，离这一天就越近。

我越过小河，沿着小路，走到街道尽头的田野上时，已经十点多了。六月的骄阳普照大地，草地绿油油的，路旁低矮的苹果树过了花期，枝叶郁郁葱葱，杜鹃和丁香也不见花朵，绿叶在阳光下摇曳。空气中弥漫着泥土的芬芳。泥土是覆盖在地球表面的血肉，植物从中汲取热量与养分，才能茁壮成长。我出门的时候，西莉亚和亚历克和往常一样尚在梦乡，我不想叫醒他们。夏天我通常不知他们的去向，但昨天晚饭时我留意了一下，大概猜到了他们今天会去哪里。

改道回家前，我先去镇中心绕了一趟。街上很安静。孩子们都去夏令营，或者去度假了。商店把货柜推到路边，竖起牌子，沿街售卖。几个玩滑板的人闷闷不乐地坐在冰淇淋店阳伞下的长椅上，盯着车子缓缓驶过。街对面的一位女士冲我笑了笑，还热情地挥了挥手，我也冲她点了点头，挥了挥手，虽然我根本不知道她是谁。可能是哪个孩子的家长吧，也许我在接送亚历克或西莉亚的时候碰见过，也没准是在学校遇到的。我挪开视线，继续往前走，免得她过马路找我说话。

如果是其他时候，我也许会被她的热情鼓舞，报以双倍的热情，让这次偶遇变成一段值得纪念的回忆。我是靠美国上流社会与生俱来的乐观谋生的。这就是我为什么爱在美国工作。你有什么计划？项目怎么样？生意怎么样？我大学刚毕业的时候，英国还没有创业者。我们有管理者和劳资关系。通过一套设计好的说辞，你可以在聚会上推断出一个人毕业于哪所学校，口音则是一个人能否被接纳的首要因素。在美国，我可以飞遍全国，跟人们谈论最狂野的梦想。人们总是很高兴见到我，哪怕我没法给他们任何承诺。时隔一两年，当我和合伙人筹得资金、创办公司，再打电话告诉当年的朋友，我想帮他们实现梦想，那是多美妙啊。但那都是上辈子的事了。

当年在萨默塞特，我们租的房子每个月只要三百美元。我们有一辆二手旅行车、一片菜地和足够的钱，足以让玛格丽特留在家里。亚历克会跑到街上的公交车站，迎接下班归来的我，帮我提公文包，穿过前院，绕到房子背后。迈克尔和西莉亚也许在树屋里玩，也许在谷仓里疯。他们会跑出来，抢在我前面推开后门，高声告诉他们妈妈我回来了。夏天，我们会在户外原先房客留下的野餐桌上吃饭。我会把桌子挪到树林边缘，搁在一块长了青苔的水泥板上。从那里回头望去，能看见我们八角形大屋的白墙黑瓦，还有砖砌的烟囱。玛格丽特的曾祖父是这个镇上的木匠，这座房子是他替一位卫理公会牧师建的。当时唯灵论运动的成员非常热衷这种设计。八角形没有直角，据说这意味着恶灵无处藏身。夜晚时分，当窗口透出灯光，它就像一座低矮的灯塔，向四面八方发出警告。在孩子们吃得太饱，昏昏欲睡，不想再玩的时候，我偶尔会假装房子闹鬼，给他们讲鬼故事，说一百年前人们聚集在这里，通过烛光跟死者交谈。迈克尔不愿意听，就装作他已经长大，不屑于听鬼故事了。玛格丽特会说，你会吓得他们睡不着觉的。但亚历克和西莉亚会缠着我说，别呀，别呀，接着讲呀。我告诉他们，邻居们会聚在这里，在黑暗中倾听冥界亲人的声音，亡灵会在客厅里出现，讲述死后的经历。玛格丽特早已收拾干净桌子，迈克尔也早已回到自己房间，亚历克还紧紧贴着我，西莉亚则会屏息凝神，一动不动地盯着我们身后的树丛。我们三个坐在枝繁叶茂的橡树下面，被蟋蟀的歌唱包围。那个时候，我能感觉到他们有多需要我——需要我讲下去，需要我保护他们不受周遭一切的伤害。我确实在保护他们。我告诉他们，他们是安全的，因为妈妈的祖先建了这栋房子，让幽灵无法驻足，所有可怕的事都发生在很久很久以前，现在已经伤不到他们了。接着，我会让亚历克趴在我的肩头，拉上西莉亚的手，带他们回自己床上。

我经过公理会教堂的墓地，穿过马路，走进杂货店的停车场。只有不到一半的车位停了车，外面酷热难耐。透过后面建筑物的玻璃门，我能看见一排三台收银机。亚历克正倚在黑色传送带的钢边上，跟多琳说话。多琳是个年近七十的老烟枪，一头染过的红发，还有厚厚的双下巴。每次我来店里，她都跟我说，亚历克人见人爱。她自己显然也被他迷住了，因为他很有礼貌，又善于倾听。作为一个十四岁的孩子，他显得很有教养，甚至颇有贵族气质。去年他问我，他是该选修金工还是戏剧。我告诉他，他在戏剧班上会结识更有趣的人。也许这能说明为什么他现在举止不凡——因为他在演戏。但他格外注重礼节，却是从我身上学到的。他是三个孩子里唯一在美国出生的，也是唯一因为我们要搬去英国而兴高采烈的。

我从未目睹自己的孩子长大成人。迈克尔和西莉亚一下子就长大了，但我没看见，虽然他们妈妈说，不是他们故意躲着我，而是我把自己锁在了房间里。我想，我不能否认这一点。但亚历克就在这里，脑袋微微仰起，对多琳说的话郑重点头，一只脚在油毡地板上打拍子，双手叉腰，偷偷抠着指甲，全部注意力都放在多琳身上。她说了些什么，让他诧异地瞪大了眼睛，摇了摇头，一副义愤填膺的样子。接着，他身子前倾，双手离开腰间，大力打着手势。多琳转过头，哈哈大笑。亚历克也露出了微笑，为他刚才说的话和多琳的反应高兴。这位年轻的演员只有一位观众。我发现他身上的自命不凡几乎令人反感。这难道是我遗传给他的？多琳转身回到自己的收银机前，把一位女士买的杂货搁在传送带上，让亚历克帮忙装袋。

我的三个孩子都在打工，他们用的东西基本靠自己买。但我还是不清楚他们对家里目前的状况了解多少：除了债务，我们一无所有。他们妈妈永远不会告诉他们，只会在晚上冲我大吼大叫。尽管西莉亚已经放弃劝架了，亚历克偶尔还会来敲客厅的门，求我们不要再吵了。我的脑袋变得如此沉重，让我几乎无法睁眼，只希望一切赶紧过去——紧张的气氛，寒彻骨髓的话语。亚历克帮那位女士把购物车推到她的沃尔沃边上，推车回去的时候见我站在一旁，便走了过来。

现在店里不忙，他们不介意他提前午休吃饭。我们走向镇中心。

我没想好要去哪里,他也没问。我们单独相处的时候不多,通常也不说话。他在渐渐长大,很多事情不言自明。他洗澡的次数过于频繁。他就像期待脱胎换骨的幼虫,急于摆脱童年的躯体。这就是寄宿学校的好处。把处于这个阶段的孩子送得远远的,避开父母关注带来的尴尬。玛格丽特会说,这对你也有好处。他摆弄着一把小小的瑞士军刀,把各种工具拉出来又按回去,接着又折成各种角度。

"我饿了。"他说。

我们继续往前走,经过天主教堂和警察局,还有路边半独立的白色联排别墅。透过路边小饭馆的窗户能看见里面的空位子,至少里面应该凉快些吧。去年秋天我在这里度过了不少时光,用标准拍纸簿给投资人写信,告诉他们我认为哪些新项目值得投资。来这里的大多是生意人和退休的老人,而不是年轻的母亲或谈生意的男人。这里的食物很油腻,店里也不怎么干净。店主是拉脱维亚人。有一天下午,他从厨房里走出来,坐下来跟我聊了整整两个小时,讲他在苏联海军服役的经历。炸锅的味道大得出奇,充斥着我的脑袋和肺部,让我有点反胃。亚历克弯腰看菜单的时候,我注意到了他肩膀上的头皮屑。他问我有没有听到他问的话。服务员就站在我们桌边。我说,没有,你说什么了?

"我要红辣椒配法式油炸三明治行吗?"

接着他还会要巧克力蛋糕。在餐厅里吃饭的时候,他妈妈为了省点钱,会点菜单上最便宜的东西。我总觉得这么做太丢人了。

"爸爸,你要点什么?"

"我不用,"我说,"我不饿。"

亚历克体内没有怪物。但我没法确定。他还太小，也许我只是没看到，或者不想看到。但他那么急于取悦别人，感觉有点生硬别扭。哪怕在他觉得尴尬的时候，他看起来都是那么外向，甚至是越尴尬就越外向。因为尴尬让人觉得难受，他急于摆脱这种感觉。他还有点裸露癖。他刚会走路的时候，就光着身子走进我们卧室，咬着下嘴唇冲我们笑。他有一张照片是圣诞节在我小舅子家拍的。他当时大概四五岁，站在楼梯顶上，裤子耷拉在地上，找人帮忙上洗手间。我都忘了是哪个醉鬼在帮他之前拍的。西莉亚绝对不会遇到这种事，迈克尔当然也不会。作为家里最小的孩子，亚历克当然会这样。在他看来，规矩就是用来打破的。他觉得，规矩都是暂时的，只要懂得灵活应变，什么规矩都能抛到一边。最后我只能揍他一顿，他会呜呜直哭。但他生气持续不了多久。他太没耐心了，现在也是，迫不及待想要长大。他连吃三明治的时候都不闭上嘴巴。

"咱们还会回缅因州吗？"他问，"比如今年夏天？"

"我不知道。"我说。他愣了一下。我从他这个动作和一闪而过的狐疑眼神能看出，他怀疑我又犯病了。不过，他到底在想什么，我还是完全摸不着头脑。毕竟，现在我不是在床上躺着，而是跟他在外面吃饭。他这辈子只了解我一个人。有一次，我隔着卧室门听见他跟同学吹嘘，说他爸爸有自己的公司，所有决定都能自己做，还能到世界各地旅行。我这个古怪的美国儿子啊，除了吃饭的时候闭不上嘴，其他方面都算行得正、坐得端。

"西莉亚挣得比我多，"他说，"她只是在餐厅拌个沙拉，但得的小费多。我觉得我该提涨工资了。我看见乳品经理助理的工资单了,一小时有八美元四十五美分呢,我才六美元二十五美分,而且他不在的时候活都是我干的。你觉得我该不该提涨工资?"

"你应该去英国看看你奶奶,"我说,"她跟你提过这事,对吧?偶尔去那儿陪陪她什么的?"

"她家又没什么事可做。"

总有一天他会去的。她不会给他讲她爸爸的故事,也不会提起我在南安普敦跟他偶遇的事,因为她觉得不该聊这些不幸的事。这倒让我觉得,应该由我来告诉他。

我妈妈从不提起我外公,因为他跟我外婆离了婚,这在当时是前所未有的。他还把几个儿子都带走了。他有好几次赚了大钱,但最后血本无归,不过我也不确定。我是在1946年或者1947年遇见他的。我和妈妈在面包房排队,等着领配额口粮,她突然紧紧攥住我的胳膊。我抬起头,看见她满脸戒备地盯着一个男人。他留灰棕色八字胡,身穿定制西服,头戴圆顶礼帽,在她身边停下了脚步。

"你好,布丽奇特,"他说,"你看着挺好的。这是谁呀?"

有那么一会儿,她一言不发。我觉得是那个男人故作熟悉的口气惹恼了她。但接下来,她就用一种异乎寻常的低沉嗓音说:"这是约翰。约翰,跟你外公握握手。"

这是她二十年来第一次见到他。他跟我们一起排队,然后来家里喝了茶。他说他住在伦敦,来南安普敦是为了谈生意。我还记得,他坐在壁炉边的靠背椅上,架着二郎腿,袖扣金光闪闪,皮鞋擦得锃亮。他的身体非常放松,就像遇见老朋友,拜访熟悉的地方。他每次从盘子里拿饼干,都会微笑着冲我点点头。经过半小时的寒暄和偶尔的沉默,他看了看表,说他要去赶火车了。他在门口亲了亲妈妈的脸颊,朝我抬帽致意。"很高兴认识你,约翰。"说完他就离开了。

由于他是个陌生人,这次短暂的会面对我并没有太大影响。但我看见,他们俩聊天的时候,妈妈双唇紧绷,两眼圆睁,直勾勾地盯着他,身子僵得像根木头。她过去只是我妈妈,其他什么也不是,那个永恒不变的形象就这样悄无声息被打破了。当时的我无法理解,她的痛苦似乎是毫无来由的。我能理解人们在不同场合的不同形象:军人无休止的笑话,老师对处罚的热衷,甚至是爸爸的粗暴无礼,觉得别人做什么都是对他的打扰。我会把这些都视为表演。但我妈妈总是泰然自若,不偏不倚,不为外界环境而改变。她总知道该做些什么——直到那天下午。连空袭也吓不倒她。她会把我和弟弟哄进屋里,从橱柜里取出小袋吃的,叫我们躲在餐厅桌子下面。她和爸爸则坐在旁边的椅子上,偶尔低声聊上几句。即使在那个时候,她的嗓音都没有变过,只是说话更简练而已。但仅仅是一位星期六早上来家里小坐的老绅士,却让她的说话方式和肢体语言变得在我看来如此陌生。

他走后,我们再也没有提起过这件事。我猜她跟爸爸谈起过,只是没有当着我的面。她并不是不偏不倚。她也有需要,她的需要也会成为负担。她的这一面迟早会显现出来,但这也太突然,也太让人猝不及防了。我过去因为很多事对她不满,但因为这件事彻底原谅了她,试图默默给予她更多的爱。她现在自己住在南安普敦郊外的一个小镇上,我弟弟给她找了一套舒适的小砖房。在孩子们眼里,她是奶奶。奶奶家有好吃的黑巧克力,还有严格的餐桌礼仪。她会责备玛格丽特把孩子惯坏了。

"你还没说我该不该提涨工资呢。"亚历克说。

在我的孩子们眼里,我偏离重心有多久了?我成为负担有多久了?

"为什么不呢?"我虽然嘴上这么说,但这几个字说得生硬无比。他也听出来了。

他的蛋糕已经上过,进了他的肚子。他在刮剩下的最后一点酥皮。"妈妈说你好点了。"

他的棕发斜斜掠过眉毛上方。我现在就可以伸出手,摸摸他低垂的脑袋。但那头怪物还是台投影仪,每天都让我观看我无力办到的事。

这时,突然冒出一个我本该叫得上名字的男孩,给这段令人痛苦的寂静画上了句号。他是亚历克的朋友,名字不是斯科特就是格雷格,要么就是皮特。我的座位面对着门,所以是我先看到他的。他挥了挥手,径直朝我们走过来。像亚历克的大多数朋友一样,他穿着深色的旧衣服——黑色夹克配花衬衫,都大了好几号。他们俩待在一起,看上去就像两个流浪汉。如果他们的本意是走异装癖路线,那可算不上成功。肥大的衣服起了适得其反的效果,使他们举手投足都显得过于刻意。他跟亚历克故作漫不经心地打了个招呼,对我则是扬了下下巴,就像我们是在院子里放风时碰上的两个犯人。我发现亚历克脸红了。这种时候他总有些不自在。他问那个男孩,过会儿是不是跟别人有约。那个男孩本来大概是想说句俏皮话,说出的话却显得愚蠢又恶毒。他提到了什么瘸子,我没弄懂他的意思。

他挤进了亚历克同侧的长沙发。亚历克现在看起来更不自在了。

他们俩就像一对小丑，年轻轻狂，没精打采，神情怪异。亚历克小时候会在我午睡的时候爬上床，前后晃荡把我弄醒，直到我把他拽到我身上。接着，我会把一枚硬币攥在拳头里，他会两只手并用，努力扳开我的大拇指，把硬币弄出来。这一切都符合我对父子关系的想象，但我和迈克尔却没有这样的交流。我想跟亚历克找回当年的感觉，让眼前的愚蠢小把戏通通消失，哪怕只有今天一天也好。但我该对他说些什么？做些什么？如果说我过去还算关心他，现在已经没有了。我放弃了无数次关心他的机会，不是瘫在床上不愿爬起来，就是在地下室里游荡，直到他发现我盯着一堵墙发呆。也许过去我是他唯一了解的人，但随着年龄的增长，他已经能拿我跟别人做比较了。我的裤子穿得晃晃荡荡，腰带得扣最内侧的孔才行。在浴缸里泡澡的时候，我能感觉到曾经的肌肉已经松弛。

"我要跟布拉德夫买碟。"那个男孩说。他也没问我们会不会留下来，就点了杯奶昔，旁若无人地大声吸了起来。亚历克显然想跟他一起去，同时却又竭力隐藏这一点。他说，估计迈克尔已经买了他们想要的专辑。如果不是马上要回去工作的话，他肯定已经跟朋友一起走了。我在他们这个年纪，穿的是蓝色制服，课余时间都得躲着严厉的级长，最激动的事是去小卖部买块糖。现在孩子房间里的东西比我们那时整个家里还多。但我很庆幸他对那个世界一无所知。我去收银台付了饭钱，跟店主挥手道别。最后，亚历克和他的朋友还是跟在我后面，走上了酷热的人行道。

我的家人永远不会知道他们是怎么拯救我的。玛格丽特或许还有可能,但孩子们绝对不可能知道。我回过头,看见亚历克几乎是恳求地盯着他的朋友,那个孩子却毫不在意,一边大摇大摆地往前走,活像个摇滚巨星,一边踢着脚下的小石子。有那么一瞬间,我忍不住想让他吃点苦头,看看他遇上麻烦的时候还会不会这么目中无人,但我马上意识到,我真正想要的是亚历克别再那么关注他。经过市政厅之后,他终于离开了,亚历克再次跟我肩并肩往前走。上坡走回杂货店的路上,他显然情绪低落,有些不大情愿。

"那小伙子叫什么来着。"

"山姆。"他闷闷不乐地答道。不该是这样。我们不该这么分开。"来吧,再走走。"我说。

"我午休要结束了。他们会发火的。"

"我会跟他们说的——我会解释的。"我已经拉着他往街对面走了,两旁的车辆纷纷停下,让我们先过马路。烈日当空,高楼也没投下一丝阴凉。我不知道该去哪儿。停车场的车窗和车身反射的强光刺眼极了。前面不远就是溪边小路了,那条小路蜿蜒穿过整个小镇,在各家院子和运动场后面都能看见。我朝那里走去,想找个阴凉的地方。我一直没适应这里的气候。夏天实在太闷了。

"咱们要干吗?"亚历克问。

他现在落在后面,离我有好几步远。我想,在三个孩子里,他是过得最自在的。他生来自私,毫无耐心,我们也最惯着他。我停下脚步,等他赶上来。

"我午休要结束了。"他在离我几米远的地方停下,在草地上轻轻跺了跺脚,又说了一遍,"我得走了。咱们到底来这儿干吗呀?你到店里来干吗?"

"我想看看你。"

"你怎么这么怪啊?"他说,"能不能别这样?"

现在我不管说什么,都只会对他造成伤害。但我必须试试。"山姆——他看上去是个挺不错的小伙子。"这话说出来连我都不信。我只是想让亚历克知道,他会交到朋友,会遇到可以依靠的人,能共度时光的人。

"你说什么呢?你根本就不认识他。别这样,求你了,行吗?"他看上去尴尬极了,仿佛我们俩正赤身裸体站在台上。

我能从他的眼神看出,他努力不显示出对我的可怜。这就是我对他们做的。我一次又一次这么做。接着,他们的脸会变成怪物的面具,就像现在的亚历克一样。怪物就用这个来折磨我。我的声音曾是亚历克的保护伞。我会给他编故事,保护他不受鬼魂的伤害。如今,我却成了关在屋子里的鬼魂。

他又气又烦,转身就走。我跟了上去,想把手搭在他肩膀上。但他躲开了我的手,急匆匆地走回街上。

最大的一片阴影在前方一棵大枫树底下。我背靠树干,坐到草坪上。溪水清澈见底。这些美妙的形象/虽业已久违,却未被我遗忘/正如美景之于盲人那样/但时常,独处陋室/在喧嚣都市,幸而有它们为伴/在无数倦怠时刻,带给我甜蜜时光……我大学期间第一次住院的时候,很庆幸中学时吉列斯先生逼我们背诗……在蒙恩的心境中/那神秘的重负/那难以言说的世界里/沉重而累人的负担/都被减轻——

那平静蒙恩的心境/引导我们悠然前行/直至呼吸脱离躯体/血液停止流淌/肉身安然入睡/灵魂翩然起舞。①年少时的我并不理解其中的深意，觉得不过是押韵的诗句。我甚至把它跟吉尔伯特和沙利文写的戏剧，还有赞美诗《基督精英》混为一谈。但接受电击治疗后，因为剧烈的抽搐挣扎，我回房间时总是胸口淤青，接下来几天除了音乐和诗句几乎什么都想不起来。它们成了我衡量时间的标准，将我带回过去的世界，向我保证那个世界确实存在。它们让我相信，尽管时光流逝，与众不同的东西仍然与众不同。

于是，我开始对它们有了全新的理解。我们的血流可以近乎停止，躯体可以安然入睡，灵魂仍鲜活如初。通过我们的所见所闻，它存在于任何时候。它是来自另一个人脑海的报告。那个人独处陋室，度过了无数倦怠时刻，却知道如何找回生活。这就是我当时意识到的东西。重返校园，与友相伴，享受快乐。我见过那头怪物，但当时没认出它，因为我那时还年轻，也是头一次遇见它。谁能料到日后还会再次相遇？

在英国皇家通信兵团服役时，我认识了彼得·洛里安。服完兵役后，我们跟另外两个朋友一起在切尔西找了间公寓，开始办派对。几年后，玛格丽特出现了，身穿绿色缎面礼服，长长的黑发，高挑而苗条。没有女人像她那样直视过我。我忍不住要向她献殷勤，因为我想让她一直盯着我。她总是脸红，但又露出笑容，这给了我继续下去的理由，也让我们弄清了这场游戏的性质，原谅了彼此的态度。我们能一起开怀大笑，这就是我们相爱的理由。

---

① 引自英国诗人威廉·华兹华斯的诗歌《丁登寺》（*Tintern Abbey*）。

如今，这些诗句又飘到了我眼前。它们仍是衡量时间的标准，但却如此残酷。

酷热难以抵挡。我的衬衫湿透了，脚底的汗也渗进鞋里。但我不那么在意了。已经没有人需要我的保护了。这个简单的事实让我如释重负。饥肠辘辘、热血上涌的感觉跟河边茂密的野草、桥边蒸腾的热气给我的感觉差不多。两者的区别源于紧张感，而我的紧张感在消退。何必反抗呢？毫无生机的世界拥有无上的智慧——无须思考。

"我的老天，你到底上哪儿去了？都三点了！"我还没走上人行道，就听见草坪对面传来了玛格丽特焦急的声音。"我开车去餐厅接西莉亚，经理说她今天没去上班。到处都找不见她，找不见。你在听吗？我受够了。你听明白了吗？你赶紧开车去舍费尔家。她肯定在那里，跟杰森在一起。"

我说她也可能在田径场上跑步。玛格丽特一听就爆发了，冲我大吼，说学校都放假三个星期了！没有训练！跟她争是没意义的。她的怒火朝向四面八方，源头都是我。我已经听不懂她在说什么了。但她拒绝承认这一点，而这让她更加狂躁。她无法接受的是，多年来我一直是家里的顶梁柱，保证全家生活美满，但如今这一切都不复存在。曾经，她有过选择，可以选择分手，或是继续走下去。如今，她毫无选择，孩子们也是。我连买食物和衣服的钱都给不了他们。买东西全记在信用卡上。

"我会去的，"我说，"给我钥匙，我会去的。"

舍费尔夫人住在雷蒙德大街上，就在邮局后面。她家是殖民时期风格的错层式建筑，有棕色的墙板和在山坡上挖出的车库。一圈高大的雪松挡住了大部分阳光。来应门的是个十岁左右的女孩，说她妈妈不在家。我告诉她，我要找的是西莉亚。她说她没看见西莉亚，她哥哥也出门了。屋里传来电视的声音。小姑娘的嘴角还有花生酱的痕迹。"西莉亚好漂亮，"她说，"你是她爸爸？"对，我告诉她，又问他哥哥可能去哪儿了，她说不知道，但他有时会到镇子另一边跟爸爸待在一起。我突然意识到，把这么小的孩子一个人留在家里，可以算是父母的失职。但我哪有资格去评判别人？

玛格丽特叫我去找西莉亚，不是因为她不在家或者没上班，而是因为克里斯·韦勒。几个月前，我尚在迷雾中时，有天半夜被前院的叫声惊醒了。一个烂醉如泥的男孩冲着西莉亚的窗户大喊大叫："把那该死的戒指还我，还有那该死的项链！"接着，他开始使劲砸门，把街坊邻居全吵醒了。玛格丽特从床上跳起来，冲到窗前。西莉亚跑进我们卧室。"起来！"玛格丽特冲我大吼，"老天啊，你快起来！"我拖着如同灌铅的双腿，颤颤悠悠地坐在床边，双臂用力撑着才勉强站起来。"到底怎么回事？"玛格丽特质问西莉亚。"我不知道，我不知道。"西莉亚的眼泪像断了线似的往下掉。我从没见过她这么胆战心惊。"你赶紧下楼，"玛格丽特对我说，"叫那个白痴闭嘴，让他赶紧走。"

母女俩等着我回答，我却站在她们面前一言不发。那个男孩一直在砸门。我办不到。我没法下楼应付这件事。那个男孩的拳头就像擂在我胸口，我能站稳就已经不错了。妻子和女儿惶恐地盯着我。"叫警察，"西莉亚绝望了，"咱们可以报警。"玛格丽特说，别傻了，报警只会把事情闹大。我们可不想大半夜的让门口亮起警灯。"那些首饰在哪？"她问，"在你那儿吗？"

西莉亚不哭了，变得一脸冷漠。我看见了，这个转变是在一瞬间发生的。她转身离开房间。我和玛格丽特跟了上去，站在楼梯旁，看着她回到卧室，穿上裤子，然后独自走下楼梯，开门直面那个狂躁的男孩，就像我们不在家似的。

这是克里斯·韦勒最后一次出现。但西莉亚的约会没有终止。现在她交往的对象是杰森。玛格丽特怀疑他们在一起会嗑药。显然，她回家很晚，常常双眼充血，不想跟妈妈说话。

那个小姑娘把她爸爸的大概住址告诉了我，杰森可能在那里。她说那栋房子是白的，但这个范围还是太大，周围又没有别人可以问。我在一个十字路口停下，看见一个挺像杰森的人从一辆灰色老款奥迪旁边经过，就跟着他绕过街角，来到另一栋殖民时期风格的错层式建筑跟前，那栋房子门口有根废弃的旗杆。他看见我在他身后停下车。我还以为他跟韦勒一样，是个高大粗鲁的美国高中生，没想到他看起来并不凶，留着稀稀拉拉的胡子，棕色的卷发梳成大背头。"哦，嗨。"他对我说。我大吃一惊，因为我想不起以前见过他了。我跟他说我在找西莉亚，他说把她送到田径场了。从他黯淡的眼神能看得出，他很茫然。显然，他遇上了某件事，但无法集中精力自保。他不是西莉亚的对手，没有她的意志力。无论她做了什么，做主的都不是他。他问是不是出了什么事，有什么紧急情况。我真想说，跟你有啥关系？但我能听出他嗓音里的关切，也意识到他陪我女儿的时间比我还多。玛格丽特想让我好好审审他，弄清他们俩到底做了些什么。但现在已经太迟了。其他东西都不重要。我需要见西莉亚。

我在跑道上找到了她。她在空空如也的露天看台前练习冲刺。现在比中午还热,骄阳炙烤着操场。我推开大铁门,走进田径场。她穿着短裤和无袖衫,额头上勒着方巾,背对着我往前跑,所以一开始没看见我。冲过终点后,她停下来休息,双手叉腰,仰头做深呼吸。她看见我的时候,我刚走过球门的门柱,离她不到五十米远。她弯下腰,手扶膝盖,还在喘气。

她的两个兄弟都没有运动天赋,但西莉亚从小学起就入选校队,垒球、英式曲棍球、排球、田径都是一把好手。尽管我们搬过两次家,她还是坚持了下来。多年来,我们不是送她去参加训练,就是从训练场接她回家。

我向她走去,她仍然专心致志,慢慢跑回起点。我看着她在起跑线上摆好姿势,冲进跑道,摆动双臂,昂首挺胸,从我眼前飞驰而过,冲过终点后小跑几步,然后再走回起点。她朝我站着的露天看台台阶走来,呼吸还很急促,满脸通红,身上每一寸皮肤都浸透了汗水。

"我告诉妈妈不用接我下班的。她又盯梢了。"

她从背包里拽出一条毛巾,擦了擦额头。男孩们会被她吸引一点也不稀奇。她相当漂亮,颇有些狠劲,流露出的自信近乎冷漠。我猜这应该是随我,年轻时的我。但我现在在做些什么呀?日复一日地偷走她的自信,骗取她的关心。三个孩子里,她把我看得最透。这让她很难做,因为没有别的东西分散她的注意力,保护她不受我的伤害。迈克尔向来无法忍受紧张气氛,索性遁入其他的世界。亚历克还太小,无法独立判断目前的情况。但西莉亚的应对方式已经类似成年人——锻炼、喝酒、寻找其他爱她的人。

她在解释她为什么没有去打工，妈妈的时刻监控有多烦人，但这些都不重要，我也没有真的听进去。她当然注意到了，也因此更加恼火。她一收拾好东西，我们就一起穿过田径场。

跟她肩并肩往前走，近到能感觉到她身上散发出的热量，我突然为她的存在感到不可思议——这是我的孩子啊。我们每个人能降临人世的概率有多小啊！就算那极小的概率让她得以降生，我还是担心事情没那么简单，担心时间在这些终极事件面前会坍缩为一瞬间，你永远会面临这样的险境：要是从这里走到停车场的路上一不小心，我就会灰飞烟灭，她也会彻底消失，退回到不存在的状态，就像被小偷从敞开的窗户里掳走。不过，我们顺利上了车。她把背包甩到后座，两只脚搭上了仪表盘。

我沿着格林大街行驶，经过自然保护区的茂密树林，在该拐弯的路口忘了拐弯，她问我们要去哪里，我含含糊糊地说还有别的路，结果一路开到了锈迹斑斑的铁道桥下面。我们默默无言地开了一会儿，从车窗吹进的凉风使酷热不再那么令人难以忍受。

"你怎么都不用去上班啊？"西莉亚问，"你还在那家公司吗？"

现在道路两旁只剩下树木，郁郁葱葱的常青树投下浓重的阴影。这是一条笔直的长路，像有一股神奇的力量，促使两侧树木的枝叶往中间靠拢。她说的是罗杰·泰勒的公司。我们刚搬回来的时候，我在他那里找了份工作。十年前，我帮助他创办了自己的咨询公司。他给了我一间办公室和一份薪水。但十八个月后,他委婉地暗示,我做兼职会更好。结果,这意味着我只能偶尔接点项目,最后干脆完全接不到了。玛格丽特说那个家伙忘恩负义。但我是灰头土脸地从英国逃回来的,这个结局对我来说其实并没什么,因为我根本没法认真思考这件事。

"你听见我问什么了吗?"

"我不在那里上班了。事实上,我让你们大家失望了。"

"你又开过了一个路口。"她说。

我说我会转回去的,但她说没关系,她不介意。我觉得她也不急着回家。这条路通往湖边人烟稀少的一侧。我们经过了两三幢大宅的入口。它们是这里仅有的住宅,隐藏在山坡上面。我偶尔遛狗的时候才会到这么远的地方来。这是我搬来后找到的第一处真正安静的地方,到处都是山毛榉林。我把车开进一条通向湖边的岔道,然后停车熄火。这里有一条狭窄的石缝,朝沿湖的小路延伸过去。在这里,你能看见大学校园里树木繁茂的海岸线,还有两座高过树梢的砖塔,雷雨云在塔后渐渐汇聚。

"你没让我们失望。"她望着那些树,平静地说。她很善良。我们从小就教她要善待别人。无论是对陌生人还是熟人,表达善意都是件好事。所以她现在才会这么说。她知道我无法承受她的抱怨或沮丧,而我也不能怪她。如果她允许自己爱我,现在就会大发雷霆。所以,她向我展现了善意。"你是想散散步吗?"她问,"所以停在这里?"

我真正想做的事是不可能做到的。我想跟他们不辞而别。

我跟着她穿过草丛,走过一片松软的土地,然后回到树荫下,来到海岸的起点。她的体型棒极了,双腿极其柔韧,背部曲线曼妙,肩膀结实有力,头部端正平衡。她小时候,我曾无数次抱着她,把她抛上天又接住,让她兴奋得尖叫不已。我感受过她的小脑袋靠在我胸口的重量,感受过她躺在我臂弯里温暖的身躯。但她的身体从未让我如此震撼。她源于我,是我的一部分,这几乎给了我活下去的动力。但我立刻意识到,这种想法是多么自私,多么不堪:我的孩子还这么小,但作为父亲的我竟这么需要她。

"我跟杰森分手了,"她背对着我,脑袋扭过来一点点,声音刚好能让我听见,"如果你和妈妈担心的是这个的话。我没去上班是因为我得跟他讲清楚。"这就是青少年的私生活。我一点也不了解,不知该说些什么。"不过你们不用担心,"她说,"他们不会开除我的。我还会去打工的。"她选了一条分岔路,在正对湖面的木头长椅上坐下,身子向前倾斜,两手撑在膝盖上。空气还是那么闷热,预示着大雨将至。

"实在抱歉,得让你去打工。"我说,"家里实在是没钱了。我知道,我和妈妈很少跟你们说起我的情况。这是一种病。今年春天那小子半夜跑来家里,冲你大吼大叫,当时我很想帮忙,但实在有心无力。这对你不公平。"

直到她挺起身子,抹掉眼泪,我才意识到她刚才哭了。我的话像刀子一样,捅伤了我爱的人。我心想,要是伸手去碰她,情况会更糟糕,那是更深的欺骗。但我忽略了这个念头,俯下身子将她——我的女儿——紧紧搂住。她放声大哭,脸埋在我汗湿的衬衫上。

我是杀人凶手。这就是我。我是窃取生命的凶手。

微风吹皱了一池湖水,水面微波粼粼,仿佛一块幽暗的镜子,倒映出阴云密布的天空。彼得·洛里安在阿盖尔郡高地上有栋房子，站在窗前就能看见乌云从爱尔兰海飘到山地，在山谷中降下倾盆大雨，再浇透屋前的田野。这些都发生在第一滴雨落在屋檐上之前。不站在高处是无法见到这番胜景的。但如今我们站在水边，眼前是辽阔的天空，同样能清楚地看见暴风雨来势汹汹：对岸的树枝如聆听赞美诗的信徒一般前后摇摆，乌云借着风势从湖面上空席卷而过。风吹到我们身上，吹干了我脸上颈上的汗水。西莉亚直起身子，抹了抹鼻子。不断降低的气压似乎缓解了我脑中的压力。原本凝滞的空气开始翻涌。远方传来阵阵雷声。如果乌云朝南边飘来，我们就将遭遇暴风雨的洗礼。在这山雨欲来的时刻，我们望向水面，静静端坐。乌云愈发阴沉，隐隐泛出蓝光。这时，真正的狂风来袭了，将落叶和松针卷入空中，把树枝吹得噼啪作响。我们开始沿原路返回，这次我走在前面。我们正在穿越草地，突然一道闪电划破天际，随即空中炸响惊雷。回到车上的时候，豆大的雨点已经落在我们肩头。我们摇上车窗，窗户内侧几乎立刻蒙上了一层水雾。车顶像在被乱石袭击。雨帘从满是雾气的挡风玻璃前倾泻而下。我遇见过的最大的一场暴风雨是在英吉利海峡的一艘船上，当时狂风巨浪几乎吞没了小船。尽管如今我和西莉亚在车里安全无忧，身上也基本是干的，但雨水的威力仍会导致肾上腺素飙升，令人隐约感觉到对死亡的恐惧。我长长出了一口气，庆幸我和世界在这刹那间达成了平衡。那无处不在的暴力，肆意展现着它的狰狞。西莉亚问我还好吗。我告诉她，没事。

当瓢泼大雨变成淅沥小雨，我便发动引擎，把车开回大路上。我们到家的时候，天空已经接近放晴。屋子外墙经过雨水的冲洗，映出了晕黄的午后斜阳。

玛格丽特已经给我们四个人准备好了冷餐。我们坐在餐桌边,楼下所有窗户都开着。这就是为什么我尽量不在家待着。最可怕的浓雾或许已经消散,让我得以重见光明,但那头怪物仍然藏在我最熟悉的事物中,藏在我和玛格丽特一起在南安普敦买下、如今搁在角落的藤椅上,藏在她父母作为新婚贺礼送给我们的毛玻璃床头灯里。它躲在八角形天花板上的水彩画里,飘在玛格丽特的肩头,在她把装沙拉的大碗递给西莉亚,把放面包的盘子递给亚历克的时候,悄悄潜入我们的餐桌之间。虽然它的头部像往常一样模糊不清,但它的躯体在呼吸。每个人都不得不假装屋里只有我们四个人,在这个夏夜共进晚餐。

"你不取点东西吃吗?"玛格丽特问,掩饰不住她的不耐烦。她手里的刀叉死死按在餐桌上,迫不及待想要开吃。直到这时,我才发现自己的餐盘里空空如也。几个月前,我无意中听见她在电话里向朋友抱怨,早上拽我起床花了她太多精力,害得她在吃早饭前就筋疲力尽了。

"我提出涨工资了。"亚历克突然插了进来,免得他妈妈冲我发火,"经理说会考虑一下。"

我取了点沙拉和面包,好让他们能开吃。过了一会儿,电话响了。第一声还没响完,西莉亚就站起身,拿起听筒,把电话拎到走廊去接了。

"是迈克尔,"她大喊,"他叫你们待会儿给他回个电话。"

"他那边已经很晚了,"玛格丽特说着站起来,把电话拎进客厅,带上了门。西莉亚坐回了自己的位置上。两个孩子其实都很想哥哥——

迈克尔不在，他们笑得都少了——但他们从来不说，因为他们知道迈克尔在这里不开心，一门心思想回去。

他们匆匆吃完，把盘子端进厨房。玛格丽特还在打电话。我在餐桌旁又坐了一会儿，感受从纱窗透进的新鲜空气。车道尽头的消防栓上方，街灯已经亮起，在人行道上投下苍白的光斑。蟋蟀在草丛中歌唱。隔着身后的墙壁，我能听见亚历克蹦着上楼的声音，跟在后面的是西莉亚缓慢的步伐，嘟囔着不让亚历克进她的房间。这些声音不再让我心烦。对我来说，它们重新变得普普通通。

客厅的门锁响了一声。玛格丽特在喊我过去。"快来，"她把话筒递给我，"他明天要参加英语文学的高中统考了，现在睡不着觉。天知道这通电话得花多少钱。"说完她就转身走了，回去继续吃饭。我关上了客厅的门。

"爸？"从他沙哑的嗓音可以听出，他刚才一直跟他妈妈说个没完。他去英国念书倒让我松了口气。玛格丽特总怪我这不做那不做，指责我不多花点时间陪他，没尽到父亲应尽的职责。但事情并不是她想的那样——她以为我是不知如何面对青春期的孩子，或者没有勇气去面对。其实，我不愿意跟他聊这些，是因为他不会想听。就像我跟他一样大的时候，也不想听爸爸讲这些。我们的沉默另有原因。

"对。"我说。

"要不我还是挂了吧，我知道打长途很贵。"

"你跟你妈说明天要考试。"

"对。"

"担心也没用。"我还想说点别的。我想说，归根结底，你会没事的,一切都会好起来的。但我根本不相信,至少没有对其他两个孩子那么确信。

"我知道,我知道,你说得对;只是我来不及复习了,还差好多呢。"

问题就在于,他打电话过来不是为了聊考试。我不想意识到这一点,但终究还是意识到了。他打电话来是为了确认一些他还说不清道不明的东西。他还很小的时候,我就隐约察觉到了苗头,但我告诉自己,别这么想,孩子会长大的,他会变的。后来,他开始滔滔不绝地说话,我知道这是被某种他看不见的力量逼的。我又能跟玛格丽特说些什么呢?我看出他有点不妙?

"我敢确定,你学习比我刻苦。"我对他说。外面天已经黑了,厨房的灯光洒在尚未修剪的草地上。

我会让他比任何人都孤独。

"要是考不上大学,"他迫不及待地打破了沉默,"我和西蒙打算一起搬去伦敦。他有朋友在那边有间公寓,他觉得我们在那边找工作会容易点。"

我儿子在伦敦,像大人一样生活。我实在难以想象那幅画面。

"你该跟你妈说说这件事。"

"你们不会介意吧——要是我哪个大学都没考上的话?"

我告诉他,他会考上的。"很晚了,"我说,"你该去休息了。"他虽然勉强答应,但还想继续讲话。"西莉亚和亚历克最近怎么样?"他问,"他们还好吗?"

直到他冒出一句"爸?你还在吗?",我才意识到我还没回答刚才那句话。

"在,我在呢。"

他意识到了不对劲。他知道自己有问题。要是我能把那部分从他身上剥掉就好了,要是怪物能放他一马就好了。但我做不到。所以,他跟其他人不一样,抑郁症紧紧跟着我,不肯放我走。

"你那边真的很晚了,"我说,"你会没事的——我是说考试。你很会写东西。"

"你真这么想?"

"真的。"

"那好吧,"他说,"那我挂了。"

"拜拜,迈克尔,祝你好运。"

"好的,爸爸,"他说,"拜拜。"

晚些时候,我躺在熟睡的玛格丽特身边,感觉一阵刺痛沿着双脚和脚踝蔓延至小腿。那种感觉跟麻木截然相反。我的肌肉苏醒了,血液畅快流动。这股暖流涌上我的膝盖,渗入我的关节,让我的大腿无比放松。接着,它回荡在我腹中,温暖我的肠道,放松尾椎骨周围的肌肉。下肋随着呼吸向上收缩,拉扯着从腹部到胸口的皮肤,让我忍不住弓起了背。我感觉肺部似乎扩大了一倍,每次都能吸进更多的新鲜空气。我的肩膀后扩,喉咙敞开,暖流通过下颚和头皮,最终汇入大脑,使它不再紧贴前额,而是落回后颅。这意味着怪物在离我远去。它在上空的暗处盘旋,面孔仍然模糊不清,但它已在苟延残喘,末日即将到来。

天还没亮我就起床了，没有惊动任何人。只有凯尔西从毯子里探出头，以为我要带它出去散步，蹦蹦跳跳地跑到后门边挂狗链的地方。我拍了拍它的脑袋，让它留下来，从放工具的抽屉里拿出要用的东西，从前门悄悄走了出去，然后轻轻带上了门。外面光线晦暗，天气凉爽，仿佛夏日的酷暑已成往事。天还太黑，看不清道路尽头的草坡。衬着尚未透亮的天色，沾满露水的青草与幽暗的树影难分彼此。

我曾在父母乡间别墅旁的草丛中尽情玩耍，曾在八角大屋后面的田野上为孩子们开辟练车小径，曾与玛格丽特一起在苏格兰山间悠然散步，曾在缅因州小岛上的森林草甸中惬意畅游。这些风景都记录了我的幸福瞬间。在这潮湿凉爽的时刻，这些鲜活的记忆如洪流般滚滚而来。

我穿过街道，走向田野。只见枝丫间露出一抹靛蓝，树丛边缘的阴影正在消退。终于，怪物在我眼前现形了。我意识到它试图逃跑，抢在我之前逃进树林。但长夜将尽，它无处遁形。它再也无法藏在孩子们的脸上，藏在玛格丽特执着的爱里，藏在我所有的失败当中。这块地方它无处遮掩。我太熟悉这里的路了。穿过松林，沿着溪流，跨过小桥，越过云杉，地形就变得平坦了。为了逃避怪物，我常常来这里。而如今形势逆转，日渐虚弱、一瘸一拐的成了它，我成了猎人。在能俯瞰河湾的林间空地，我们停下了脚步。破晓的第一束阳光刺透了昏暗的树林。我背靠一根横躺在地的枯树，坐在落满松针的地上。

隐形。这是它最后一道防线。因为我没有勇气直视它的双眼。你这个卑鄙小人!它绝望地大喊,你这个自私的家伙!什么也没给他们留下!但挣扎也没用,我已经抓住它了。

剃刀切开我手腕的时候,几乎感觉不到疼痛。鲜血沿着手掌滚滚而下,顺着手指向下滴落。我向后靠去,仰望天空。

它就在那里,那头怪物的脸——我的脸——毕竟还属于人类。

第二章

迷茫

迈克尔

哈罗德·J. 巴特沃西,精神病学硕士、神经科学博士、地质学硕士、冶金学硕士、舞蹈学学士、代数学学士（拥有医疗委员会颁发的资格证明）

病人档案

姓名：迈克尔

出生日期：一月

主治医师：麻省总医院

当前治疗师：沃尔特·本雅明

治疗师联系电话：无法接通

你希望解决什么问题？

1. 恐惧

2. 颤抖

3. 个人主义

4. 白人至上主义

你的治疗目标是什么？

1. 常见的不开心

2. 种族平等

当前症状：有

个人病史：有

家族病史：

得了吧，我们可没时间完完整整回答这个问题。简单来说，我爸没挺过去；我妈这辈子一片药也没吃过；亚历克得过胃溃疡，当时这种病还挺时髦，不过后来变成了背疼；我猜西莉亚的慢性疲劳九四年前后在旧金山湾区达到了顶峰，不过她还有长期狼疮恐慌综合征和隐发性腹部皮疹综合征。至于再上一代，四个人都得过难逃一死综合征。

你是否曾因非精神病或外科手术入院？

1992年圣诞夜，我拿着食道癌的自我诊断证明，在梅德福的二十四小时连锁药店CVS卖减充血剂的过道里待了一晚。

请简要描述你的教育背景：

上小学的时候总体比较悲惨。不过有个叫拉尔夫的男孩，因为电影《星球大战》和我给他放的歌（比如迷幻疯克乐队的《美国生吃年轻人》[①]），跟我交上了朋友。听见乐队主唱乔治·克林顿质问，谁会

[①] 迷幻疯克（Funkadelic），二十世纪七十年代的迷幻摇滚乐队，主唱为疯克音乐（Funk）的开创者之一乔治·克林顿。他们用不同名字出专辑，比如后面的"议会乐队"，其实都是同一班人马。

任由嫉妒的母亲残害子子孙孙，剥夺他们思考的能力，割断他们的本能，直到他们臃肿放荡？谁会在过量毒品制造的幻象中把自己当成宇宙的女王？哪个婊子会干这种事？（众答：美国）我大受震动，深感五年级的课程缺了太多东西。在那之后，我把每一分零花钱就都花在了疯克音乐上。当时是1978年，我需要听的东西可多了：柯蒂斯·梅菲尔德、吉尔·斯科特—赫伦，还有詹姆斯·布朗的所有歌。我空闲时间都在听歌，包括做作业的时候，还有"上床"以后。我搞不懂《放弃疯克》和《扯掉笨蛋的屋顶》这些歌名是什么意思，也弄不清"议会"乐队为什么要给专辑起名《连接母舰》。不过，我能透过音乐的表象体味到内在的痛苦，因此有种隐秘的快感。同时，我也有种直觉：黑人也许对那些名字的含义略知一二——历史是罪魁祸首。我对那段历史仅有的直接体验，就是看见奶奶在偶遇黑人时对他们格外客气，表示自己跟其他憎恨、歧视黑人的白人不一样，那些黑人也会对她的客气和善良报以微笑，这样两边都显得开明。每次看到这种事，我都特别想吐。

至于高中嘛，我不到三年就在英国美国之间搬了两次家，这种事当然对学习没什么好处。回到马萨诸塞州的第二年秋天，我在爸爸后来自我了断的树林里有了不好的预感，这种事当然也对学习没什么好处。我家里人有个不幸的习惯——散步。爸爸是因为打小习惯了，妈妈是因为相信新鲜空气有益健康，西莉亚是因为天生爱运动，至于亚历克嘛，跟往常一样，只是喜欢穿上花呢套装和威灵顿长筒靴，打扮得跟个贵族小少爷似的。那天，我妈一直唠唠叨叨，叫我别老闷在家里听歌，该出去走走。西莉亚和爸爸带"灭绝师太"出去散步，那只脱缰的臭狗像只发情的大老鼠似的到处乱窜。那是十一月的一个星期天下午（别叫我描述自然环境；那里有树，有路，类似的都有）。我们到了一块空地。我简直无聊透了，希望能赶紧回去。那个小淫棍不知道跑哪去了，西莉亚跟在它后面也跑了。爸爸坐在一根横躺在地的枯树上。突然，一切都静止了。

可怕的事发生在短短几秒之内。我眼前出现了无数皮开肉绽的尸体，无不鲜血淋漓、姿态扭曲。我连忙抬头朝上望去，试图避开这恐怖的场景，没想到鲜血竟从天上而降。多年以后，我碰巧看见弗朗西斯·培根的画作，看到那些内脏流出体外却仍然鲜活，突然意识到这个男人知道这是怎么回事。在他的《以受难为题的三张习作》中，怪物站在人类肢体上张开血盆大口，不但证明了身体受的痛苦，也证明了心灵受的折磨。但当时，我瞠目结舌，在原地僵住了。我知道，邪恶的种子就此埋下，日后必将开花结果。

我不是特别相信精神世界，当然音乐除外。我打骨子里就是个唯物主义者。但我有一种无法遏制的冲动，想要逃离那儿潜藏的东西。我撒丫子就跑，活像个逃离巫师的鬼魂。那天晚上和第二天晚上，我都睡不着觉。我盯着爸爸和西莉亚，看他们是不是也感觉到了，但他们却表现得像什么也没发生过。

有好几个月，我一直在求他们让我回英国，跟朋友一起读完高中。

现在我别无选择了，我必须逃走。我不再征求爸妈的同意，而是直接给朋友西蒙打了个电话，因为他之前就说过，我回英国可以住他家。接着，我告诉爸妈，圣诞节一过完我就走。让我大吃一惊的是，他们竟然没有反对。事实上，他们像是松了一口气。我这才意识到，他们之前反对跟我没关系，完全是因为家里实在没钱。我搞定了住宿问题，他们心头的大石也就落地了。于是，我就把他们抛下了，把我的家人抛在那里，甚至没有警告他们，没有告诉他们我看见了什么，而是任由他们自己面对。为此，我永远没法原谅自己。

我回到牛津郡，跟西蒙一家子住在潮湿的石头房子里。他家和费尔福德空军基地在同一条街上。我有一间独立的卧室，可以俯视窗外铺着鹅卵石的院子。由于之前搬回美国，我在英国的学业落下了不少。每个星期六，我和西蒙会去牛津买唱片，除此之外，我们的生活基本上就是睡觉、上课、学习。我觉得速读萨克雷的《名利场》一点意思也没有，但又必须这么做。我不得不哗哗翻书，一目十行地跳过那些舞会场景。

直到春天我才去理发，在那里认识了安琪。她在蔬果店旁边一家小理发店工作，里面只有两把椅子、几面镜子、一条等位长椅和一个洗手池，窗户上贴着留朋克发型的模特照片，就像"人类联盟"乐队的大头照。我去的那天，她是那里唯一的发型师。店里只有我们两个人。她一放起美国歌手葛罗莉亚·盖罗的《我会活下去》并跟着哼唱，我就知道我俩有共同话题。那首歌当时只是同志酒吧里的热门金曲，安琪却把它唱得像一支圣歌，一点也不娘里娘气。她是个身材苗条的黑美人，年纪大概在二十五到某个我也说不清的数字之间，眼睛下面和鼻梁上点缀着一些小雀斑，两边耳垂上各挂着三个耳环，蓬松的卷发如瀑布般倾泻而下，脑袋上裹了条有金属光泽的蓝头巾。我提的问题一个接一个，她边剪头发边随口回答。剪头发的时候，她的两只手托着我的脑袋，一会儿让它歪向这边，一会儿让它歪到那边。她在克利夫兰长大，在那儿上的学，也是在那儿遇到了现在的丈夫，他是空军基地的喷气式飞机技师。他们先是驻扎在土耳其，接着是德国，现在又到了费尔福德。这是她第一次出来工作，这挺好的，她说，因为她丈夫总是跟"当地女人"出轨，她已经提出离婚了。

是不是因为我第二次去的时候给她带了斯莱兹姐妹组合和新秩序乐团的串烧磁带，她才对我另眼相待，而不再看成是普通客人？也许吧。我只知道，她没抱怨我每隔三四天就去剪刘海，每次带的串烧磁带也越来越高端。她没听说过发电站乐队，也没听过任何德国电子音乐。我建议她听听"倒塌的新建筑"乐队时，她说"你真可爱"。那天晚上，西蒙一口咬定这只是昵称，像对孩子说的，而不是对恋人说的。但他又不在那里，又没看见她的微笑。

第二天，我又给她带了一盘磁带，在盒里塞了张纸条，问她愿不愿意跟我约会。我提议我俩一起去牛津逛逛，因为要是被当地人看见我们在一起，她可能会觉得尴尬。我幻想我俩手牵手坐晚间巴士回卡特顿，也许她还会把头靠在我肩上。我会帮她分担所有痛苦，让她轻轻松松、无拘无束地爱我。我们尚未触碰彼此,她就会打消我所有的担忧。我唯一担心的是:下次什么时候能再见她。

已经过去两天了,她还没有给我打电话。绝望的我试着去找她,但她的同事说她有预约,不能见我。那天晚上理发店打烊以后,我从邮件槽往门里塞了盘磁带,里面第一首歌是英国后朋克乐队"快乐分裂"的《爱让我们分离》。我还附了张纸条,为自己的鲁莽道歉,说我知道她需要时间,毕竟她还没正式离婚。三天后的星期六晚上,我和西蒙在酒吧看见了她。她和理发店的另一个女孩在一起。我能看得出,她故意无视我。但喝过几杯后,她心软了,从她们坐的角落里冲我点点头。西蒙说我疯了,她是个老女人,还没跟老公分手。西蒙有个女朋友,两个人似乎挺相爱,但我跟他们一起出去的时候能感觉得出,西蒙对她的感情绝对比不上我对安琪的。他们喜欢共处,但还是独立的个体。他们的爱情不是超凡脱俗的,没有让他们脱离平庸的自我。我和安琪却可以。我把西蒙拽过去跟她和朋友坐一桌,她俩都没有拒绝。她们让我们请客买酒。安琪喝得有点晕乎了,但还没到喝醉的地步。我用腿轻轻碰了碰她的腿,她没有挪开(如此这般的奇迹汇在一起,便有了真正的幸福)。我们聊起科茨沃尔德有多闷,又说到我和西蒙准备搬去伦敦。酒吧老板最后一次大吼"打烊"的时候,她朋友说,没想到都这么晚了,她得走了。西蒙也识趣地告辞了。只剩下我们两个。她说她要坐公交车回空军基地,我问她愿不愿意让我送她去车站。我们等车的时候,天上下起了蒙蒙细雨。透过残破的塑料棚顶投下的暗淡灯光,我看不清她的表情,只是浑身战栗,伸手搭在她的肩膀上,俯下身子,轻吻她的嘴唇,做好了被断然拒绝的准备。但她闭上双眼,没有抗拒。过了一阵子,她把手搁在我的手臂上,我这才意识到,自己还有个身体。

我参加统考的心气荡然无存,满脑子都想着我们的未来。以前我做串烧磁带只是"精心选择",现在则会花上整个下午。我需要用我的音乐品味打动她,同时表明我们分享了多少美妙情感。这些串烧磁带是飞越语言隔阂的航线。通过音乐,我们可以更快地相知相爱。

每次我路过理发店,都会塞给她最新做的串烧磁带,她都会说声"谢谢",迅速收下,然后告诉我店里有客人,不能跟我聊天。每天晚上,我都会冒着惹西蒙父母生气的风险,去酒吧待到打烊,借着微弱的烛光读《弗洛斯河上的磨坊》,等她出现。有时候她会跟朋友一起过来,坐到我身边,拿我的考试开玩笑,喝下的酒多到我想都不敢想。然后,我会送她走到车站,如果四下无人就亲亲她,有时还会抱抱她。

出乎我意料的是,她拒绝跟我正式约会。她一直拿丈夫作借口。但她每次说"不"时的口气才是最重要的。那种口气告诉我,我们迟早会再见面的。

我不知道大多数人说"爱"的时候指的是什么。如果他们不曾命悬一线,能活下去只是因为心存一线希望,即便知道会血流成河也在所不惜,那我就觉得他们只是说笑罢了。这一线希望会让你抛弃自尊,会让你感激涕零，只为跟所爱的人再多待一个小时。此时此刻，那个人就是你的全世界。别人说到"爱"，指的也许是吸引、喜欢、愉悦感、安全感，就像不信神的人上教堂，只为倾听赞美诗或寻找归属感，却对十字架避而不见。我替那些人感到遗憾：他们虽未逝去，却已是行尸走肉。

结果，我统考考得不怎么样，安琪的丈夫想跟她重修旧好。我求她跟我一起去趟牛津，只要一个下午就好。最后她于心不忍，总算是同意了。现代史统考的前一天，我带她去了马达兰大街上的德本汉姆百货商店。我在西蒙姐姐收到的商品邮购目录上看中了一款紧身绸衬衫，想给她买一件，但她抽泣着说不想要礼物。我告诉她，如果你回到丈夫身边，一切都不会变，一开始他可能会痛改前非，但很快就会去找其他女人。他只想占有你肉体的美，但任何人都会欣赏这种美。我们将携手步入的地方要崇高得多。我说，一旦我们结合，我们的世界就将终结，这话可能让她误会了。但我的意思不是生命的终结，而是指我们结合后就不再是独立的个体。她说我小说看多了，然后就拉我离开女装店，回到人行道上。

尽管价格不菲，我还是在勃朗斯餐厅订了桌。但这时我才意识到，这么做根本大错特错，我们需要的是酒精。最后，我们还是去了酒吧。里面挤满了大学生，在对吼"赶时髦"乐队的歌"摆脱疾病"。我点了些酒。喝了半品脱酒后，她似乎冷静些了。就在这个时候，她说有些事需要跟我说清楚。她感谢我这几个星期以来对她的关心，但我会错意了。她说她不该亲我，那是个错误。她说，我不是故意的，只是顺其自然而已。接着，她从包里掏出了所有我给她的串烧磁带，统统还给了我。

现在回想起来，我觉得这种做法的残忍之处在于，她试图抚平亲手给我留下的伤痕。我只知道，她把我送进了炼狱，在跟她共度余生的渴望和失去她便生无可恋的绝望之间挣扎。

第二天，西蒙的妈妈一大早就把我喊醒，说有电话找我。我穿着睡衣下楼，走进厨房，先拿电话线在身上绕了一圈，把睡衣勒紧，免得着凉。打电话来的是我爸的老朋友彼得·洛里安，说我爸去世了。我问是在哪里找到他的。他说是在树林里，叫我第二天到希斯罗机场跟他碰面，他已经订好了我们俩飞去波士顿的机票。他说他非常非常遗憾，叫我现在要照顾好妈妈。挂上电话以后，我又上楼去睡了四十五分钟，然后才到吃早饭的时间。我把这个消息告诉西蒙一家的时候，他们都惊呆了。

我不到九点半就站在了理发店门口。足足等了一个小时，安琪的同事才过来开门，叫我最好赶紧滚开。

你是否做过心电图？
天哪，没有。

你每天要饮用多少含咖啡因的饮料？

咖啡给我最大的安慰，就是喝下去的那一瞬间我能感觉到希望。咖啡能把生活划分成一个个片段，让每个片段看上去能够掌控，因为它们不是连续的，就像候诊室里的背景噪音。如果你能在接待员喊到你的名字之前，把一切都白纸黑字地写下来，就会突然觉得，别人马上就能理解你了，这辈子第一次有人能真正、彻底地理解你了。

请简要描述你的工作经历：

1985年秋天，我找到了第一份正式工作。那是我爸去世后，我按原计划跟西蒙一起搬到了伦敦。那时候Z80机器代码很吃香，我碰巧年轻的时候接触过，就在一家小公司找了份编程的工作。公司里有不少骨灰级的游戏迷，一下班就忙着鼓捣游戏。后来在我偶尔待业在家的时候，我妈会问，你怎么不回去弄电脑？你不是挺会弄的嘛。但她没体会过我的工作环境。我知道，去哪都会碰上一样的家伙：丝毫不懂幽默，音乐品位糟糕，穿着邋遢透顶。

关于最后这一点，我得说，不是说我同事不懂穿紧身牛仔裤，不知道怎么画眼影。毕竟，时尚潮流总在变。但那些呆瓜完全无视二十世纪的男士着装风格，无视美国男影星蒙哥马利·克里夫特和日本天皇定下的着装法则。着装法则就像英国诗歌对格律的要求一样精确。你可以为了取得一鸣惊人的效果突破它们，但前提是你得理解这些条条框框。也就是说，你得知道，现代男装犹如现代建筑，羊毛和亚麻打造出挺括的线条，配饰的颜色和图案使整体效果变得柔和。"快乐分裂"乐队成员在曼彻斯特登台演出的时候，他们的穿搭虽然没有从建筑大师弗兰克·劳埃德·赖特那儿汲取灵感，但那些直筒黑色羊毛裤和修身衬衣的搭配绝不是从天而降的。为"工厂"[①]设计唱片封面的彼得·萨维尔深谙此道，善于用醒目的黑白色调衬托音乐本身的阴暗美。这甚至可以用来展现新教的挣扎：满怀戒备，约束自我，直到突然降临的永恒之美让我们从梦中暂时苏醒。

问题在于，我的同事从来没进过英国的夜店，所以没有得到拯救。我进那些夜店是因为里面放的音乐——早期的芝加哥浩室舞曲[②]，或者说是有史以来最棒的舞曲。法兰基·纳克鲁斯、马歇尔·杰弗逊、杰西·桑德斯……全是电子舞曲圈的名人。恐惧摇滚乐的白人或许在美国广播电台封杀了迪斯科，但历史的发展终究会证明一切。他们可以在芝加哥白袜队比赛前焚烧黑人女星戴安娜·罗斯的唱片，但在芝加哥南部，被打压的音乐人却在 DJ 十分钟的单曲循环中浴火重生，

---

① "工厂"，著名波普艺术家安迪·沃霍尔（Andy Warhol）的工作室。
② 浩室舞曲，二十世纪八十年代从迪斯科发展而来的舞曲音乐，节奏明朗，易被人接受，常在酒吧、夜店等处播放。

登入迪斯科音乐的经典殿堂。现在已经很难想象那些音乐当年的火爆程度，但早期的浩室舞曲已经拥有原创之力，揭示了如今的架构——电子乐为躯体，纯音乐为灵魂。它不仅仅是空荡荡的架构，还有血有肉，像舞蹈一样充满人性化。

为如此巨大的历史力量赋予新用途，需要巨大的音量，需要能让你胸腔共振的音响系统，让低音炮传出的每个鼓点都动人心魄。音乐如风暴一般袭来。当全世界都想杀死你，有时候你必须做点牺牲才能逃过一劫。在这种情况下，你得牺牲耳膜。

但在那时的伦敦，如果不穿上一两件英国时装界"朋克之母"维维安·韦斯特伍德设计的衣服，你是没法混进夜店的。根据八十年代英国流行偶像"乔治男孩"回忆，某个给莱斯特广场附近的禁忌夜店看门的时髦小哥拦住一名年轻的醉汉，拿起一面镜子让他照，问：要是你看门，能让自己进去吗？所以，我做了必须做的事：辞掉编程工作，到布朗斯（伦敦的男装店，不是牛津的餐馆）当店员，疯狂购入英国设计师凯瑟琳·哈姆尼特和日本设计师山本耀司的设计。粗布牛仔衬衫死也要买。亚麻长裤总能戳中我的心。也许我的穿着标准在十九岁时达到了巅峰，接下来就开始走下坡路了，但我十九岁时绝对品位不凡。平时省吃俭用，加上店员折扣，我能把自己打扮成潮流先锋，挤进人头攒动的夜店里，就像《追忆似水年华》里普鲁斯特挤进盖尔芒特公爵夫人的沙龙一样。光看我的衬衫，夜店看门人就会从排长队的人群里单单放我进去。在禁忌夜店或天堂夜店的"金字塔之夜"，或者不那么区别对待的谵妄夜店，我都喜欢点杯啤酒，这样站在舞池边手里才有东西拿。我不认识夜店里的焦点人物，也就是倒卖毒品或装束出格的那些人，也不怎么想认识他们。我只是需要身处风暴之中，享受从天堂刮来的飓风，让詹姆斯·布朗、乔治·克林顿、牙买加鼓手、吉奥吉·莫罗德、德国电子乐艺术家，还有所有被遗忘的音乐制作人和打碟手的碎片将我卷上天空。电子乐被认为太随性而不值得载入史册，这些人留住了它的理念和精神，是这种逐渐消逝的流行文化的中介。或者简单点，拿著名音乐人"手指先生"某支金曲的歌词来说：

> 最初有杰克，杰克有韵律，
> 一种韵律生出种种韵律，
> 忽然有一天，杰克扔下节奏，
> 大胆地宣称，"要有浩室乐！"
> 浩室乐就诞生了
> 每个夜店里，都有看门的
> 这个夜店里，杰克来看门
> 你可能会想，杰克是谁呀，他是干吗的？
> 他让你嗨翻，他让你扭动
> 他让你进入那摇摆的世界

或者，也可以用有同样效果的话来说。这也许会给你留下错误的印象，让你觉得我跳过舞。其实，我从来没跳过。情场失意后，我仍然把舞池视为排解孤独的最佳选项。但老实讲,这话只是从理论上说的,因为我从没找到走进"那摇摆的世界"的钥匙。音乐涤荡我的心灵,冲击我的灵魂,但我顶多站在舞池边上摇头晃脑,看着那些人疯狂舞动直至癫狂。我妈对很多事都觉得遗憾,这就是其中一件。你都不觉得享受吗?她哀怨地问我,一如既往地希望我能从中找到安慰。她还不如问我为什么不去横穿英吉利海峡呢。我的身体永远跟不上我的头脑。

我不想离开英国。我在这里过了几年正常生活,跟西蒙一起住在庄园公园的一家蔬菜店楼上,没有集中供暖,厨房散发恶臭。我不在乎坐公交车经过挂着印花窗帘、树篱脏兮兮、令人压抑的联排别墅,不在乎前往利物浦大街途中路过又脏又破的仓库,也不在乎夜店散场后跟烂醉如泥、随地呕吐的年轻人一起坐夜间公交长途跋涉回家。毕竟,我的穿着无可挑剔。再说,没人会问你私人问题。就连西蒙也不会问。妈妈会寄来明信片,提醒我马上要到我在巴特西上幼儿园的周年庆了,问我要不要顺道回家一趟,但她的满腔希望只会化为泡影。要不是因为没考好,我本来能上戈德史密斯学院或者布里斯托大学并留在这边的。但高等教育非常有必要,况且大学确实也有我想学的东西。所以,在伦敦逗留两年后,我申请了美国的大学。唉,可惜分数水涨船高的现象还没传到英国,美国大学的录取办公室对我一堆B的成绩不屑一顾。最后,我收到六封拒信,还好在沃尔科特的一家面包房找到了工作。跟妈妈和亚历克一起在家住了十个月后(现在看来,那是一段难得的空闲期),我总算挤进了波士顿学院。

在伦敦，挤不进夜店大门的人或许是没穿维维安·韦斯特伍德设计的衣服，但大多数人至少听说过她。他们会看《新音乐快递杂志》和时尚杂志《i-D》。英国人普遍认为，音乐和严谨并非毫不相关。但在波士顿学院不一样。精心裁剪的亚麻衬衫发挥不了同样的作用。听重金属摇滚乐队"齐柏林飞艇"的人更多。喝米狮龙啤酒的人更多。我在学校的娱乐室勤工俭学，精力流失的速度比音乐制作人喝可乐的速度还快。更别提我那个从韦斯特伯鲁来的室友了。他完全是个笨蛋，大多数时候都穿着石磨水洗牛仔裤和"枪炮玫瑰"乐队的背心。我不得不跟他一起住在仿野兽派风格的砾石塔楼里。他既没读过保罗·策兰的诗，也没读过托马斯·哈代的小说，既没看过托马斯·曼的《威尼斯之死》，也没看过乔治·艾略特的《米德尔马契》。考察他的内心活动，就像盯着极简主义艺术家阿格尼斯·马丁画作的仿品。你过不了多久就会头痛。

不过，事实证明，波士顿学院的广播电台确实够牛，栏目主持人大多是不愿跟本科生扯上关系的成年乐迷。我削尖脑袋挤进了工作日凌晨两点到四点的一档节目。当时正是高科技舞曲兴起的年代（至少在底特律是这样）。听众们，也就是说碰巧听到我那档节目的十来个人，得适应一些新事物，比如德瑞克·梅那首令人费解的"生命之弦"。那是一首长达七分钟的切分音符即兴循环钢琴曲，配以每分钟一百二十八拍的密集电音和鼓点。要想理解这场音乐革命，就得要放主流乐评人（当时都沉迷于野兽男孩乐队）视为古怪的歌，比如超声波乐队的"维也纳"。电子乐长期以来一直饱受偏见困扰，人们更喜欢有领唱的四人乐队，仿佛打破摇滚乐的基本法则就是大逆不道。但如果我们现在还没法从高科技中汲取音乐的养分，还不如把身体捐出去给人做实验算了。机械装置必须扮演重要角色。不是为了技术发展，而是为了我们自己。它们必须反过来满足人类的渴望。这就是阿特金斯、梅、桑德森和其他音乐制作人在做的事。这些音乐的前景不是湖区或伍德斯托克的摇滚音乐节，而是密歇根城郊昏暗的地下室夜店。

几个星期之后，人们开始打电话给电台，问那是什么玩意儿，我告诉他们，那是未来。好好听听，心怀感激吧。不是感激我，也不是感激哪个天才音乐人，而是感激培养了这些音乐的土壤，那些一同见证了工业基地走向衰落的人。他们大多数人只想知道在哪儿能动手打碟。

很难说清为什么我会在大三那年秋天选择退学。学习建筑显然没帮上什么忙。我的第三个室友，那个没考上布兰代斯大学的犹太复国主义运动狂热支持者，也没帮上什么忙。生活无聊，兴趣衰退，四肢乏力。我从哪里读到过，挪威驯鹿到冬天会停止一切动作。他们称之为冬眠。我唯一可去的地方，就是我当初企图逃离的地方，也是我一度狼狈返回的地方。这让我的情况雪上加霜。那段时期，我妈妈自己就是一头挪威驯鹿。我爸爸去世的那年冬天，她不得不在沃尔科特图书馆找了份工作，做得举步维艰。周围一切的步调都是那么缓慢。不过至少面包房欢迎我回去上班。我每天早上五点就会到店里，把面包和点心送进烤箱。日子长了，这倒成了我每天的亮点。因为我是第一个到的，可以随心所欲地使用厨房里的手提式大录音机，不久就"感化"了一群蹭歌听的当地高中生。有个家伙甚至脱掉了邋里邋遢的扎染上衣和运动服，换上了时髦有型的休闲长裤和二手系扣领衬衫。至少还有人懂得欣赏我。

我一直没告诉电台负责人我退学了，所以保住了那档音乐节目。那年一月份，我发现节目安排有了变化：我的节目后面增加了牙买加斯卡舞曲和早期无人声雷鬼乐。这自然激起了我的好奇心。哪个打碟手这么有勇气，选了个比我还糟糕的时段，介绍代表欧美舞曲未来发展方向的前卫音乐形式？

我第一次看见凯莉是透过录音间的玻璃窗。她正抬着一箱十二英寸唱片穿过走廊，身穿大码黑色高领毛衣，宽松的紫色灯芯绒长裤，脚蹬黑皮靴，如果穿着合身的话，在1965年的伦敦和十年后的奥克兰都不会显得过时，但她这身却像是从旧货店收来的，只为了掩饰自己有多苗条。她个子很高，将近一米八，但像是刻意掩饰这个事实，走路的时候弯腰驼背，希望尽可能不要被别人发现。她不化妆，不戴首饰，刘海向后梳去，露出高高的额头。但这一切都无法掩盖她的美。她试图为自己的美道歉，但这只证明了她的心灵之美丝毫不比外表逊色。

我放上超长的结束曲，走出录音间，问她需不需要帮忙把唱片搬进去。她没有回答，就像我问的不是她一样。我指了指她脚边的一只箱子，她没有反对。箱子的塑料把手上还留有她手指的余温。"我爱早期无人声雷鬼乐，"我说，"你会沉浸其中无法自拔。"她点点头，第一次直视我，虽然只有那么一瞬间，但她那双猫一样的大眼睛立刻把我钉在了原地，就像罗马士兵把小偷钉在十字架上一样。她的脸上浮出一丝笑容，说："对，我猜是会。"似乎只剩一个问题了——我们该在哪里共度余生。

我留下来，听完了她放的每张唱片。接下来的一个星期都是这样。她在换唱片的时候几乎不说话，介绍曲名时声如蚊呐，一板一眼，打碟的时候却激情四射。显然，我想多多了解她。第二档节目过后，我鼓起勇气邀请她共进早餐。她竟然答应了，真是奇迹。我们来到克利夫兰环路的甜甜圈连锁店唐恩都乐。她点了茶和原味甜甜圈，用最简洁的词语回答我提的问题。虽然我从她嘴里撬出了一些信息，比如她在休斯敦上的高中，爸爸是尼日利亚人，妈妈是斯里兰卡人，而且（跟我一样）在波士顿学院没有朋友。另外，她研究的是英语为母语的黑人诗歌。也许在她告诉我这件事的时候，我不该马上从包里掏出女权主义者奥德瑞·洛德的书，把前一天才划线强调的几句话念给她听——"任何体系最恐怖的地方在于，从获利的角度去定义善，而不是从人类需求的角度出发，或者说将人类的灵性和情感需求排除在外。这种体系最恐怖的地方在于，剥夺了我们劳动的情欲价值、情欲力量、生活情趣乃至满足感。"但当时我实在忍不住。我们是天生一对，比我当初设想的还要般配。我放下书的时候,她一脸质疑地盯着我,就像我是个想勾引她的骗子。"你为什么要读奥德瑞·洛德?"她怀疑地问。我回答:"谁不读奥德瑞·洛德啊?"那是她第一次哈哈大笑。我终于松了口气,知道这不会是我们共进的最后一餐。

我们在唐恩都乐共度的第一个早上,凯莉对一位激进的女权主义者的作品产生惺惺相惜之感,就算这样,我还是会约她出去的。我实在太需要她了。

如果你上大学上得太抑郁,不得不搬回家跟妈妈一起住,在这种时候读普鲁斯特的小说,就会有一个问题:阅读体验既会唤起你对爱的憧憬,也会让你陷入绝望,既会使你比常人拥有更多的期待,也会使你感到无比的挫败。"一个人可以对某人魂牵梦绕,"普鲁斯特是这么说的,我确信这话对凯莉也适用,"但如果要释放那种悲伤,那种无法挽回的感觉,那些为爱做准备的苦痛,即便对象不是人,而是某种寄托情感的物体,我们都要冒'可能无法实现'的风险。"无法实现的甜蜜梦想让人血脉贲张。艾伯丁的女同倾向在马塞尔的想象中也许是件精美艺术品,打消了他对自己并不在乎她的怀疑,但事实证明,凯莉的倾向是实实在在的,无法逾越的。

但那是后来的事了。刚开始,我就像当初迷恋安琪一样,将凯莉视为自己生活的重心。不过,我们有那么多的事可以聊,即使不能天天见面也没问题。下午三点左右,面包房换班以后,我会坐车到切斯纳特希尔，跑去她的宿舍找她。要是她不在，我就在门上留张字条，在外面等她。她回来以后会直接领我上楼，我们会放上唱片，我会高声朗读纪德、鲍德温或安吉拉·戴维斯的作品，她则躺在床上，拿帽衫上的帽子遮住脑袋，因我故作神秘的口气而直翻白眼，柔声责备我太小题大做。她总是那么忧郁，只顾读诗而不做作业，每天睡十到十二个小时。我像挤牙膏一样，想让她说出过去的点点滴滴，但挤了半天她也没说出多少。我只好自己拼出她高中生活的片段。那个时候，黑人孩子排挤她，因为她是移民，白人孩子也排挤她，因为她是黑人。至于她那爱吵架的父母，她也守口如瓶。根据她的只言片语和偶尔她打电话时听到的零星信息，我知道她爸爸是个一板一眼的尼日利亚商人，想让女儿学点更实用的东西，而不是文学，她妈妈是个有点忧郁的斯里兰卡人，对住在得克萨斯州颇有怨言。她愿意多谈的只有音乐和自卑感。无论我们在一起度过了多少个午后和夜晚，无论我怎么描述她的美貌，为她高声朗诵，她都说我只是昏了头，她不过是个笨丫头。

她虽然坚持说我高估了她，却没有像安琪那样害怕我炽热的感情。她似乎把它当作某种肢体残疾一样接受了。我可以一遍遍地说我爱她，抱怨没能早点过来，或者上次没能见面。她会静静地听我讲述我是如何为她倾倒，然后抗议说她根本没有我描述的品质。她会帮我分析该怎么应对这种强烈的需要，就像帮朋友解决情感问题。如果我是性欲过盛的家伙，可能早就看出不对劲了，但我当时只觉得她人很好，竟然能忍受我的虚弱，甚至耐心照顾我。我本来可以一直向她倾诉爱意，但她有时会用换唱片打断我。然后，我们就并肩躺在床上，在雷鬼音乐大师金·塔比及其追随者的乐声中神游天外，偶尔出现的人声与贝斯奏出的低音融为一体，虽然很难听清歌词，却让人充满渴望。

后来，她慷慨地允许我拥抱她。我会坐在她身边，她搂着我，让我把脑袋枕在她的肩上。我不需要提醒也知道这看上去有多可悲：因为得不到心爱的人而被人安慰，安慰自己的恰恰是这个可望而不可即的人。如果我能像成长小说里的主人公那样拥有清晰成熟的人生规划，也许只需要暂时忍受这种痛苦，迅速将激情抛到脑后，转而寻求肉体的安慰。但我跟安琪和凯莉的关系并不是年轻人必犯的错误，而是未来关系的路线图。你大可以给我做诊断，也无疑会这么做。就像西莉亚和亚历克反复指出的，我命中注定会陷入迷恋，这又会助长我的焦虑，妨碍我建立真正的亲密关系。根据我多年来的情路经历，你想怎么做病理学分析都行，探讨为什么一个研究奴隶制及其对美国影响的白人男性会对黑人女性产生爱意和渴望。但你能分析出的东西我都想到了，也为此焦虑过了。这就是为什么我要把这份调查表填得如此详细。只有统统写出来，我才能得到释放。

跟凯莉的第一次身体接触，我们的第一次拥抱，夺走了我之前苦苦维系的最后一丝尊严和克制。我哭了。不是喜悦的眼泪，而是放声大哭。她仍然紧紧抱着我。后来她告诉我，她当时吻我不是出于同情，而是因为我哭着让她吻我。要不是她已经是我最好的、或许还是唯一的朋友，我绝对不会相信这句话。但她从来不掩饰自己的想法。她根本没力气这么做，也不能得到什么好处，所以没有理由撒谎或控制别人。这是缺乏野心的好处之一。

就这样，跟安琪在一起时折磨我的"真正交往"问题得到了回答。凯莉第一次吻我后，我的悲伤决堤而出。我从未如此彻底地放任自己的软弱，不过，报应很快就随之而来。她甚至原谅了我在床上笨拙地颤抖。跟她赤裸相见实在是件恐怖的事。我觉得自己做的一切近乎强奸。我脑子里的念头是无法容忍的，我的身体像疯狗一样抽动，我尽一切努力确保没有伤害她，但同时又确定自己正在伤害她。看见她闭上双眼，我才意识到她可能获得了快感。那是某个我看不见也摸不到的地方，只有我在的时候她才能进入的隐蔽所在，不过只有她自己能进入。至少这让我觉得，我不是彻头彻尾的自私鬼。人们很容易嘲笑真心支持女权主义的男人，说他只是装腔作势，不过是想从女人身上捞些好处。但我想爱她，想跟她对我一样好好对她。她说她从不后悔我们共度的时光，我相信她的话。

最初的几个月，我们并没有肆意放纵，你看不见衣服遍地都是、两人狂滚床单的情景。即使是在我这么卑微的恋人面前，她都不好意思展示自己的躯体，每次一完事就马上冲进淋浴间，过好久才会穿戴整齐地出来。她最亲密的做法是不叫我的名字，而是喊我"冒失鬼"。以前从来没有人这么亲昵地喊我。虽然我不知道这个昵称是怎么来的，但每次她这么喊的时候，我都觉得自己是上帝的宠儿。

学期快要结束了，她需要找个地方过暑假，就顺理成章地搬来跟我和妈妈一起住。她从学校顺回一台真空吸尘器，每个星期要打扫好几次客厅，从中得到了不少安慰。我妈妈对这台吸尘器很感兴趣（不像我家那台没法用的），但自从亚历克说它是偷来的，她就有点警惕了。亚历克已经是大一新生了，暑假住在纽约的佩妮姨妈家，偶尔才会回家一趟。这台吸尘器是我们家很多年来添的第一件新家电，亮闪闪的黄色外壳让它看上去就像上流社会派来收集底层人民信息的探测仪。凯莉希望妈妈觉得我们只是普通朋友。这很可能会成为又一个不可告人的秘密，但因为可以避免尴尬，我就同意了。"你朋友真喜欢吸尘，"妈妈下班回家后会对我说，"你看她又在吸了。"让客人做家务以前可能会让她觉得受到冒犯，但她现在只是象征性地表了个态。

凯莉搬进来以后，我再也不用担心是不是每天都能见她了。但我渐渐发现，她不仅仅是忧郁，而是跟我一样抑郁，甚至比我还严重。但她还是不愿多说。她总是说，这又没关系。这很能表明她对世界的大体看法：所有责任都微不足道，爱情不过是个骗局，日子总是艰难坎坷，只有音乐能给人安慰。我们一起读批判种族主义的文章，为黑人生活水平日渐降低却总用昔日民权斗士的故事自欺欺人而叹息。这些很重要。说实话，她的抑郁对我是一种安慰，让我心中充满希望，觉得我俩也许能长相厮守，因为她是那么需要我的安慰。

八月份，妈妈出远门去拜访朋友，这个被诅咒的家只剩我和凯莉两个人。那个月正好碰上热浪来袭。妈妈觉得空调对人体有害，所以我房间里只有电扇。晚上，我们会把电扇搁在离床垫只有几厘米的地方，把风速调到最高。面包房有几个伙计直接在烤箱旁边晕倒了。我下班回家后，会跟凯莉摊开四肢躺在客厅里，汗流得就像从水里捞出来似的，根本没工夫顾及自己的悲惨心事，音乐也只听轻柔的氛围浩室舞曲。西莉亚和亚历克时不时会打电话过来，我会听西莉亚讲讲暑假在伯克利过得怎么样，听亚历克说说在纽约交到的朋友。他们上大学都拿了奖学金，学校的人很少喝米狮龙啤酒，也很少听齐柏林飞艇，教授在自家客厅里开讲座。我那时还谈不上怨恨他们，因为我只担心他们受苦，却不知怎么帮助他们。但他们打来的电话却在提醒我，就像我得经人提醒才能想起来似的——我现在住的地方，正是当初我抛下弟弟妹妹，任其自生自灭的地方，但他们如今却逃得比我更彻底。

如果我住在那里的时候经常想起爸爸，应该是件很正常也很自然的事。但事实上，他没给我留下多少印象，我根本就没想起过他，虽然当时我已经去看他以前的精神科医生格雷戈里了。我显然付不起看医生的钱，但他在我爸之前从来没有病人自杀，出于愧疚，就对我不付账单睁一只眼闭一只眼。他把账单寄过来，我随手扔出去，就这么循环往复。西莉亚刚刚换到心理学专业，说这从临床上讲很不健康。但她比我有钱，也更自信，完全是站着说话不腰疼。格雷戈里医生的办公室在后湾区马尔伯勒街一座小宅子的二楼。那间屋子以前肯定是个客厅，我就坐在屋子中间一张带软垫的皮椅上。医生的樱桃木办公桌搁在两扇落地窗之间。那两扇窗户有长长的窗框，外面还附带小小的阳台，跟伊迪丝·华顿①小说里写的一模一样，不过他的穿着就比《欢乐之家》里的劳伦斯·塞尔顿差远了。没有斜裁西装，也没有亚麻外套。人们花钱和省钱的方式还真是奇怪。我本来永远都猜不到他是来自中西部，还是卫理公会教徒，但妈妈以前陪爸爸来看病的时候早就搜集了相关信息（对她来说，找医生首先是一种社交拜访，其次才是看病）。我主要跟他聊精神分析的文化批评、群体创伤理论和担心凯莉为了别人离我而去的恐慌发作。格雷戈里医生善于倾听，很少打断我。

也许还是出于对我爸爸的愧疚，他很快就拿出处方笺给我开了药。这起到了决定性的影响。后来，他在讨论过程中给我介绍了焦虑症，建议我服用小剂量的利眠宁。我告诉他，利眠宁对我还不如苯那君管用，他就给我开了一种据说"效力更强"的药。

回想起第一次吃氯硝安定的感觉，就像我幻想中高中暑假的浪漫史，随心所欲地沐浴在金色阳光下，不受时间束缚，不被痛苦困扰。英国民谣摇滚歌手凯特·斯蒂文斯曾写道，"第一次伤得最深"，不过我向来更喜欢牙买加雷鬼歌手诺玛·弗雷泽的版本（传奇唱片《Studio One》，1967年牙买加金士顿出品）。斯蒂文斯只把它当作流行歌曲来

---

① 伊迪丝·华顿，美国女作家，著有《欢乐之家》《纯真年代》等，擅长描写和讽刺纽约贵族的生活。

唱，弗雷泽却知道这句话是真理，知道自己以后都不会那样去爱了。她的歌声直冲天际，盖过电子器乐，如同最后一次翱翔的飞鸟。"第一次伤得最深。"后来，我对伽马受体和分子结合、苯二氮平类药物和耐受风险有了全面的了解，但在当时，我只知道自己的头脑接受了一场看不见却高效的手术，主刀医师是一片跟阿司匹林差不多大小的浅黄色药片。人们对精神类药物有那么多偏见，那么多不公正的看法，那么多错误的认识，不是夸大就是贬低它们的作用，总觉得那些玩意儿药效不明，是牟取暴利的工具，因此无视它们的存在。但他们忘了，那些玩意儿有时确实能发挥作用，能缓解病人的痛苦，至少能让人暂时快乐。我就体会过这种暂时的快乐。

科普利的 CVS 连锁药店离格雷戈里医生的办公室只隔几个街区，我在那里出示处方后很快买到了氯硝安定，然后马上吞了一片。我坐上地铁绿线，刚坐到纽顿中心站，就忍不住露出了微笑。那个笑容无比灿烂，就像全身器官都在欢唱。很快我就开始哈哈大笑，那是没有任何理由、极其纯粹的笑，一直笑到泪流满面。别的乘客显然都觉得我疯了。但我很少能这么开心。在接下来的三四个小时里，我彻底摆脱了身陷其中而不自知的困境。世界上似乎再无恐惧。思维变得连贯而完整，不再被其他东西打断。当下也不再让人感到焦虑，甚至看上去一切太平。下车后，有群高中生偷偷取笑我疯疯癫癫的样子，我竟然脸都没红一下。在这种心理状态之下，他们的嘲笑根本没法影响到我。我既不羡慕也不鄙视他们。我有啥资格？我又不是好莱坞硬汉影星史蒂夫·麦奎因。看见我的二手卡莱斯轿车拐进伍德朗的停车场，我就知道凯莉来接我了,便朝坐在方向盘后面的她挥了挥手。她看我的表情就像我是个变态。你什么时候爱上挥手了?她问。就在我发现只要用一根棉签就能拆掉柏林墙的时候。

格雷戈里医生让我每天早晚各服一片药。那天晚上,我睡得像服了镇静剂的小羊羔一样沉,醒来后觉得无所畏惧。接下来的每天早上,奇迹都在重现。我开始做试验,故意想些我最害怕的事——担心我没法重返校园,没法做出一番事业,担心我变成凯莉的负担,担心我在她眼里其实连朋友都算不上,她愿意跟我在一起只是因为她抑郁,需要人陪——我翻来覆去地想每件事,任由恐惧在脑海里生成画面:我永远困在这座房子里,凯莉却在千里之外,爱上了其他人。但你瞧,即使是这样,我也毫不担心。我想象着恐怖的未来,脑海里反复上演糟糕的剧情,呼吸却没有变得急促,想问题也非常流畅,就像我只是在看天气预报一样。

我跟凯莉说,她一定得试试。但有一天,我让她在早饭后吃了一片,结果她昏迷了整整六个小时,醒来后头疼不止,把我臭骂一顿。原来,她根本没有焦虑症。氯硝安定就是这样。它不光遏制了我的焦虑,还像 X 光一样诊断出了我的精神状态。我脸上的肌肉完全放松下来,我觉得要是照镜子的话,只会看见一只脸皮耷拉的短腿猎犬。我从来没想过,身体竟然能如此放松却直立不倒。

那年秋天,我就回去上学了。我拼命读书,认真写论文,准备考试,给听众放酸性浩室舞曲。我和凯莉整天待在一起,不管是在家,在广播站,还是在图书馆。我求她去做心理治疗,她非常抗拒,总是拖着,不过仍然允许我跟她做爱。如果说我以为跟她做爱带来的愧疚感会随时间的推移逐渐减轻,那我是大错特错了。愧疚感只会增加。不光是因为我身为一个男人,可能会招致她的反感,或者对她造成伤害,还是因为我身为一个白人。我尽最大的努力给她快感,完全忽略自己的感受,一切都顺从她的意思。但政治阴影没那么容易消除。是的,我想彻底泯灭自我,为她付出,因为如果你不能低到尘埃里,又怎么能算坠入爱河?但情况没那么简单。很快,我的顺从化为了某种更沉重的东西:渴望成为她的奴隶,颠覆我的种族特权。除了在性爱游戏里,在现实生活中怎么才实现这种颠覆?

那年春天的一个晚上,我躺在床上,实在按捺不住,凑到她耳边说出了我的想法。"天啊,冒失鬼,"她轻声说,"你这是什么意思?像黑奴种植园里那样?"我什么也没说,默认了她的暗示。对,也许黑人白人的角色可以反转一下?她把长长的手指搁在我的脸上,另一只手轻轻梳理我的头发,就像给小孩抹平额前翘起的乱发。当时她是爱我的,爱到在我面前不会害臊,即使那只是朋友之间的爱。为此,我会永远感激她——感激她向我展示了真实的一面。"我理解,"她说,"我真的理解。但这不适合我们,冒失鬼。不适合我们。好吗?"我后悔莫及地向她连声道歉,说根本不该提这种要求。但她把手指按在我唇上,不让我继续说下去,还从枕上抬起头来,出人意料地亲了我一口。

我不想让她为难，便把被抽打的渴望压了下去，而且从那以后一直在拼命压抑。如果我那点小心思纯粹是出于公平的考虑，是为了撼动"白人至上"的格局，那说起来就好多了。但事实是，我一辈子都迷恋黑人女性，所以就不用假装有什么冠冕堂皇的理由了。如果不是如此近距离地看见自己深爱的女人受到抑郁和自我憎恨的困扰，宁可一直忍受而不肯袒露心迹，我可能不会坚持我的研究课题。认为她们的精神状态跟政治或历史无关，就像无视我对她们的渴望（我既渴望她们的身体，也渴望她们的关爱）一样可笑。

我突然想起来，该回答我的工作经历才对。不过，只列出我何时在何处任职，没法说清我真正做的事。第一次服用氯硝安定的时候，我做起了第一份真正的工作。凯莉遇见了一个叫迈拉的女人。她是波士顿学院的研究生，在凯莉的讨论课上做助教。有一天下课后她们聊了起来，后来一起去喝过几次咖啡。迈拉在亚特兰大长大，在芝加哥大学读的本科，到波士顿做过几年酒吧招待，现在给中央广场每月一次的"女士之夜"打碟。我看得出，凯莉每次提到她的时候，眼神都有些躲闪，在看我会有什么反应。凯莉对我来说就是全世界，她提起自己跟这个女人喝咖啡，到底会不会让我醋意大发，完全取决于苯二氮䓬类药物的效果。她显然想要我的许可。她原谅了我对她恐怖的渴求，允许自己被我的痴情打动，甚至原谅了我因为渴求她而产生的罪恶感。现在我该怎么做？不让她说出真实的需要？就在几个月前，无处不在的恐惧和对她的痴迷让我只会恳求和威胁。但如今，我意外地发现自己的反应相当平静。这让我第一次意识到，焦虑是如此不讲道德，将别人视为缓解自身恐惧的工具，却完全不顾对方的处境。现在，我终于能摆脱焦虑的纠缠，倾听她真实的需要了。

凯莉建议我们三个人组成阅读小组，为黑人移民研究略尽绵薄之力。这似乎是个完美的解决方案。这么一来，凯莉就不用在我们之间做出选择。迈拉刚开始对我很防备，因为她知道我跟凯莉在交往，也不相信白人男性对探讨黑人生活能做出多大贡献。我一点也不怪她。但有凯莉给我打包票，迈拉最后才勉强同意了。头一个月，我们三个读的是后殖民时期的精神分析大师弗朗茨·法农的作品。他算不上世界顶尖的女权主义作家，但他对殖民主义导致的黑人心态颇有研究。我们根据他的建议，查阅了最新临床心理学文献中关于治疗黑人患者的研究（令人震惊的是，相关研究少得可怜）。不过，我翻阅的一份研究报告帮我看清了前方的道路。

在曼彻斯特某家诊所工作的一位英国心理学家写了篇论文，记录了他如何治疗噩梦不断、梦见自己变成奴隶的黑人青少年。有些人梦到自己被绑在船上，跟形容憔悴、奄奄一息的奴隶挤在一起，有些人梦到被剥光衣服、当众鞭打。有个男孩经常做同样的噩梦，梦见自己被吊在灯柱上惨遭肢解，但他显然对黑人的历史知之甚少。我最感兴趣的是采访记录。作者在附件中摘录了一部分。有一位研究对象用带曼彻斯特口音的英语描述了自己的梦境：他看见鲜血从自己的胸口滚滚流下，意识到血是从脖子上铁镣划出的伤口流出来的。作者不清楚造成这种现象的原因——这些男孩互不相识，在不同的学校念书——心理学家采访了他们的家庭成员，看他们的祖先是否做过奴隶，有没有留下家族代代相传的故事，因此激发了那些男孩的想象，结果一无所获。这些男孩的共同特征只是抑郁。作者指出，这在黑人青少年里并不罕见，尽管很少有人来主动求医。正是这些奇怪的噩梦促使他们放下自尊，前来寻求帮助。

最奇怪的一点是，这些孩子在英国中部土生土长，并不是非洲移民，却能精确地描述一幕幕残酷景象。这本来就足以令人难忘了，但我更在意的是作者本人都没有留心的一处细节。他在论文开篇介绍这些孩子的工人阶级背景时，曾一带而过地提到，他们都经常去夜店，都是狂热的音乐迷。咦，他怎么就没问问他们爱听什么音乐呢。但根据他们出生长大的地方和年代，不难推测出他们在舞池里听的是什么音乐——不是白人朋克，而是浩室舞曲和早期的高科技舞曲，加上一些发电站乐队或新秩序乐团的歌。当然，当时有成千上万的孩子跟他们听了同样的音乐，晚上却不会梦见自己在运奴船上备受折磨。但事实证明，这些孩子的共同点不是来自西印度种植园的曾祖母，而是美国黑人舞曲。没有人会质疑，受奴役的痛苦影响了一代又一代黑人灵歌和福音音乐。那最新的唱片为什么不行？这些男孩不会听福音歌手玛哈莉亚·杰克逊的歌，但会在其他音乐里感受到同样的伤痛。你无法从中得出实际结论，就像你无法衡量音乐中蕴含的痛苦。但我读到黑人惨遭压迫的历史，还有在电台放唱片的时候，这些男孩舞动的身影和困扰他们的噩梦总在我脑海里挥之不去。

因此，我觉得我们这个小小的阅读小组还是挺成功的。凯莉和迈拉共度了许多快乐时光，那年春天就正式在一起了。我则接下了如今仍觉得沉甸甸的任务，也是我真正的工作：用文字去记录难以言表的东西，用耳朵去追踪藏在乐声中的幽灵。

你是否服用过以下药物？服用过多长时间？有何反应？

兰释

问题在于，氯硝安定带给了我幸福的一年，接着就不管用了。它不是一夜之间失效的，那是一个缓慢的过程。我倒没有一起床就觉得自己快死了，但也没有刚开始服药的时候那么踏实了。一天天过去，药效越来越弱。直到我等不及吃早饭，刚起床就把药吞下去，希望空腹服药能增加药效。凯莉离开了我，这对我与日俱增的焦虑可谓雪上加霜。但格雷戈里医生觉得没问题——我他妈可不这么觉得——只要加大剂量就好。既然第一次管用，为什么不试第二次呢？加大剂量确实管用。第二次虽然不是伤得最深的，但同样给了我安慰。我现在每天看见凯莉的时候终于不会哭了，也能跟她聊起失去她的感觉，就像当初跟她聊起我对她的迷恋。她非常耐心地听我描述她带给我的每一份痛苦。我独自躺在床上，想到她的时候，有多么嫉妒和孤独，或者连续几个小时听以前跟她一起听过的唱片,知道当天晚上能看见她但无法亲吻她。她会像以前一样拥抱我,说一切都会好起来,说她不得不离开我,虽然不幸的那个其实是她。她一再向我保证,我没自己想的那么可悲,能顺利熬过去的,根本不需要她帮我,甚至不需要她帮我接受她的帮助。我内心有个声音在嘲笑自己,要我捍卫自己的尊严,拿出点男子汉的气概来,而我只想跟她共处一室,不管我们是什么关系。

在这期间她仍然喊我"冒失鬼",我也还喊她"茜茜",甚至变着花样喊——"小冒失""冒冒宝""冒失儿""阿茜""小茜""茜儿"。这让我欣慰地意识到,不管谁跟谁在一起,她对我们这种亲密关系的喜爱和留恋一点都不比我少,就像我们既是好友、兄妹,又是老夫老妻。要是她回了老家,或者远离迈拉,我们每天都会通电话。我们就像刚认识的时候那样,聊起最近读的书和听的音乐。几个月后,我甚至能容忍她说起迈拉,给她提些建议,帮她解决跟别人相处时遇到的问题。这时我才明白,我们永远不会失去彼此,无论我们跟别人有怎样的关系。我们构建的这个小世界对彼此来说太过重要,没有任何其他关系能够取代。我想跟她住在一起,根本不在乎迈拉是不是跟我们同住一个屋檐下,我可以做她们的室友。凯莉花了很大力气才把我说服,让我相信这是个坏点子。她说我们还是可以每天通电话,还说不跟她们住在一起更容易找到新的另一半。于是,她们在奥尔斯顿找了间公寓住下,我则搬去跟亚历克高中时代的朋友本同住。

就在这个时候，氯硝安定再次失效，不过这次药效消退得更快。从那时起，西莉亚和亚历克就觉得格雷戈里医生不靠谱，说他只知道开药，只想通过治我来减轻自己的愧疚感，而不是真正想帮我解决问题。但老实说，我还是觉得他挺厚道。加大剂量是我向他提出的，也是我需要的。就像医生给糖尿病患者增加胰岛素注入量，这跟操守或医德都没有关系，只是病人情况如此，不给药才是玩忽职守呢。但也不能说我一点都不遗憾。我唯一遗憾的是，我感觉良好的时间段越来越短了。

帕罗西汀

在我第一次服用苯二氮平类药物后的那几年里，格雷戈里医生并不是没有试过其他药。他会坐在埃姆斯转椅上，穿着起褶的卡其裤和鸡心领毛衣，温和而坦率地问我最近怎么样，在我作答时严肃地点点头。每隔几个月,随着氯硝安定药量的增加，他都会建议加上一种新药，帮助我抑制与日俱增的恐惧感。

奈法唑酮

我开始写音乐评论，不是为了那点可怜的稿费，而是为了介绍奥克兰、埃因霍温等地鲜为人知的独立音乐，把试听父辈那些 Run-D.M.C. 唱片的孩子带进传统嘻哈的复兴大潮，或者教那些失业的比利时人把碟打出花样来，让夜店里的年轻人飚舞飚到星期天中午。我从来没有亲身参与锐舞文化。我通常晚上十点就上床睡觉了。但锐舞文化在因为自身固有的缺陷逐渐衰落，沦为嫖客赌徒寻欢作乐的乐土之前，孕育出了我至今还听的一些氛围浩室舞曲的杰作。

除此之外，我还在唱片店打工。不是那种让我一想就恶心的连锁唱片店，而是许许多多的独立唱片店。我在纽伯利一家店里干了差不多一年，把涅槃乐队的唱片卖给穿阿玛尼西服的外国学生，后来实在忍不了了，就跑去东波士顿一家顾客多为当地打碟手的店里打工。那里工资更少了，但起码跟我打交道的人还行。我的助学贷款早就到期了，但我没钱还，就把寄来的催款单统统塞进抽屉，准备等一切步入正轨后再一次性解决。

只要我还待在唱片店里，能跟别人谈论我喜爱的音乐，能从批发商那边订购唱片或者戴上耳机听音乐，我的病情就能得到控制。伴随着音乐的节奏，或者让别人也臣服于这些音乐的渴望，使我分散的精力得以集中。德国思想家瓦尔特·本雅明的书里提到过"消失的中介者"这个概念，指游走于两种文化之间的人或理念，他们先搭建起文化互通的桥梁，然后就隐匿不见，就像黑人音乐家将布鲁斯和摇滚乐带进录音棚，然后就从人们视线中消失，只能听白人乐队演奏他们创造出来的音乐类型。如果我能把美国乡村女歌手多莉·帕顿再版的专辑卖给某位专攻嘻哈音乐的打碟手，或者把英国电子音乐组合"宠物店男孩"的唱片交给只听欧洲工业音乐的罗德岛设计学院学生，让他听出二者之间的相似性，我这一天的任务就算完成了。我这辈子没写过一首歌，这是另一件我妈妈引以为憾的事，但只要我还在唱片店工作，能让更多的人听到音乐，我就不是完全孤身一人。

然而，坐地铁回南城公寓的路上，想着打电话给凯莉的话担心她会不会在家的时候，或是凯莉不在家，我就坐在沙发上开始喝酒的时候，本在旁边吸大麻吸到嗨的时候，我就会意识到，曾经每天一早就会出现的恐惧感已渐渐潜回心底，指责我没有乖乖臣服，嘲笑我妄图摆脱它的尝试。

本是个半职业的毛线编织控。他一方面是出于善意，一方面是为了分摊房租（可能也是看在亚历克的面子上），接纳了我做室友。他喜欢井井有条，屋里始终要保持整洁，为他的毛线和订购的其他材料腾出地方。他会定期把最新家务分配方案贴在冰箱上，让我总是悬着一颗心，不知这个星期是该扫地还是该洗碗。不过一旦他放下毛衣针，再抽上一根大麻，就能获得让人嫉妒的安静。他会给我们俩烧点蔬菜，然后坐在电视机前看重播的卡通片《辛普森一家》。我们俩成了朋友，就是那种男人之间常见的关系。也就是说，我们每天会确认对方还活着，但也仅此而已。

吃过蔬菜什锦，看完一个小时的卡通片，我会再给凯莉打个电话。如果她还是没接，我就给西莉亚或亚历克打电话。倒不是为了告诉他们我眼下的困境，毕竟他们也有自己的麻烦要应付，我只是想找个人聊聊，不用遮遮掩掩。我知道他们想帮我。他们总会满怀希望地问我，最近吃的药有没有起效果。我一直希望能找到些证据，让他们相信我正在好转。

安拿芬尼

有那么几年所发生的事，像是二十来岁时的大部分经历，我都很难回想起来。比方说，东波士顿的黑胶唱片店是什么时候倒闭的，我就说不准。可能是第一届克林顿政府晚期吧？我也记不清自己过了多久才在左翼电话筹款中心找到工作。我们为各类非盈利项目筹措资金，只要付钱雇我们干活就行。我们的工作就是按照左派杂志《琼斯夫人》的订阅名单和美国公民自由联盟的会员名单，打电话给可能愿意为帮助濒危鱼类或同志群体捐个十块二十块的人。可以说，这种工作靠的就是吹。你会恳求某个住在阿肯色州的人给印第安人基金会捐款，还会被你早就觉得不可能说动的女人缠住，听她滔滔不绝地解释，为了治她的纤维肌痛症，她已经把存款全花光了，正考虑要不要丢掉从外面救回的三条腿流浪狗，那条狗不但有高血压，还得了钩虫病。你只能眼睁睁看着主管办公桌上大钟的时间一分一秒流逝，只想说："您瞧，女士，您这辈子已经完蛋了，这病反正也治不好了，跟判了死刑差不多。但您知道吗？只要给助学基金捐五十美元，一个上不起大学的孩子就能有机会受教育，所以别唧唧歪歪了，赶紧捐钱吧。我辛苦工作四个小时，连个墨西哥卷饼都买不起，您这样做根本是在帮倒忙。"为什么电话筹款中心的老板能开宝马？因为一群没正经工作的小工绞尽脑汁从优柔寡断的嬉皮士口袋里榨出的钱，至少资助了一个中上阶层的家伙。至于安拿芬尼，我能忍受心跳过速的副作用，但连续十多天拉不出屎可受不了。真遗憾，因为这个药会让人性欲减退，能稍稍缓解我对凯莉的思念之苦。

西酞普兰

找我爸以前的心理医生看病却不付账单有个坏处,那就是一旦他终于不接我的电话了,我就彻底拿不到药了。他治了我这么久,我的日常生活几乎完全靠他给我开的药撑着,他就这么突然撒手不管简直是太不称职了。但我猜他肯定跟同事聊过这件事,对方建议他结束这段糟糕的关系。我本可以让他推荐别的心理医生,但现在都这样了,估计是没戏了。我不想为找心理医生看病而向妈妈要钱,但我还有别的选择吗?我现在吃的药没有医嘱是不能停的。

我在波士顿市立医院找到的那个家伙只比我大几岁,却戴着婚戒。我原则上是反对婚姻的——我渴望爱和信任,但由于个人经历,并不支持婚姻制度——所以,我嫉妒的不是贝奈特医生的已婚状态,而是婚戒暗示他是一位被选中的幸运儿,有个女人爱他胜过其他男人,他能在这段亲密关系中享受无上的快感。当然,他还有稳定的收入,浓密的头发,大学运动员般的健壮体格,做起事来有种举重若轻的感觉。有了这种体格,即使他相貌平平,也会备受女性青睐。我想,女人也可能是看中了他会带来快感。而我们这些人呢,则恰恰相反,做事犹豫不决,被人视为"失败者"或"废物"。这种年轻人热衷的讥讽嘲弄,你到中年都摆脱不了它的影响——人们觉得单身汉无法满足的性欲会与日俱增,直到某一天,孤独使他化身变态狂,变成有恋童癖的恶魔,臣服于那股最天经地义又最为暴力的怒火,做出丧尽天良的兽行。我不是说跟贝奈特医生见面"触发"了我的某根筋,我只是想确认一下，他不会简单粗暴地让我自己试着振作起来，然后给我减药。还好，他没看上去那么不可靠。跟格雷戈里医生一样，他不想减药，只想加量。

怡诺思

他问起我是做什么工作的时候，我跟他说起，奴隶制带来的创伤可能跨代际，音乐会成为诱发这种创伤的媒介物，我最需要的是一所研究型图书馆、一个数据库账号和三年的研究生助学金。老实说，我不在乎能不能拿到学位。我又不打算把搞学术当职业。只要有时间写写东西，我就会很开心了。但辛勤工作八个小时才能向白人自由主义者讨些生存空间，让人很难把真正该做的事做完。于是，我拿到了新药方。怡诺思加上氯硝安定。听完我爸爸的事情后，贝奈特医生又给我开了点碳酸锂片。这么一来，无论发生什么情况，我都能专心申请研究生院，并将我和凯莉讨论了好几年的赔偿运动付诸实践。

人们说起赔偿运动的时候（大多数人根本不会说起），通常会想到舍曼将军和第十五号特别战地令。这条法令向被解放的奴隶许诺，在战争结束后，每个奴隶都可以在从卡罗莱纳到佛罗里达北部的沿海地区获得四十亩土地和一头骡子。不难想象，如果每个奴隶的后代都申请赔偿的话，总金额将是多么巨大。事实上，这项运动最初是要求美国联邦政府道歉，承认奴隶制的不公正，接下来才是向靠奴隶买卖获益的银行和保险公司提起诉讼，要求它们给予赔偿。从那时起，美国国会才花费数十亿美元确立相关制度，全面提升美国黑人的教育、医疗和福利水平。毕竟，美国曾因二战时期的所作所为对日裔美国人做过补偿，德国也对大屠杀幸存者做过补偿。政府应该为该国过去犯下的罪行买单，哪怕本届政府跟当时犯错的政府毫无瓜葛，这也不是没有先例的。人们对补偿奴隶制的受害者会产生下意识的抗拒，这恰恰证明补偿是非常有必要的。我们越是无视它，它越会持续下去。

因此，我和凯莉在迈拉的帮助下，开始撰写一份简要说明状况的宣传册，为唤醒人们的意识做一点微薄的贡献。我想在封面上放一幅十八世纪运奴船的示意图，展示我们同胞的祖先是如何登上美洲大陆的，但凯莉更喜欢一张二十世纪初拍摄的黑人农民耕地的照片。我们在金考快印店打印了五百份小册子。从那时起，我每次出门不管是乘公交还是坐地铁，都会在包里装上一些，好在路上给其他乘客做宣传。

来士普

三十岁那年，我终于开始申请研究生院。我惊讶地发现，自己花了那么多精力，做了那么多研究，但每所大学都残酷地拒绝了我。我身为白人，在美国黑人研究领域恐怕算不上优势（尽管这可能会对我产生不利影响，但我完全支持该专业招生的偏向性）。当时，我的室友本已经成功上演帽子戏法，跟一位聪明又迷人的编织圈内女性见了三次面，这给了他长期交往的信心，最终说服克莉丝汀搬来跟我们同住。从三月到四月，我每个星期都会收到拒信。他们俩只要问我"今天过得怎么样"，必然会听到我又惨遭拒绝，结果不知如何是好。西莉亚和亚历克也是一样。我从来不觉得自己能比得过他们俩（虽说西莉亚换男友如换衣服的做法让我有点受不了），只能尽量不去想以下事实：我妹妹已经取得了社会工作硕士学位，比我小五岁的亚历克也拿到了新闻学学位。

安非他酮

　　第二年春天，我第二次申请再次惨遭各校拒绝，但我实在没有理由恨它们。与此同时，左翼电话筹款中心开始裁员，我失业了。贝奈特医生倒是挺帮忙，提醒我这是个重要压力源。也就是说，有正当理由给我吃的所有药加量。现在，他对我病情的描述是"广泛性焦虑症"，建议我参加互助小组。幸好互助小组就在他办公室楼下的大厅里聚会，这对我来说倒是挺方便的。互助小组能对我有什么帮助尚不明确，不过参加就参加吧。

　　我本以为听阿肯色州那位女士抱怨纤维肌痛就够糟糕的了，但面对在海湾战争时期抱着来复枪入睡，看谁都像血淋淋尸体的老兵，或是被指控没有好好照顾孩子，因为觉得食物怎么也洗不干净，喂孩子太不安全，结果把宝宝饿到营养不良的女人，你连挂电话都办不到。互助小组最年轻的成员直到二十二岁还会尿床。我们不是在听军人描述伊拉克战场上血肉模糊的残骸，就是在听某个破产的律师讲他怎么花十六个钟头找一个包装完好的灯泡。有人说，物以类聚，人以群分。

真是这样，我一点都没开玩笑。互助小组的协调员爱用所谓的"厌恶疗法"。那个律师收到的指示是，出门后直接去最近的杂货店，走进家用电器区，买下第一眼看到的那个一百瓦灯泡。老兵收到的指示我不清楚，大概是去阿特尔伯勒郊外重现当年的场景吧。那个怕食物不干净的女人得直接在料理台上切西兰花，然后喂给孩子吃。我在被这些人的恐怖经历吓得逃之夭夭之前，收到了协调员分派的两项任务：首先，在预计凯莉会打电话过来的时候离开家；其次，把所有的未付账单从抽屉里拿出来，按照优先次序排列，也许这样我就能想清楚应该先告诉妈妈哪件事。当然，这两项任务我都没完成。

瑞美隆

由于我的症状迟迟不见缓解，贝奈特医生决定彻底改变治疗方案，叫我别在心理咨询过程中大谈精神分析理论，还给我开了足够让战俘开心起来的兴奋剂。我记得大概有两三个月的时间，我脑袋里的东西被压成了小小一块，绑在飞速旋转的陶艺转盘上，搁在阳光普照的草坪上暴晒。那就像在热带度假的时候做牙根管手术。最终，我磨牙的坏习惯愈演愈烈，导致臼齿缺了一块，这个实验才告一段落。但住在本的公寓里时，有那么一段时间，我走出房门的次数确实多了一点。星期六上午新唱片到货的时候，我会去仅存的几家独立唱片店转转。其中一次，我遇到了贝瑟尼。在此之前，我已经好几年没跟人约会过了。她戴着一颗闪亮的鼻钉，头发剃掉了一大半，正在翻找电子乐大师"奇异双胞胎"的唱片。我还用多说什么吗？

西莉亚

贾斯珀是个来自爱达荷州科达伦的亲英派，爱给每件东西弄上自己的姓名缩写。今天他穿了件深蓝色的高领毛衣，上面就有三个字母——JHP，贾斯珀·亨利·詹姆斯的缩写——字母是锦缎质地，每个八厘米见方，金属亮片镶边，大大咧咧地钉在胸前，就像流行音乐之王迈克尔·杰克逊爱穿的那种衣服。到目前为止，他要么到别人家做"沙发客"，要么偷偷睡在公共场所，就是不愿去为流浪人士设的收容所。迈克尔往我办公室打电话的时候，我们的这次咨询已经进入尾声。贾斯珀又开始聊自己的幻想，以此消磨时间了，这次是跟他最喜爱的名人戴安娜王妃交朋友。我每个星期都在努力帮他找工作，这个星期还剩下五分钟的时间。

我告诉迈克尔，我现在不方便说话。

"那过会儿呢？"他问，"我们晚点再聊？"

此时此刻，有个连续三个星期都没露面的姑娘在我门外等着。我整个下午都排满了，下班以后还得去跑步。

"我会给你打的，"我说，"但到时你那边应该挺晚了。"

"哦，好吧。"他似乎忘了我们住在不同的时区。

我们每个星期至少会打两次电话，但不是晚上就是周末。我很惊讶，他竟然知道我在的诊所叫什么，然后查了电话号码。他因为什么事而烦躁不安，打电话给我是为了平静下来。

"我会给你打的，"我说，"我会的。"

我一挂上电话，贾斯珀就连珠炮似的发问："那么，你男朋友出差了吗？他还不是你老公，因为你没戴婚戒。他在哪儿呢？巴黎？伦敦？"

第一次给他做咨询的时候，为了跟他搞好关系，我犯了个错误，提到我在英国住过一段时间。结果，他满脑子只想聊这个。

我建议我们俩一起过一遍职位列表。现在空缺的职位有超市装袋工、临时司机（他做不了这个，因为他没驾照）、奥克兰一家打印店的助理，还有分发避孕套或负责流动餐车的志愿者工作，志愿服务机构称之为"社区交流的机会"。

我需要他集中注意力，在下次咨询前至少申请三份工作。如果我有整整一个小时的时间，就可以问问他在网上都跟谁聊天，有没有人强迫他发生关系，他现在的身心状况如何。但那不是我的工作，我的工作是保证他不至于无家可归（显然他现在已经是了），帮他找到一份正经工作，教他维持现有的亲友圈子，也就是说，每个星期问问他有没有跟他妈妈联系。通常来说，如果救助对象不是未成年人，我的一些年纪较大的同事都不会问对方和父母的关系。但根据贾斯珀的说法，他妈妈跟他继父分手了——继父正是他离家出走的首要原因——考虑到目前的处境，他至少应该试着跟妈妈聊聊。

他站在窗户旁边，盯着窗外的小巷，仿佛在眺望辽阔的大海。"你男朋友在伦敦是干吗的？他是搞国际贸易的吗？他会穿三件套粗花呢西装吗？还有男士领巾，他会戴男士领巾吗？"

我说不清他跟我的哪个兄弟会处得更好，迈克尔还是亚历克。

"那不是我男朋友。"我说。

"那就是你情人咯。"

"贾斯珀，要是你还不找工作，我就得在你档案里记一笔了。过不了几个星期，他们就会叫我不要再管你了。"

"要是你在英国待过，那为什么一点口音都没有？"

"听着——"

"好嘛，我会找工作的。你就告诉我嘛。"

"我在这边住得更久。"

"你小时候家里是不是好多仆人？"

"这些玩意儿你都是从哪里知道的？"

他拿起我桌子上的胶带切断器，像欣赏水晶花瓶一样仔细打量。我本想说他抽大麻抽嗨了，但他说话做事都很有条理，情绪反应也前后一致。他是在练习，为将来的生活做演习。

"我奶奶说，那是她去过的最有品位的地方，她说我一定会爱上那里的。她有一盘戴安娜王妃大婚的录像带，我们以前经常拿出来看。有人说她装腔作势，所以我晓得，她知道一些秘密，惹毛了一些混蛋。奶奶把所有东西都留给了我，书啊，唱片啊，印了盾牌徽章的马克杯啊，所有她在英国买的东西，还有她在这边收集的东西。大部分都留在我妈那边，但我带出来了一些。"

我想象着，如果他和奶奶一起住在那座礼仪之岛上，会是什么样子。我想让他聊聊这个，听他亲口说出这对他来说意味着什么。也许从这里入手，能让他说说自己的成长经历，最后说到继父到底对他做了什么，以至于他要离家出走。像贾斯珀这样的救助对象，只有在需要听众的时候，才会跟我分享他的故事。我见到的孩子大多数都郁闷阴沉，充满防备，把我当作成人世界里又一个不考虑他们感受的人。不是我想打断他，只是我们的半个小时已经结束了。我叫他必须打电话给我，说说他准备申请哪三份工作，我好帮他安排面试，还叫他下次过来的时候带上工作申请表。

"那是真的，对吧？"他说，"那边的人真的住在城堡里。"

"只有几个人，贾斯珀。他们大多数都很普通，跟这边的人差不多。真的。"

"跟你一样普通？读大学，去欧洲，然后到这里工作，因为帮助像我这样什么也不懂的人让你感觉很好？是这么个普通法？"

"时间到了，"我说，"还有人在等我呢。"

"我实话实说总会把人惹毛，每次都是。"

那天晚上出地铁站的时候，我看见一个穿三件套西装的男人。他没有看手中折起的报纸，而在偷窥年轻女人的身体，尤其是那些穿裙子、涂口红的姑娘。时不时他的目光也会落在我的身上，既好奇又拿不准，带着点敌意，甚至有点恼火，就像我欠了他什么东西似的。

贾斯珀描绘的图景在我脑海中挥之不去。他想象我男朋友穿着花呢西装，就像我爸爸以前经常穿的。保罗和其他穿西装的人围在桌边开会，会议结束后给我打电话，就像我设想中爸爸给妈妈打电话的情景一模一样。我从没想要过这样的伴侣，甚至无法想象有人会想要这样的伴侣。不过，回到公寓后，看见保罗躺在沙发上，盖着毯子读书，地板上搁着一杯波旁威士忌,让我不禁想象,要是贾斯珀的幻想有一分是真的,那会怎么样。

我讨厌他喝酒。喝多了他会犯低血糖,半夜会折腾起来,搞得我们俩都睡不好。但小酌一两杯还是可以的,只要他慢慢喝,别一股脑灌下去就行。

"回来了?"他问,"今天过得怎么样?"

他平躺在沙发上,似乎今天没干什么正事。但透过敞开的法式对开门,我发现厨房水池里堆的盘子不见了,我们早餐要吃的麦片搁在料理台上。所以说,他出去买杂货了。这意味着他遵守了我们之前的约定:如果他要写剧本,大部分时间都待在家里,只是偶尔出去兼职赚钱,就得多承担一些家务。

"跟往常一样,"我说,"帮那些无家可归的孩子找工作。"

他咯咯直笑,抿了口酒。"好吧,我写完第二幕了。"

我正要去卧室换衣服,听见这句话,马上停住了脚步。"真的?"他露出了心满意足的笑容,我很久没见他这么笑了。

"真棒。"我说,"恭喜呀。"

"还是草稿,不过谢谢啦。"

他跟我走进卧室,盯着我脱下工作服。他还铺了床,把要洗的衣服也拿走了。看来这次我没什么可抱怨的了,但深深的失望感还存在。寻找短裤和运动鞋的时候,我试图摆脱这种感觉,摆脱心头沉甸甸的负担,不让自己动不动就嫌弃他缺乏活力,跟我不合适,觉得不管他做了些什么,胰岛素水平如何,我都看不惯他。

他笑嘻嘻地站在门边,就像平时也有这么好的心情。他有段日子没理发了，黑色的卷发搭在额头上，衬得他的脸色格外苍白，近乎透明。他的魅力就在于那一脸稚气。他今年三十一岁，比我大两岁，但说二十五也有人信。他是我交往过的最英俊的男人，也是最热情的。刚开始的时候是这样。最重要的一点是，他很自信。我想要你。他还不知道我会怎么答复，就能清晰响亮地说出这种话。在萨默维尔的一栋三层小楼里，大家在布满水汽的窗户后面开派对，他却站在寒风刺骨的阳台上，先搁下红色塑料杯，然后说出了这句话，他的胳膊垂在身体两侧，显得毫无防备，眼睛直勾勾地盯着我。我根本没有时间思考。他俯下身来的时候，我接受了他的吻，还回吻了他。我讨厌被人勾引。我太小心谨慎，不会这么容易上当受骗。但保罗确实勾引到了我。

那是三年前的事了，当时我还在美国东海岸读研究生。他在布拉特尔剧院工作，每天早上都忙着拍电影短片。我们都想尽早离开出生长大的地方，就搬到了旧金山。我们在郊区找到一间价格合适的公寓，又各自找了工作，工资足以支付房租和日常开销，剩下的还够还学生贷款。头几年，这种生活看上去还不错，没什么让人不满意的地方。放长假的时候，保罗的大学同学劳拉和凯尔会从博尔德过来小住几日。到了夏天，我们就会去拜访他们，顺便探索美国大陆上我们还没去过的地方。第二年过感恩节的时候，我说服了妈妈、迈克尔和亚历克过来跟我们一起过节，还下厨房做了一顿丰盛的晚餐。在那之后，我才觉得这间公寓更像家了。

保罗是糖尿病患者，本不该喝太多酒，他却喝起来就刹不住车。当他喝得太多或者我们为一些鸡毛蒜皮的小事争吵的时候，我就会回想起小时候爸爸妈妈吵架。如果那是一部电视剧，标题肯定是《一对情侣的早年生活》。现在回想起来,当时那些愤怒和猜疑,看似无法解决的沮丧和冲突,似乎都没什么了。这能缓解我的焦虑感,不再觉得自己被保罗骗了。我本以为他能带我离开家,没想到却走上了父母的老路。事实上,我们大多数时候关系还不错,更棒的是,我是他想要的女人,知道他永远不会离开我。我们在一起感觉很安全。

白昼比较长的夏天,我会在公园里跑步。那是一座废弃的马球球场,有破败不堪的看台和杂草丛生的跑道。在那里,我至少能有独立的跑道和清晰的视野。但到了冬天,我只能在附近一条几乎没车经过的死胡同里跑跑。要是选择长跑,找地方会容易得多,不过我一直没养成那个习惯,而且觉得长跑不够满足。我用最快的速度向前冲,直到再也提不起速度。不是一次长跑的最后冲刺,而是一次又一次重复:冲刺,放松,慢跑回到起点,再冲刺,放松,慢跑回到起点,直到迈不开双腿,喘不过气来为止。我一直用秒表计时,已经养成习惯了,但跑步不是为了打破纪录,而是想看看自己能撑到什么程度。这儿没有观众,我不是做给别人看的,甚至不是跟巅峰状态的自己对决,尽管我可以这么做。

我知道保罗在做饭,想尽快搞定,所以在百米跑中早早发力,跑回起点的速度也快了许多。我越提速就越累,只因为旁边偶尔会有经过的车辆或过街的行人,才咬牙坚持了下来。其中有些人早就习惯了我在这里跑步,会朝我点点头或挥挥手。电线杆上的灯亮了,街上洒满了明亮的黄色灯光。街边没有树荫遮挡,只有两排停放的汽车,宽阔的人行道,车库前面排得还算整齐的"禁止停车"的标识,还有楼上没有亮灯的窗户。外日落区的那几条街总是像星期天一样安静。

最后,我彻底跑不动了,浑身上下都疲惫不堪,受这份罪算是值了。

这是我一个星期里头脑最清醒的时刻。当我不再跟自己较劲,终于感受到了这座城市的气息和声音,一切又变得纯粹而简单了。

我不开心。这不是什么重大发现。但不开心已经构成障碍,导致我无法做出正确判断,而这正是我一直极力避免的。我得辞掉这份工作。像贾斯珀那样的孩子找不到工作,是因为用我们老板的话来说,我们已经"达标"了,有足够的救助对象找到了工作,就像达成了每月最低销售指标。老板关注的只是保住政府跟我们签的合同。即使他们找到了工作,大部分也不是靠我们帮忙,而是不再破罐子破摔,希望能过上真正的生活。我希望能帮他们做到这一点,让他们感觉好起来。

旧金山的心理咨询师和社会工作者多如牛毛,但如果我在加州医疗援助计划里登个记,让他们帮我转介一些顾不过来的救助对象,我就能有足够的客户。即使收入少之又少,我也愿意帮助这些人。如果能有足够的客户,保罗又重新出去做全职工作,我就可以单干了。

我开始往家走的时候,海边的大雾罩住了前面几个街区的灯光。转眼之间,我就被一团冷空气裹住了。我爬上楼以后,直接钻进浴室,冲了个热水澡。

保罗用花生酱做了一盘炒蔬菜,还颇为罕见地做了只烤鸡。我问他白天过得怎么样,觉得这一幕戏需要改多少,接下来准备写什么,听他大声说出自己的想法。我知道,他觉得这对他很有帮助,今天晚上甚至挺享受的。我希望这种事他能多跟朋友聊聊,但他总是犹豫,更乐意跟我说。我听他聊了好一阵子,见他心情渐渐好起来了,不禁颇为欣慰。

过了一会儿,我提起跑步时想到的单干计划。

他的第一反应是:"什么时候?"

我还没来得及回答,客厅里的电话就响了。我们对视了一眼,谁都没有动弹。等了一会儿,电话又响了两声,我们还是没动,像是比拼谁更能沉得住气。两个人住在一个狭小的空间里,每天都在暗中争斗,像是开门关门,抢占厨房厕所,伸手取东西,搂搂抱抱,轻轻推搡,通常都情意绵绵,但同时也带有轻微的抗拒。

电话响过三声后,保罗站了起来,走进隔壁房间。他让电话那头的人稍等,然后回到厨房,在我对面坐下,从容地拿起刀叉,说:"是迈克尔。"

"我跟你说过贝瑟尼的事吧?就是我在唱片店碰到的那个女孩,'奇异双胞胎'的歌迷。上个星期我们在中东区一起喝了点酒,第二天我打电话约她,晚上一起去吃了比萨。我跟你说过的,我们在一起待了五个小时,她把所有事情都告诉我了。她刚出院,父母不愿跟她说话,但她妈妈病了,她得回克利夫兰去看妈妈,你还记得吗?"

"那种感觉像是我们马上就成了一对。她特别信任我,还说可能爱上我了。我跟她说了爸爸和凯莉的事,她说希望我能陪她回克利夫兰,但她父母觉得她在波士顿遇上的都是渣男,一直想让她回家去上学。不过后来,在我告诉你这件事以后,我每天都会跟她见面,除了星期二,因为那天我有兼职。她告诉我,她不会马上走,因为得先付清房租,这下我心里就踏实多了,不觉得像在赶截止日期了。"

"因为当时我们还没有对彼此做过正式承诺,也没上过床,因为她显然处在过渡期,我不想给她压力。我也不想带她回本的公寓,因为他肯定会问这问那,我可不想应付这些破事。不过我坐地铁陪她回了奥尔斯顿,不是昨天晚上,是前天晚上。我不是图谋不轨。我送她到楼下的时候还没聊完,她就邀请我上楼,最后我就在那边过夜了。不是睡她的床,而是睡地下,睡她室友的充气床垫。显然,我整个晚上都没睡着。不过天刚亮的时候,她突然伸手过来,抓住了我的手。于是,那天晚上,或者说那天早上,我们终于真正在一起了。我都不知道我们能不能进行到那一步,但她说我与众不同,她很高兴遇见了我,以前从来没有人像我这样听她说话。后来,我们一起出门买了些百吉饼,整个上午都待在一起,直到我回家吃药。那是昨天的事。"

"我们本来约好今天晚上七点在中央广场碰面的,我给她打电话想确认一下,结果没人接。我连打了好几个小时,一直都没人接。后来我好不容易联系上她室友,室友说她出去了,但不知去了哪里。于是,我就给你上班的地方打了电话。不管怎么说,晚上我还是去了约好的地方,等了整整两个半小时,希望她只是迟到而已,但到最后她也没露面。我再给她室友打电话,就只有答录机的声音了——我已经留了三条消息——但我又没有她别的联系方式,就想过去看看怎么了。但现在已经快半夜了,我要是走去地铁站,坐车到那边,弄清了是怎么回事,肯定赶不上回来的末班车。但我真不知道还能怎么办。我该怎么办啊?"

马路对面的路灯下,有对年轻夫妇推着婴儿车,刚从某家高档餐厅吃完晚饭，现在正要回家。我突然想到，我妈妈从来不会这么晚还带着宝宝在外面转悠。

"你得给她留点空间。"我说，"你现在不该过去。她可能只是想歇一天。你赶紧上床睡觉吧。"

"我睡不着，肯定是发生了什么事。她以前也迟到过，但最后都会露面。现在她人影都没有，肯定是遇上什么危险了，或者——我连想都不敢想——她决定结束这段关系，可能是因为我说了什么惹她生气的话，也可能她只是在骗我，其实根本就不在乎我。我实在受不了了，简直是噩梦！所以，我根本不可能睡得着。但我不知道该不该现在过去，这么做会不会让事情变得更糟糕，还是应该熬到明天早上再过去？我拿不定主意的是这个。"

"我刚才不是说了，你不该过去。"

"但我还是不确定该不该过去。"

我能听见保罗洗盘子的声音。他没等我一起吃，我不怪他。

"迈克尔。"

"嗯？"

"这跟她没关系。"

"你什么意思？"

"咱们聊过的。你的恐慌，跟她没关系。"

"可能吧——我不是不接受这个理论——但她是唯一的解药，再也找不到别的了。"

"你一个星期前才认识她。"

"对，那又怎么样？我爱她，就像以前爱其他人一样。"

"这太荒唐了,你自己也知道。"

"既然你这么说,好吧。我还以为你至少能理解呢——那种被抛弃的滋味。"

"你没被抛弃。她不就是放了你鸽子嘛。她刚从精神病院出来,你们昨天晚上才第一次上床,而且她多大来着?十九?你都三十一了——"

"二十,她上个月就满二十了。"

我闭上眼睛,想象他在本的公寓里心急火燎的样子。他可能已经跟凯莉聊过这件事了,至少聊了好几个小时,但对他来说这还不够。他那边刚挂电话,就拨了我的号码。

我不管说什么都帮不上忙。他打电话来不是为了寻求我的建议,不管他对自己是怎么说的。明天妈妈肯定会打电话过来,问我有没有跟他聊过,说她很担心他,还有那个叫贝瑟尼的姑娘,说他现在特别心烦,就像这是个新问题,跟别的事毫不相干似的。事后,我会打电话跟亚历克通个气,弄清这次情况到底有多糟糕,拿来跟我们自己受的折磨比较比较。

"再说她也不在乎我的年纪,她亲口说过的,她说我比她遇见的其他人都更能理解她,更能听进她说的话。她只有二十岁对我来说也不是什么问题。如果我们真的彼此理解,这些都不重要。她毕业以后我们可以搬到一起,我可以帮她找工作,处理她父母的事。我们虽然还没认真讨论过这个,但我觉得她会接受的。我现在就想告诉她这些,我等不下去了。你可能体会不到我的心情,因为你有保罗,但贝瑟尼真的太完美了——我知道你觉得这是不可能的——我不是说她这个人很完美,而是说她比我年轻这么多,愿意跟我一起生活,还读黑人作家詹姆斯·鲍德温的书!除了凯莉,我竟然还能找到这样一个人。她说想让我帮她写论文,以后再帮她申请研究生。但要是现在出了什么事,她室友或者别的什么人——比如她父母——开始说我坏话,让她离开我,我就必须找她当面聊聊,只有这么一条路。我猜要是真赶不上最后一班地铁,我也可以打车回家,对的,我可以打车的。但你觉得我不该过去,应该就这么等着?"

我的饭菜可能已经凉了,但我也不觉得饿了。事实上,除了刚才的冲刺跑带来的腿疼,我没什么别的感觉。我很想在他身边陪着他,很想能坐在他的床边,耐心听他说话,消除他的焦虑——最后,一切焦虑都会消失,就像往常一样。

大多数情况下,不管他说的话多么偏激,我只要顺着他的意思说"嗯"就行了。再过一会儿,我就会停止争论,表示很理解,然后找个机会挂电话。但今天晚上不一样,他完全慌了神,扬言要大半夜跑出去。要是她家里没人,或者她室友叫他滚开,事情只会变得更糟糕。他没法克制自己的冲动,哪怕他能预见到最糟糕的后果。所以,最好的方法就是继续跟他聊贝瑟尼,等他这阵恐慌自然而然过去,多问问他这个星期发生的事,听他再分析一遍为什么她会突然消失。我就是这么做的。

又过了好一阵子,我筋疲力尽了,迈克尔也是。他还在说贝瑟尼的事,还不准备停下来,但有点想停了。他的精力耗得差不多了,也就不用出门了。

"我想我还是等早上再给她打电话吧。"他终于说出了这句话。

我说，这个主意听起来不错，希望他能睡个好觉。

"小情侣吵架了？"

保罗站在水池前面，背对着我刷盘子。等下次我们吵架的时候，他可能会提起这个，拿他做了饭、刷了碗来说事。做家务是他吵架时的资本。

他这句话问得挺刻薄，但没有听上去那么糟糕。他喜欢迈克尔，喜欢跟他待在一起，只是觉得我太宠着他了。他和他妹妹三四个月才打一次电话。她也有麻烦，但不管是出于什么原因，那些麻烦都跟他没关系。他父母也是，夫妻离异，都是单身。他家里每个人似乎都对其他人漠不关心，就像他们过去已经够了解彼此了，现在只想互不干涉，各奔东西。这种情况并不少见，也谈不上病态。我只是无法想象，家人有了麻烦怎么能置之不理。

"他情绪很激动。"我边说边从橱柜里拿出打包盒，把剩下的晚饭装进去，明天中午可以带去吃。"抱歉，你做的饭我都没吃。"

"没事。"

"我刚才说的——"

"你想让我再去找个全职工作。"

他语气很平淡，没有生气，但也没同意。他跟我一样清楚，只有他去赚钱，我才有机会自己单干，至少最开始是这样。他一直都很清楚。我们聊过这件事。

"我不是说让你下周就去找工作，"我说。

他开始扫厨房的地板。我宁愿他直接拒绝，也不愿他保持沉默，把话憋在心里。等着他回话却没有反应,这种感觉太难受了。但我也这么做过。这么做通常是故意的,因为不想跟他吵架。

过了一会儿,他拿起书走进卧室,躺在床上读了起来。我进卧室脱衣服,他连头都没抬。但当我在床边坐下,把手轻轻搁在他胸口时,他把书放在一边,把手搭在了我手上。

"咱们可以聊聊这件事的,对吧?不一定非得是现在。"

他点点头,手指缓缓抚过我的头发。这就是每天晚上我有而迈克尔和亚历克没有的:身边有人陪伴。

我的手慢慢向下滑,停在他牛仔裤的纽扣下面。

"我以为你今天已经锻炼过了呢。"他眯起了眼睛。

我们向来不习惯这种暗示性的挑逗,测试对方的欲望。但现在,当他靠近我的时候,我却在这么做。我在测试他的动机。做爱就是争论的延伸,无言的争论。我们一直在互相证明对彼此的渴望。在这种坦诚相对的时候,其实你根本不想证明任何事。

"这是什么意思?"我缩回手。对这种微妙的测试最有效的回应,就是让对方为做了这种事而感到惭愧。如果说他有片刻感到惭愧,那现在他已经克服了,至少能让我们继续进行下去。而我们一旦开始,他就不再缺乏自信。在他对我的渴望中,我可以暂时忘掉一切。

"没什么。"他扳着我的肩膀,把我拉到身上。在他舌尖上,我尝到了晚上没来得及吃的饭菜的味道。忽然之间,我饿了。

亚历克

地铁停在了第三十四街。车门还没完全打开，我就冲了出去，跑上楼梯，抢在人潮涌来之前，举起公文包，穿过出站口。出站以后，我从游客和在泽西中转站等车的人中间钻过去，经过两边满是报摊和饮料店的脏兮兮的地下广场，为自己躲避对面人流的高超技术而洋洋自得，一步两个台阶地飞奔到火车站门口。一大群假日出游的待宰羔羊挤在大屏幕下面，等着候车信息更新。我要坐的车次还没出现在上面。我推推搡搡往前挤，走下最远处的楼梯，从下层的入口进去，这样就不会挤成肉饼了。我办到了。这样就不会没座位了。我顿时放松下来，兴奋得像嗑药嗑嗨了一样。

我要坐的车次刚在大屏幕上出现，从华盛顿过来的旅客还没下完，我就上车了。我选了个右侧靠窗的位置，把电脑包搁在旁边靠过道的座位上，免得别人想坐我旁边。这时，人潮开始涌上车了，填满了其他空着的双人座。

几分钟后，列车终于开动了，我为自己旁边没人而暗感庆幸。突然之间，车厢门开了，来了个差点没赶上车的家伙。那是个三十来岁的白人，穿着卡其裤和滑雪夹克，看来看去找空座，问我旁边有没有人。要是我撒谎，马上就会被过道对面的女人拆穿。于是，我把电脑包拎起来，搁在大腿上，转头望向窗外，透过自己的倒影，盯着黑漆漆的隧道。

随着列车缓缓穿越隧道，刚才赶车的兴奋感逐渐消退，今天做的事再度浮现在我眼前。我的找房之旅终于结束了。十二月剩下的房源基本都是些垃圾。过去的两个星期里，我看了十九处房，一处比一处破。还有两天我就得离开这座城市了。绝望之余，我换了个中介。她先是带我看了一圈统一规格的廉租房，然后出其不意地领我走进电梯，来到一间大公寓。大卧室，洗碗机，朝南的落地窗正对着第十九街。那种感觉就像从噩梦中醒来，发现自己原来可以不用住地牢。这个地方适合带朋友、同事来玩，甚至可以带约会对象。他们会看到锃亮的地板、全新的家具、开阔的天空，享受这一切带给人的安全感。纽约的公寓虽然不会时刻提醒你，你住在世界上最拥挤的地方，但也不会让你忘记这一点。

但那个新中介只是在吊我上钩罢了。这间公寓的租金超出我的预算可不止一星半点，每个月可要多出五百美元呢——当然，中介费也更高。卫生间的墙面一尘不染，干净得出奇，我躲在卫生间里装作考虑的时候，听见外面房门开了。那是另外一个中介。他带来了两个男人，向他们介绍公寓的管理状况。我用不着看他们，光听他们说就够了。我想象了一下即将发生的事：这两个收入不菲的家伙会搬进这里，带来精致的家具和腊肠犬，计划几年后要孩子，再换个大点的房子。他们一摆手就能把我扫地出门，就像豪车撞飞走在人行横道上的行人。迈克尔管这种人叫"上天的宠儿"。那真是被上天眷顾的一对。

但这不是必然的。我可以节衣缩食，多打一份工，带三明治当午餐，拉长还学生贷款的年限,每个月信用卡少还一点,去超市全挑最便宜的东西,趁中高端服装品牌"香蕉共和国"打折的时候再去买。当然,我已经在这么做了,但我还可以对自己再狠一点。

再过四个小时,我就要离开这里,回家去过圣诞节了。等我一月份回来的时候,恐怕最烂的房子也租出去了。然后我就得把东西塞进储藏间,在朋友家的沙发上过夜了。

我走出卫生间,甚至没看一眼我的竞争对手,就把中介拉到走廊,告诉她我决定租下这里。她微微一笑,像是早就猜到了似的,催我赶紧回她的办公室。等我填完表格,付完押金,觉得自己肯定赶不上火车了。

现在已是黄昏时分,列车正在跨越布朗克斯河。我满脑子想的都是这个决定有多么草率。我当时完全慌了神,竟然拿原本打算当两个月租金的那点储蓄,租了一间我根本承担不起的公寓。列车开过斯坦福德半小时后,又吃了半片迈克尔给我的氯硝安定,我才平静下来,开始读本打算在这一路上读完的材料。不过,我一开始读就停不下来了,迅速翻过一份又一份竞选经费文件,圈圈点点,记下要点,就像得在几个小时而不是几天内搞定。

到达新伦敦的时候,我已经把所有材料都看完了,没有别的事可做,只好再次望向窗外。排队乘船去奥连特角的旅客多得吓人,挤满了停车场,排到了马路的另一边。旅客们在车里读着报纸,敞开车窗抽烟,有的人在打瞌睡,有的人在哄孩子。海湾对面的海军基地里灯火通明,一艘灰色的潜水艇停泊在超大的船坞里。远处的海面上,一轮圆月正渐渐升起。如果我妈妈看见这幅景象,肯定会拉旁边的人来看。

列车缓缓离站后,我发现对面过道的女人走了,附近的几个人不见了,留下了不少空座。我瞄了一眼坐在我旁边的男人,心想他可能会换个地方坐。但他一直在读书,似乎对周围的情况浑然不觉。窗外一团漆黑,基本什么也看不见,只能看见海边小屋透出的零星灯光,还有通往康涅狄格州东部和罗德岛的铁路交会处偶尔出现的几家商店。

我把椅背放下去后,窗户照出了我同座的侧脸。作为从美国东北部回家过节的旅客,他相貌普通,算不上难看,脸上有点婴儿肥,尽管戴着厚重的老式眼镜,还是难掩一股稚气。不过他绝对是个男人,不到四十岁。

现在想起来,他在落座之前,甚至在开口问我这个位置有没有人之前,曾打量过我一阵。任何人在长途旅行时打算坐在陌生人旁边,都会先打量一番,看对方是不是疯子。但他脸色一亮,还冲我点了点头,这可能仅仅意味着我看上去不像疯子,但也可能预示着更好的东西。

他是勾搭我。没错,他想勾搭我,但我当时心不在焉,根本没注意,后来又着魔了一般干起活来。但如果现在突然跟他搭话,会挺尴尬的。那得提到我们心照不宣的事实。

我双手抱在脑后,伸直了腿。我不是故意让衬衫和毛衣缩上去,把肚子露出来的,但这不经意的暴露让我心跳加速(我不是炫耀自己的六块腹肌,但这个姿势会让我看起来更苗条,也更年轻)。通过窗上的倒影,我可以肆无忌惮地盯着他看,不用担心被发现。

我用这个姿势待了几分钟,感觉车上的暖风不时吹过我裸露的腹肌。他调整了几次座椅，跷起二郎腿又放下，一会儿左手拿着书，一会儿换到右手，但从窗上的倒影来看，他没有偷偷瞟过我，一直在全神贯注地读那本科幻小说。我始终用后脑勺冲着他，把椅背放得更平，只觉得胸口的血液奔涌直下。

他飞快地朝我瞟了一眼，似乎穿透了那冷漠的假面，看出了我的真面目。然后，他半转过头，推测我的心思。接下来，更有趣的事发生了：他以为我一直望着窗外，没注意他，便肆无忌惮地把我从头一直看到脚。我的呼吸越来越急促，危险的气息渗入了血管。他肯定看见了我急促的呼吸，看见了我胸口和腹部一起一伏。我们前后位置上都坐了人，这让我们之间的小秘密显得非常微妙。

我闭上双眼，感觉血在上涌，想知道是不是太晚了，我的小把戏是不是玩砸了。毕竟，他也没那么可爱。我可能猜对了，但选错了对象。这会让我在那些更可爱的男人——也就是我最终的真命天子——眼里显得很可悲。这个逻辑很有问题，我知道，但我一直对此深信不疑，导致我跨过自我宽恕的大门，直接给自己定了罪。我可以对这种自我审判付之一笑，继续进行下去——不知为什么，我通常都是这么干的——但偷来的欢愉永远无法抵消自责。自我憎恨时刻存在，彰显着它的威力。但此时此刻，这些都不重要。危险已经攫住了我。这场危险的游戏已经开始了。

有那么一瞬间，我们在窗玻璃上对上了眼，但通过昏暗模糊的倒影无法判断他的表情。如果我扭过头去看他，暧昧的感觉就会彻底消失。所以我没扭头，继续装作伸懒腰。车窗又高又窄，我只能看到他胸部以上。

我终于朝他转过身来，但避免跟他目光交汇。我想起了小时候在英国，在芬顿体育馆的浴室里，战战兢兢地偷窥高年级橄榄球运动员，生怕被他们发现的样子。再想到现在的情景，真是让人感叹时光如梭。在没有交换姓名之前，他对我来说不过是陌路人。

他朝过道探出身子，看有没有人从餐车走过来。没人。他把右手搁在我大腿上。我再次闭上双眼，放松地朝后靠去。

"普罗维登斯到了，女士们，先生们，普罗维登斯！"

乘务员从我们身边匆匆走过。我甚至没注意到城市的灯光，没注意到车已经快进站了。坐在我们前面的老太太站起身，颤颤巍巍地去够头顶上的行李。

"来，让我来。"那个我连样子都没看清的男人主动起身帮忙。

"哦，谢谢！"老太太说，"全是给孙子孙女的！礼物太多啦！"

列车缓缓进站，车厢里渐渐热闹起来。有人收拾行李，有人在伸懒腰，有人戴上耳机开始听音乐。我从公文包里拿出一沓纸，假装在看。

出站以后，我还在装模作样地看，直到列车驶进马萨诸塞州东南部漆黑的林地。这二十分钟里，我形同梦游。我发现他也一样，手里的小说半天都没翻过一页。我们已经跨过了那条线，但如果没有人先做表示，就不可能回到刚才的状态。

最后，乘务员拿着大喇叭过来，宣布128公路到了。

"我到了，"旁边那个人相当冷静克制地说，"你呢？"

"我也是。"我说。我们就像刚从魔咒中苏醒，他平平无奇的相貌让我嗤之以鼻。

列车到站后，我跟他一起下了车，不紧不慢地跟在他后面，踏上天桥，穿过轨道，走进停车场深处。他打开一辆马自达的后备厢，把行李装进去，然后坐进驾驶室。我把包扔在后座上，只希望我的手别再抖了，然后拉开了副驾一侧的车门，钻了进去。他把车发动起来，开了暖气。

"我叫加里。"他说。

"亚历克。"我说。

说完，他便摘下眼镜，冲我俯下身，拉开我牛仔裤的拉链……我的脑袋先是向后靠着椅背，接着向前甩去。他的两鬓有不少白发，已经开始秃顶了。我望向左边。从停车场另一侧站台下车的旅客，正借着车灯寻找各自的车。我闭上眼睛，但激情只维持了一分钟。我拉上拉链，打开车门，拎起后座的公文包，大步朝消防站走去，寻找公共电话。妈妈接起电话的时候，我整个人已经麻木了。

玛格丽特

同事苏珊见我坐在图书馆门口的长椅上，便妖娆多姿地走了过来，伸手到包里找烟。她穿了条超短裙，口红鲜艳夺目，衣着相当暴露。好一个中年荡妇。

"该死。"她点上烟，挥手驱散眼前的烟雾，银手镯叮当作响。她把一条裸露的大长腿盘起来，脚掌压在膝盖下面，然后弓起身子，吞云吐雾。"总算结束了。"她无精打采地说，就像刚看完一场百老汇音乐剧，而不是刚刚结束一周的工作。

她看上去一点也不像图书管理员。她的天赋完全浪费了，所有人都讨厌她，除了高中学生和他们的老爸。好久以前，她就认定我能跟她联手应付这份工作的无聊和琐碎。我实在太累，就没有拒绝。她和我的邻居多萝西是约翰去世后我交上的第一批新朋友。我至今仍对她们俩充满感激。苏珊和我，一个大龄单身女郎和一个寡妇，是沃尔科特镇图书馆的两名主力干将。

她很快就发现，男读者对我们年轻的女同事抱有非比寻常的热情。这一点她看得确实很准。关键不在于男人对你说了或做了些什么，而在于他们对其他女人说了或做了些什么。小提问啦，小恭维啦，每天打招呼啦。我过了好久才弄懂其中的微妙之处，通常我这个年纪的人是不会注意的。约翰去世后，那些同时认识我和约翰的夫妇不再频繁来访，我觉得自己不该感到惊讶的，但事实上我还是颇为惊讶。起初我以为他们是不知怎么开口，怕会让我尴尬，后来才发现，他们只是跟其他夫妇待在一起更自在。

从这个角度来讲，这份工作对我有好处——我可以作为"同事"跟人打交道，没有更复杂的关系。

"跟我一起去肯蒂吧，"她说，"你一直没去过。"

那是一家小饭馆，她经常在星期五晚上去那儿，调戏一下酒保，喝几杯红酒，然后酒驾回家。幸亏我对酒精从来不感冒，不然可能早就迷上它了。

我告诉她，我在等人来接。"西莉亚和亚历克今年提早回来了——

为了给我过生日。"

她转过身,故作懊恼地跺了一脚,抱怨我没提早告诉她:"我本来可以准备蛋糕和贺卡的!你这人,怎么不早说?周一给你蛋糕,就这么说定了啊。"

"别傻了。"我看见我的车已经开进了停车场。

"不行,"她说,"你抗议也没用。不管你乐不乐意,都要给你庆祝一下。"

来的是西莉亚。我本以为会是迈克尔或亚历克呢。她下午才刚下飞机。我关上车门,跟苏珊挥手道别,西莉亚马上发动车子,连给我个拥抱的时间都没有。

"抱歉,我来晚了,"她说,"迈克尔忘了该几点来接你了。"

"哦,没事的。旅途还顺利吗?保罗跟迈克尔一起在家里吗?"

"没,他过几天再来。"

"我还以为你们一起过来呢。"

"呃,结果没在一起。"

我不该问这些事的。永远都不该问。

她看上去比一年前老了些,表情也更严肃了。她把头发剪短了,跟往常一样没戴首饰,也没化妆。我自己不常化妆,也从没鼓励过她化妆,但没化妆的她看上去格外严厉。我怀疑她是故意避开男人的目光。但要是我说出来,她只会翻个白眼,叹口气。他们都会叹气,我的孩子们。他们最经常对我做的事就是叹气。

她问我工作怎么样。我告诉她,我很高兴能休个假。"真希望你能多待一阵子。"我说。

"我说过了,就算只待这么几天,找个人顶我班都不容易。"

她见的那些人,每个人都有一箩筐的麻烦。我不禁替她担忧,害怕那些人的痛苦会全变成她的负担。但我如果在电话里提起来,她会很不耐烦。她本来可以从事其他行业的,但我没法给她什么职业建议。她爸爸就不一样了。她也从来不征求我的建议。

春秋两季,这条乡间小路总是色彩缤纷,但在这个时节,地上不是泥泞不堪,就是覆满白雪,如今还渐渐被黑暗笼罩。到一月份,我开车走这条路就整整十二年了。噩耗刚传来时,我就是在这里哭起来的——在车里。我以为自己哭到一定时候就会停下来,因为亚历克和西莉亚还指着我呢。当时,我几乎忘掉了一切——钥匙、账单、准备买的杂货,当然还有过去发生的很多事。对那些年发生的事,我现在仍然只有模糊的印象。

每个人都劝我不要马上做什么重大决定。一切如常,这是孩子们需要的。任何轻举妄动都可能让你后悔莫及。我明白这一点。但我要付账单,要缴税,还要还他生病期间刷的信用卡。沃尔科特镇图书馆愿意雇我简直是个奇迹,因为我上一次在图书馆工作还是二十年前。不过,我们能买下这栋房子,靠的是约翰的工资,不是我的。虽然妈妈留给我和妹妹一小笔遗产,但佩妮时不时地会管我借点钱。我经常入不敷出,不知自己还开不开得出支票。但西莉亚很擅长理财。她一向如此。她会把账单分类处理,在我想不起来的时候帮忙还信用卡、支付小额账单什么的。她似乎把做这些事当作是理所当然的,根本不需要我叫她去。但我相信,我这么依赖她,是件挺可耻的事。现在我知道了,当时大家都处于震惊之中,她却要担起照顾我的重任,其实心里挺窝火的。我知道她搬去加州不是因为这个，但她是三个孩子里唯一离家这么远的。

"这么说，你见到迈克尔了。"我说，"你觉得他看上去怎么样？"

"我都不知道他留胡子了。"

"对啊，我不确定这适不适合他。"

"他看上去还行，没变得更糟。"

"还是没有贝瑟尼的消息。"

"对，我知道。"

"可惜凯莉跟他没成。"

"妈，她是蕾丝边。再说那都是多少年前的事了。"

"我就说说嘛。他们现在关系还是挺好的。"

我觉得每个人都有点双性恋的倾向，如果两人关系很好，却因为性向的缘故走不到一起，似乎有点可惜。但我相信这种想法太天真了。我的孩子们，他们都很成熟，我却不是。

"昨天晚上你看见水星了吗？"我问，"这边视野很好，水星又那么亮。现在是三十年来它离地球最近的时候，咱们待会儿出去看看吧。你在城市里大概看不了这么清楚。今天晚上本来说要下雪的，但天好像又放晴了。二十七号咱们去艾伦家吧，他们邀请咱们都过去。我知道他们很想你。德鲁回来了——他订婚了，我告诉过你吧？他们好像是在秘鲁登山的时候认识的。那姑娘叫萨曼莎。我觉得挺突然的，不过她也会在。你会去的，对吧？"

"去哪？"

"艾伦家啊。"

"也许吧,到时候再看吧。"

她和亚历克不管什么时候回来,总是一进家门就开始打电话,跟朋友约去别的地方。我注意到这种事已经有好几年了。抱怨也没用。不过话说回来,他们回来得实在太少了。

"呃,我知道他们挺想见你的。"

"哪天来着?咱们跟咨询师约的是星期二。"

"你都没告诉我。"

"我跟你说过我会约的,人家只有星期二有空。"

"呃,我要是能早点知道就好了。"

拐弯的时候,她猛踩了一脚油门,我被甩向了车门。

"咱又没什么重大日程。"她说。

这是西莉亚的点子——我猜是她专业的评估吧——我们四个应该一起去找个人谈谈。我没什么好说的,但如果能帮到他们三个,我不反对。我会陪他们去的,也愿意听批评。只可惜一过完圣诞节就得去。

* * *

他们挑了家旅馆楼下新开的餐厅,当然贵得要命。沙拉要八美元,意大利面要十六美元。还不如我自己在家做呢。真没必要这么奢侈。迈克尔付不起这个钱,也就是说,另外两个孩子会分摊。我怎么能让他们出钱呢?这家店自称"新传统烧烤",橡木桌椅在黄铜吊灯下闪闪发亮,隔着玻璃能看见厨房里的一举一动,客人们纷纷提高嗓门聊天,努力盖过背景音乐和锅碗瓢盆的碰撞。

为了让桌子对面的服务员听见，我大声说我只要一碗汤，引起了孩子们一连串的叹息。

"这可是你生日啊！"亚历克几乎是在喊了。

"我中午吃太多了，等会儿吃几口你们点的就行。"

服务员跟我会心一笑。那个年轻女人看上去挺好心的。

"点个前菜。"亚历克说，"再来瓶酒。你们想要哪种酒？"

"一整瓶？"我问。

迈克尔脑袋往后一仰，像是在向上天祈祷，但肯定不是。

"我们还需要点时间。"西莉亚对服务员说。

全家人聚在一起不容易，我可不想跟他们争，但干吗非得点我不想吃的东西。

"你爱吃鱼，"亚历克说，"来份石斑鱼吧。"

十八美元。他和他爸爸一样，花钱大手大脚，从来不会为将来着想。

"不用了。要不我来个甜点吧。"

"你没法逼她吃。"西莉亚冷冷地说。

"这是节食殉道，"迈克尔说，"很古老的传统。"

"别瞎说，我只是不饿。别搅了这顿饭，好好吃一顿，行吗？"

我们的注意力又回到了菜单上。迈克尔问亚历克，他现在进了国家级新闻期刊工作，是不是认同白人男性主导的权力结构。"单从精神分析角度来说。"迈克尔像是怕引起误会，解释了一下，"我不是说你成了保守派。就事论事。"

"我只是个调查员，编编新闻摘要什么的，"亚历克说，"而且我上司是女的。"

"好吧,"迈克尔说,"那她是激进女权主义者吗?"

"她是专题编辑,在什么问题上都不激进。"服务员转了一圈回来,他们终于让我点汤了。"但可不可以这么说——单从精神分析的角度来讲——你同事生活的世界,至少有一部分取决于他们报道的财富和权力结构?"

"照我说,他们是钱赚得太少,精力不集中,他们大多数都是狂热的政治迷。"

"我说的不是选举政治。"

"为什么?因为你觉得它无关紧要?"

"我不会说'无关紧要'。它显然是民族主义幻想的核心——"

"我要填馅料的烤鸡。"亚历克说。

"爱丽丝·乔利跟你教母都是瓦萨学院毕业的,我跟你说过的吧?"我问亚历克。其实我也不记得有没有跟他说过了。他们三个目瞪口呆地看着我,就像在感恩节碰上某个精神不正常的亲戚大爆发一样。"爱丽丝·乔利,嫁给你们杂志编辑亚瑟·乔利的那个,跟厄休拉都是瓦萨学院毕业的。我有没有跟你说过?"

"这跟咱们有什么关系啊?"迈克尔问。

"我只是觉得蛮巧的。"

"一点都不巧。"他说。我就识趣地不再往下说了。

通常像这种地方,菜量都大到吃不完,这里也不例外。迈克尔点的猪排足够喂饱一村子的人。我点的汤装在三十厘米宽的大碗里,还配了一篮子面包。这玩意儿我既不想吃,也不需要。

亚历克狼吞虎咽地吃着,盘里的食物很快就一扫而光。他从小就这样,现在虽然稍微克制了一点,但天性丝毫没有改变。他总是那么紧张兮兮的,就像青春期的冲动仍未消退,但又竭力掩饰这一点。他希望自己能更稳重一些,也在朝这个方向努力。这让他显得相当冷淡。他一直在努力给别人留下好印象。

"既然大家都在,"西莉亚说,"我就说一声,咱们约的是在星期二。"

"是那个拉康学派的家伙?"迈克尔问。

"他是做家庭治疗的,"西莉亚说,"不会让我们躺在沙发上,五分钟就打发了事。我们又不研究理论。"

"你学的不就是这个吗?"我问西莉亚。

"妈,我的学位是社会工作方面的。迈克尔说的是文学批评。"

"不是文学,"他说,"事实上,我觉得我们应该脱离文本,深入探讨纯粹的情绪反应。"

"他是心理治疗师,好吗?他会说说我们这么多年来形成的动态反应。"

"动态反应?"我问。

"就是行为模式。"西莉亚说。

"这不是好东西?"

"要是你不想去,就不用去。"她对我说。

"不是,不是,"我没想惹她不高兴,"我相信有行为模式,而且肯定是我的错。"

"说到点子上了。"亚历克插了一句。

"这话什么意思?"我问。亚历克翻了个白眼,像是在说,他的意思明摆着呢，根本用不着解释。

"我这个当妈的太糟糕，"我说，"给你们添了那么多麻烦。"

"哎呀，妈，得了。"迈克尔说，"别说了好吗。"

"怎么了？"我说，"你们不就是这么想的吗？"

他们三个都面无表情。

"我该把房子卖了，搬到不会让你们想起以前的地方，让你们每年至少愿意回来两次。"

"不，别卖，"亚历克说，"你喜欢这房子。"

他总是最护着我的，用他自己的方式护着我。他从小就这样。我记得他五六岁的时候，有一次我拉着他的手，带他出去散步，他抬头看着我，非常认真地说："我愿意去死，好让您活下去。"孩子们刚意识到人皆有一死的时候，有时会冒出这种惊人之语。不过，我一直记得他说的这句话。他也许是个过分活跃的孩子，也许直到现在还那么固执，容易兴奋过头，但他对我的爱是最单纯的。

关于房子，他说得没错。虽然花了不少时间，但我已经适应了现在的生活。我的第一反应是离开。每天早上闹钟把我吵醒，我都会想，坏了，约翰上班要迟到了，得赶紧叫他起床。接着，我会看见身边空荡荡的。每当这时，那种锥心的痛苦就会再度袭来——约翰！我再也见不到他了！但你不可能总是这样，渐渐都会熬过去的。西莉亚和亚历克得先上完高中，迈克尔需要有家可回。亚历克申请大学的时候，学西莉亚的样子，只报提供助学金的学校。他去外地上学之后，迈克尔退学之前，我又想到了搬家，怕一个人待在家里会难受。但这里有些东西我割舍不下。静谧的街道、对面的空地、溪边的草木、秋冬时节我经常用到的壁炉、我小时候用的那种老式上下推拉窗,还有前院两棵郁郁葱葱的梨树。

有很长一段时间,我都没精力修整前院。不过最后我还是挖了个苗圃,又在后面开了片空地,准备建个小花园。我帮梨树剪枝,免得遮住阳光,摘掉了爬到窗台上的常青藤叶子。小花园里没有什么名贵植物,只有黄水仙、郁金香、几棵蔷薇、一些番茄和香草。但我已经知足了。

亚历克点的烤鸡很好吃。他在给迈克尔解释三十年期的按揭贷款,就像老师在教育脑筋不开窍的学生。他想让哥哥明白,我的房贷还没还完,接下来还得还好多年,所以迈克尔不该指着我替他还学生贷款。

"这关你什么事?"迈克尔低头盯着桌子,西莉亚本能地为他辩护,"她想做什么是她的自由,你们老扯钱做什么。"

这句话我赞成,但我什么也没说,因为这似乎对亚历克挺不公平。

"我这个星期去面试了。"迈克尔忽然插了一句。这挺让人意外的,我都没听他说过。通常情况下,他不管什么事都会跟我说,而且说得很详细。"是家唱片店。他们不确定有没有钱雇人。她说一有消息就告诉我。"

"挺好的。"听到这个消息,亚历克的口气明显软了下来。

他跟迈克尔处不来。他们以为我看不出来,以为我没心思也没精力看。但其实我心里很清楚,就像他们小时候绕着屋子跑,亚历克永远想博得哥哥的关注一样。他们现在的个性,其实小时候就显露出来了。他们以为自己的性格是青春期形成的,因为那时他们才开始有独立见解。但有很多东西是天生的。我要是这么说出来,他们肯定会冲我大吼大叫。

吃甜点的时候,迈克尔很贴心地分了我一半蓝莓挞。他把内馅留给我,我把挞皮留给他。

服务员把账单送了过来,我一把抢过,顿时惊呆了。迈克尔和亚历克各点了一杯啤酒,加上三道主菜、一碗汤和两份甜点,价钱却抵得上我们储藏室和厨房里所有吃的。我壮着胆子表示难以置信,换来他们齐声叹息。

问题在于,我的工资还得过两天才发,过圣诞节又开不出支票。他们真该让我在家做饭的。迈克尔的猪排还剩了那么多。我伸手从包里掏出信用卡,但亚历克拦住了我:"你别管。"

"别傻了,怎么能让你们出钱。你们做得已经够多了,真的。"

他在点西莉亚从钱包里拿出递给他的钞票。迈克尔在旅行包里掏出一张十块,不好意思地交给弟弟。亚历克接过来,头都没抬,继续点钱。西莉亚也隔着桌子帮他点了起来。他把现金塞进钱包,往账单上搁了张信用卡,把塑料夹往桌边一推。我还举着自己的卡,但他没理会。我真希望我们没来这么奢侈的地方吃饭。他们的好意我心领了,但老实说,我还是在家里更自在。

那个好心的服务员拿起账单去柜台结账,我们就坐在桌边默默等待。过了一会儿,她又转回来了。

"这张卡刷不了。"她说,"要换一张吗?现金也行。"

"要,换一张。"我正准备把卡递给她,亚历克却抢先一步夺过账单,跟她说我们要再商量一下。"得了,"我说,"别闹了。"但他已经站起身来,攥着账单走出了餐厅大门。外面已经开始飘雪了。

173

"有些地方很好,还没这么贵。"我对剩下的两个孩子说。

西莉亚恼怒地瞪了我一眼。她是家里唯一一个会瞪我的人,轻轻松松就能让我陷入自责。我没能好好保护她,让她受了太多伤害,这一切都写在她亮晶晶的黑眼睛里。

"又不是我的主意,"她说,"是亚历克提的。"

"他去取钱了?"迈克尔这才如梦初醒,似乎根本没意识到刚才发生了什么。

"对。"西莉亚说。

有个陪家人在门口等座的女士一直盯着我们,就像我们是故意磨磨蹭蹭不肯走似的。我连忙看向别处。有对五十来岁的夫妇跟一个穿蓝色运动服的小伙子和一个挺着大肚子的年轻姑娘一起吃饭,那姑娘可能是他们的女儿,也可能是儿媳。她和那个老太太都长着一张马脸,所以我猜应该是女儿。我们刚进来的时候,我就注意到她丈夫了。当时他正向服务员要酒水单。约翰不是这方面的专家,但他总是为我们选酒,对此非常在乎,我很欣赏这一点。我想,我大概是老派人吧。

亚历克拿着现金到柜台付了账。我们穿上外套,跟着他走向停车场。

雪花细小轻巧,就像蒲公英种子一般铺在车顶。雪还没积起来,回家的路上几乎看不出外面在下雪,尽管我在后座上盯着窗外,努力寻找雪花的痕迹。我望着西莉亚参加过无数比赛的学校操场,望着经过的院落和门廊前面的草坪,这些都是我自己开车时看不见的东西。

我早就知道,孩子们回来以后,我会不可避免地感到愧疚。因为明知他们宁愿离我和这里远远的，我还是把他们拽了回来。但对我来说，有他们在身边就是莫大的安慰。虽然在外面我帮不上他们什么忙，但在家里，我至少能照顾他们，给他们做做饭。就连他们的个头都让我感到安慰。他们比小时候占的空间大多了，身体温暖强壮，内心柔软善良，没有被烦恼湮没。

我早就把家里打扫干净，希望迈克尔和亚历克不会受家里的空气影响。他们似乎没注意到，不过他们毕竟刚进家，我觉得也正常。

最抗拒这里的是迈克尔，尽管他住得最近，来的次数也最多。从我们刚搬过来的时候就是这样。

我在厨房里忙活着，听见亚历克打了个喷嚏，接着是迈克尔开酒瓶的声音。西莉亚上楼的时候，手提包重重磕在了楼梯转角处。

孩子们回来以后，通过他们的眼睛，我才意识到屋里几乎毫无变化。我确实撕下了书房的枯草壁纸，用白油漆重新粉刷了饭厅的绿墙，但其他东西还是老样子：我和约翰结婚时收到的贺礼，一幅水彩风景画，至今还挂在沙发上方；几十年前我在切尔西一家商店看中的小桌，至今还摆在沙发两侧，上面搁着我父母作为新婚贺礼送的台灯。我们住在萨默塞特的时候，这盏灯就放在客厅里。他们不在的时候，我就是靠这些东西，回忆我们五个共度的时光。

天已经不早了，但如果我现在去泡澡，就没法跟他们多待一会儿了。于是，我拿起报纸，翻到纵横字谜那一页，在空荡荡的壁炉旁坐下，等他们先安顿下来。

西莉亚

妈妈在厨房急得团团转,嚷嚷着:"不!不!"

我们是来倒麦片的。她身后的料理台上躺着一只填满馅料的火鸡。

"怎么了?"我问。

"洋葱!我忘记买洋葱了!"

得知今年圣诞节早上的大恐慌不过是这种小事闹的,迈克尔长长出了一口气,显得如释重负。

"我们会去弄的。"我说。

"到哪弄啊,老天啊!"

"便利店就有,"我说,"我吃完早饭就去。"

"但馅料怎么办!"她说,"馅料!"

"不就是洋葱吗,"迈克尔求她,"不放也没事。"

"当然有事!"她拍着腿大吼。

"我记得家里还有几个呀。"亚历克说。他戴着白色的医用口罩,免得受屋里的粉尘影响。他指了指桌子底下,鸟食袋旁边的花盆里有个红口袋,里面果然有几个新鲜的洋葱。

"啊!"妈妈大喊,"啊!谢天谢地!我什么时候买的?你说我这脑子。"她弯下腰,把口袋拎起来,拿剪刀划开。

"老天啊,"迈克尔说,"我至少要少活一星期。"

"行了,迈克尔,别那么夸张。"妈妈说。

我端着满满一碗麦片走进饭厅。裹着睡袍的亚历克抢在我前面,挑了他最喜欢的中间的位置。为了吃东西,他把口罩往上一推,就像脑门上长了个角。天花板上传来保罗的脚步声。他是昨天晚上到的,现在正在我房间里穿衣服。时差加上不按时吃饭会让他犯低血糖。他需要赶紧吃点东西。

"怎么了?"佩妮姨妈出现在门边。她穿着黑色毛线裤、黑色高领毛衣和黑色开襟毛衫,配上灰色披肩。

"没事,"亚历克盯着报纸,头也不抬地说,"都很好。"

她戴上老花镜,弯腰看了看取暖器的度数。"这里冷死了,"她说,"真不知道你妈是怎么活下来的。我得把温度调高点。"她在纽约的家里暖气烧得很足,热得她一月份都开着窗。每年她来这边的时候都会带一大箱毛衣毛裤,准备好了跟寒冷做斗争。

"你们俩不冷吗?"她问。

"不冷啊。"我说。

"我的祖宗啊!"迈克尔走进饭厅,一手端着咖啡杯,一手捧着大把药片,突然惊叫失声,"这家伙哪来的?"

一只虎斑猫正在暖气片前蹭来蹭去。

"妈!"亚历克边喊边拉下口罩,遮住鼻子嘴巴,"家里有只猫。"

"那是奈莉!"妈妈在厨房里喊道,"我今天早上放它进来的。它是隔壁多萝西家的猫,可乖了。"

佩妮姨妈弯下腰,开始抚摸那个小家伙。"它只是想过来暖和暖和,跟我们其他人一样,对不对呀,小猫咪?"

"你们就吃上啦?"妈妈惊慌失措地盯着我们大叫,"不去看圣诞长袜了呀?"

"妈,"迈克尔抗议了,"我还想做个成年人呢。"

"哎呀,得了,"妈妈换上了最甜美的声音,"我昨天晚上弄到半夜呢。"

我们每年圣诞节都会收到塞满礼物的圣诞长袜,从没间断过。要是旧袜子破了,妈妈就把它们补好。

"对,我们应该先去看看圣诞长袜。"佩妮姨妈随声附和。

于是,我们三个在客厅沙发上坐成一排,接过塞满东西的红袜子。里面是铅笔、小香皂、奇巧巧克力、唇膏、薄荷糖什么的,还有给迈克尔的除汗剂,给我的耳环,给亚历克的黑巧克力。袜子最底下总会塞个小柑橘。妈妈从另一个房间的壁橱里拿出几个鞋盒,给我们装这些小礼物。每拆开一样东西,我们都会谢谢她。她笑意盈盈地看着我们拆礼物,说这都是些不起眼的小玩意儿,但我们可能会用得上,要么就是她知道我们喜欢。

"哦,你来啦。"佩妮姨妈说。保罗穿着鸡心领毛衣和灯芯绒长裤,睡眼惺忪地走进客厅,见我们三个跟小孩似的排排坐,不禁呵呵笑了起来。

我们本计划一起坐飞机过来的。但临行前一天晚上,他改主意了,说想抓紧这两天时间写剧本。因为是我叫他找份全职工作,好让我能辞职,所以这个理由无可挑剔。对此我无话可说。但这也是他对我发起的挑战。我难道真的要相信,他在见我家人之前突然临阵退缩,跟我十天前告诉他我怀孕的事一点关系也没有？在那之后，他几乎就没跟我说过话。但当时已经很晚了，我又在收拾行李——我不想在回家前几小时接受挑战，把一切都说清楚。

至少他现在自愿过来了。从他放松的表情——那是他写作进展顺利时才会有的表情——可以看出，起码今天晚上他的紧张情绪有所缓解。他是想自己一个人待两天。如果这就是他的目的，那么目的算是达到了。现在他可以愉快地加入家庭聚会，欣然接受佩妮姨妈对他的称赞（帅气的结婚好对象），跟迈克尔和亚历克一起开怀大笑，再稍微跟他们开开玩笑，尽量和让他焦虑的那件事保持距离。我原本希望他能坐在我旁边，俯身亲亲我，说声早上好，但他却选了窗边的椅子，坐在那边望着我们。

"啊，要开始放弥撒曲《弥赛亚》了，"妈妈离开椅子，打开广播，"国王学院的现场直播。"她补充了一句。她每年都会用同样的激动心情说出这番话。她身后的窗户上挂着我们小时候用过的那种威尼斯圣诞日历。我们回家之前，她每天早上都会打开日历上的一扇小窗户。我们回来以后，她把这件事交给我们做，说就当作好玩了。

拆完圣诞长袜里的礼物后，我们照惯例吃了咖啡蛋糕和培根，然后回到客厅，继续拆堆在圣诞树下面的礼物。妈妈忙前忙后的，又是烤火鸡，又是拿出家里最好的盘子，又是从橱柜翻出银餐具。佩妮姨妈每年都来送我们手织毛衣、帽子、手套和围巾。亚历克抱怨说他戴着口罩都要犯哮喘了。他说，跟猫没关系，是地下室的霉菌，飘得到处都是。

迈克尔给我们每个人的都是自己刻的音乐 CD。给佩妮姨妈的是马勒的交响曲,给妈妈的是爵士女歌手艾拉·菲兹杰拉德的歌,给亚历克和我的是我们早就该听的音乐,给保罗的是另类摇滚大串烧。我们每个人拆开 CD 的时候,他努力把注意力放在我们身上,但总是忍不住朝前厅张望,期待贝瑟尼打来的电话。她后来解释了自己那天晚上为什么没露面,就是害得迈克尔差点大半夜跑去她公寓的那个晚上。从那以后,他们俩一直在一起。不过,贝瑟尼那种暧昧不明的态度,让迈克尔总是提心吊胆。她现在回克利夫兰过节,有四天没跟他联系了,又不许迈克尔给她打电话,说是怕惹父母发火。所以,迈克尔再次因为她的沉默而倍感煎熬。

很快,除了保罗和迈克尔,大家都去厨房帮忙了。妈妈每次打开烤箱查看火鸡,佩妮姨妈都探头过去,问渗出来的汤汁清不清,因为要是不清就麻烦了。等到时间差不多了,亚历克就开始捣土豆泥,我开始翻炒豆子和杏仁,准备做每年必备的核桃派。到关键的最后阶段,妈妈咒骂屋里热得像火炉,把后门猛地推开,看得佩妮姨妈目瞪口呆。

到黄昏时分,终于一切就绪,迈克尔被派去摆餐具了。我跟保罗说,我想出去散个步,他同意了。室外冷冽的空气一下子吹跑了我的恍惚状态,让我又有了那种麻木的感觉。我希望他能搂住我,但他跟我隔着几尺远,街上的冰和院里的雪在黯淡的灯光下泛着蓝光。路上一辆车也没有。大雪掩盖了一切声响。我伸手过去,握住他戴着手套的大手。

"你是怎么想的?"我说,"你觉得咱们该聊聊吗?"

"现在?"他问。

又不是说我过节期间就不怀孕了。

"光聊聊你都觉得不舒服?"

"不是。"他似乎想表示自己不是逃避。

我们两个都没料到会发生这种事,更不是早就计划好的。我用的是子宫帽,以前一直效果很好。我自己还在努力接受事实呢。我虽然没指望他会开心得合不拢嘴,但觉得他至少会对未来满怀憧憬,哪怕是有一丝期待也好。但他似乎下定决心一言不发,直到我宣布堕胎。这也不算没道理。我不想待在家里照顾孩子。就算我愿意,他也养不起我们。现在我们俩各有各的追求,实在不适合要孩子。

"我也不知道,"他抽回自己的手,"我猜——我是说——你也没多说。我都不知道你到底是怎么想的。可能我只是不想影响你的决定吧。"

"但你什么也没说,显然表明了你的态度,对吧?"

他两只手插在呢绒大衣的口袋里,耸肩驼背。在这种消极被动的时刻,他看上去更像是我的第三个兄弟,而不是男朋友。他是个需要别人照顾的家伙。这件事对我的影响比他大得多,但他看上去倒像是最惨的受害者。

我们继续往前走,穿过几乎漆黑一片的街道,经过殖民时期的黑白建筑,走过白雪皑皑的街角和灰墙砌就的半独立式住宅。周围看不到灯光,也看不见人影。整个街区就算住了人,看上去也像荒废的。我永远不要住在这里,或者类似的地方。

我哭了起来。最近几个星期,我动不动就掉眼泪。泪水随时随地都会涌出眼眶,顺着脸颊流下,就像我是一杯盛得满满的水,稍微晃一下就会溢出来。我讨厌现在的情况——胸部隐隐作痛,总是想吃东西,后背疼得要命,还经常抽筋。保罗在担心将来可能失去自由的时候,我的身体让我丢了魂。

哭泣让他回到了我身边,伸手搂住我。我把头靠在他胸前,感觉特别需要他。

"对不起,"他说,"我应该主动提起这事的。我只是以为你也在无视它。"

"我没法无视它。"

"我知道。我想说的是,我觉得这轮不到我来选。就算我真的想要孩子——也许我是想要,我也不知道——但这又有什么区别呢?决定权又不在我手上。"

"你这话什么意思?"我离开他的怀抱,重新站直身子。

"我能有什么选择?不管是这事,还是找工作,还是影响我们一生的其他事,哪个能由我说了算?如果我爱你,就得听你的。一向都是这样。我在亚历克身上也看见了。他跟你一样,以为自己什么也控制不了,其实一切都由他掌控。"

"你这是找借口,胡说八道。你以为我是逼你要孩子?真抱歉我怀孕了,但这可不是我一个人干的。"

"我真的不想吵架。"他说。

"那你还说什么我控制你的一生。"我们在空荡荡的路中间停下来,面对面站着。"我每天早上去上班,你一个人待在家里,这也是受我控制?真的?"

"不,"他说,"这一点我很感激。我跟你说过的。"

他脸上那副表情,就像是准备好了迎接即将到来的狂风暴雨。过去三年跟保罗在一起，让我渐渐同情起了妈妈。我以前总是当着她的面替爸爸说话，我爸爸就从来都不想吵架。我替他说话，是因为他看上去很软弱。但我现在还要这么做吗？替保罗跟我自己对抗？所有夫妻都会吵架。妈妈以前是这么解释自己大吼大叫的。我跟她的区别在于，我没有孩子来听我说这句话。恐怕永远都不会有。

"我也不想吵架，"我说，"但我今天早上又犯恶心了。不是只有你一个人没睡好。这件事我还没告诉其他人，只跟你说了。所以我们现在就得谈谈，不能等到一个星期或者一个月以后。"

"我明白的。"他坚持这么说。现在我是把他逼到绝境了，要么接受，要么滚开。

在他身后是一栋仿都铎时期的大房子，我的老朋友吉尔·布兰特利跟她离异的妈妈以前就住在里面。我们在阁楼上喝得醉醺醺过，就像那些一放学就变了个人的姑娘一样。这条街道，乃至于整个小镇，都是我无比熟悉的地方。放眼望去，无论哪里都能勾起一段回忆，而不止眼前的景象。将我从昔日的泥潭中救出，带我逃离刚刚走出的那栋房子，免得我被家庭和反复闪现的记忆吸进去的，正是保罗——一个局外人，一个从未生活在这里的人。他跟这里没有半点关系，总是活在当下。虽然性格固执、让人火大，但也细心周到、深爱着我。这个人似乎始终愿意跟我在一起。

"明天我们再好好谈谈，"他说，"我保证。现在咱们就先这样，行吗？"他用温柔的眼神恳求我。

我还没来得及开口，他就向前一步，抱住了我。

除了相信他，我还有什么选择？

* * *

我们在前厅脱衣换鞋的时候,蒙着大口罩的亚历克冲过来朝我们眨了眨眼,示意家里出了点状况。后来才知道,我们离开的这一会儿,迈克尔终于忍不住了,往贝瑟尼家里打了个电话。是她爸爸接的。迈克尔说找贝瑟尼。她接起电话,说迈克尔把一切都搞砸了,又说他们俩这就算掰了,说以后别再联系了。

"要不你上去劝劝他吧,"妈妈对我说,"他在自己房间里。"

"你就不能阻止一下?"

"别这么大呼小叫的,"她说,"我们当时都在这边看书,他用的是别的电话。"

我们大家一起在这儿待了三天都没事。我才出去二十分钟,就出事了。这恰好给了保罗脱身的机会。他从咖啡桌上拿起小说,缩进了客厅角落的靠背椅里。

"她说得对。"佩妮姨妈说,她拿着拨火棍站在壁炉边。

我在厨房里找到了亚历克,他正忙着啃一整盒巧克力饼干,就像我们不是刚刚才吃完两种不同的甜点似的。

"怎么了?"他说,"我饿了嘛。"

"所以说,他是一个人上楼去打电话的,没跟你们任何人说?"

"差不多吧。他后来哭得可惨了,妈妈也爆发了,开始冲他吼,说他总是搞得这么夸张。他一变成那个样子,妈妈就受不了了。你大概也发现了吧,"他说,"毕竟都这么多年了。"

我爬上楼，先听了一会儿屋里的动静，然后敲了敲门。

"干吗？"迈克尔大声问。他的声音在颤抖，就像被关在牢里好几个月，我是来放他出去的。

在昏暗的灯光下，他直挺挺地坐在床上。屋角堆着本的公寓里放不下的一箱箱黑胶唱片。他越是需要钱，亚历克就越是劝他卖掉一些唱片。但不管有多少账单要付，他就是狠不下心迈出这一步。这些唱片对他来说太重要了。最值钱的是那些贴着白色标签的，里面是现已功成名就的艺术家早年的小样，有些还是靠迈克尔的乐评才一炮而红的。他最不舍得出手的也是这些，特别是他认为市面上已经买不到的。他拒绝靠投机赚钱，觉得这玷污了他的音乐追求。我不像亚历克那样，会因此责备他。我对任何带有铜臭味的事都嗤之以鼻，所以很同情他。就像迈克尔说的，资本主义害了我们的爸爸，没有在他跌入低谷时伸出援手，任由沉重的经济负担和巨大的责任感夺走他的生命。这不是说他没得病，而是说"得病"是个模糊的概念。我完全赞同。但我希望迈克尔能意识到，这件事让他多么愤怒。他似乎看不到自己的愤怒，甚至刻意无视它。有时我会努力提醒他，他却歪过脑袋，疑惑地看着我，就像我在说天书。

"我得去找她，"他说，"我得见她。我明天就可以飞去克利夫兰。她说我们以后别联系了，但那是她爸妈逼她说的。等我见到她，一切就都没事了。"

他的手搁在膝盖上，攥着半张揉皱的便签纸。

"那是什么？"我问。

"她离开前给我的最后一条语音留言。我抄下来了。你想听听吗？"

"不想。"

"为什么?"

不管他有没有意识到,在那天真无邪的外表下,其实潜藏着这样的指责:要是我不听那段留言,就等于也抛弃她了。他还处于"拒不接受"的阶段。只要能找到其他出气口,他就始终不去直面自己的愤怒,直到把气撒在我们身上。

"因为你上瘾了,"我说,"除了她,你什么都不管不顾。但她不成熟,一直在控制你。我知道你很郁闷,但你不能把一生都押在她身上。"

"我也没办法,我没别的选择。"

我可以指出这是不可能的,但他肯定会引用普鲁斯特的话,然后重提冷漠无情的家庭生活。没有痛苦,爱就一无所有。如果真是这样的话,那我和保罗就一无所有。早在几年前,我就放弃了跟迈克尔分享我的感受。我坚信人们的承诺只是过眼云烟,迟早有一天他们会弃我而去,让我重新意识到孤独才是人生的真谛。我不会告诉迈克尔,自己被保罗的爱吓得畏缩不前,每天都在幻想另寻他人。难道我要告诉他我怀孕了,而且不知如何是好?拉倒吧。他只会更加焦虑,最后我还得向他保证一切都好,那还不如让他继续一无所知呢。

他继续说去克利夫兰的事。我说的话虽然不是没起作用,但也没起太大作用。他既像是说给我听,又像是说给自己听。他说,他下飞机以后可以打车去旅馆,打电话约贝瑟尼出来见面,再坐公交车去她愿意见面的地方。接着,他列举了一连串理由,证明她应该跟自己在一起,其他一切都不重要。那听上去就像一个孩子执拗地相信自己幻想的世界确实存在。

等他好不容易说完了,或者说停下来了,我已经没什么好说的了。

"大家都在客厅呢,"我说,"你应该下来,咱们可以一起看个电影。"

"要是我孤老终生怎么办?"他问。

我避开他的目光,低头盯着他的脚,盯着绿色旧地毯上的蓝色匡威运动鞋。迈克尔回英国上学以后,我孤零零地待在这里,独自照顾亚历克和妈妈。那时候,我有时会进这个房间。这是家里最能让我逃离现实的地方。过了很多年,迈克尔才告诉我当年他在树林里看见的异象,那促使他逃离这里的凶兆。当时,我只觉得他走得正是时候。

我受过专业训练,知道自己对帮扶对象的推测是无关紧要的。再说了,我也不知道迈克尔以后到底会怎么样。我又不会预测未来。作为咨询师,我的工作是诱导对方说出心中的恐惧,这样恐惧才会慢慢消失。这是专业的做法,也是善意的做法。我差一点就对迈克尔这么做了,那得割断我们之间仅剩的兄妹之情。但我做不到。我不能那样地扼杀真实的他。这既是为了他,也是为了我自己。

"你不会孤老终生的,"我说,"有很多女人喜欢你。你会找到别人的。"

他又看了一眼手里的纸条,然后把它折起来塞进兜里。

"咱们可以聊聊这件事,在咨询的时候,"我说,"这也许对我们都有好处。"

这个主意让他的脸一下子亮了起来。

"真的可以吗?"他问。

"我们想聊什么都行。每个人都是。"

"哦,好吧。"他伸手去够搁在床头柜上的啤酒瓶,"谢谢你上来陪我。"

楼下客厅里,亚历克在看英剧《故园风雨后》的重播。年轻时的英国男演员杰瑞米·艾恩斯跟一位金发的贵族小姐坐在树下吃草莓。妈妈在填纵横字谜,时不时抬头瞄一眼电视,看剧情发展到哪里了。她今年送给佩妮姨妈的礼物是传奇的米特福德姐妹的通信集。姨妈坐在壁炉边,腿上搭着一条毛毯,正专心致志地读着。保罗无精打采地躺在沙发上,还在艰难地啃陀思妥耶夫斯基的小说,一手拿着书,一手端着酒杯,里面是威士忌。

全家人都显得悠然自得。

"他还好吧?"妈妈问我,还没等我回答,又补了一句,"我真高兴你能跟他聊聊。刚才闹得挺不愉快的。"

"他不是太好。"我说。

"是因为那个印度女孩?"佩妮姨妈问。

"不是,"亚历克还盯着电视,声音却大得出奇,"她是美国黑人,有边缘型人格障碍。"

"得了,别瞎扯,谁说的?"妈妈问。

"我猜她有。"亚历克说。

"就没有跟他年纪差不多的女的?"佩妮姨妈问,"大学同学什么的?"

"鬼混的日子早就过了。"亚历克回嘴。

"也没必要这么刻薄吧。"妈妈说。

"我又没有。我们其实都一样,相信我吧。"

保罗哈哈大笑,但很快就停下了,因为没人跟他一起笑。

"好吧,"妈妈站了起来,开始收拾东西,准备上楼泡澡,"希望他今晚睡个好觉,明天早上能感觉好点。"

离开客厅之前,她偷偷瞥了佩妮姨妈一眼,确信她没往那边看,就悄悄把温度往下调了调。我坐进她刚才坐的扶手椅里,蜷成一团。

沉默了几分钟后,佩妮姨妈也站起来,说要"上楼先准备准备"。走出房间之前,她也在取暖器那里停下脚步,稍微把温度往上调了调。

"你们这家人真是疯了。"保罗说。

"谢谢了。"我其实也是这么想的,为他这么说心中暗喜。刚才做过保证以后,他又可以心安理得地做个旁观者了。他看出我情绪不佳,就决定先行告退,说他先上楼去读会儿书,过一会儿再见。

越来越黯淡的炉火边只剩下我和亚历克两个。他关掉电视,把椅子转过来冲着我。

"你还好吗?"他问。

"你戴着口罩,我没法跟你说话,太别扭了。"

"你对这房子又不过敏。"

"你不也是?摘下来,行吗?"

他把口罩推到额头上,像只獾似的嗅着屋里的味道。至少他现在没像高中时候那样,系着爸爸的领结,穿粗呢裤,配开襟毛衫,那身打扮让他看上去比实际年龄成熟得多。我从来没告诉过他,那么穿只会让他看上去像个娘娘腔。当时如果实话告诉他,会有些残忍,因为那种打扮能让他感觉良好。现在,他穿着合身的套头毛衣和做旧的牛仔裤,虽然看上去也挺娘娘腔,但起码相对来说像样点。

"妈妈退休可没保障啊。"他说。

"你这是说什么呢?她还没退休呢。"

"我不是说这个,是说五年以后,她退休的时候,养老金只够维持基本生活需要,一点结余都没有。而且她还得还房贷呢。她退休以后很没保障。"

"别聊这个行吗。我不想聊。"

"你跟她一模一样。我跟她提起这件事的时候,她也是这种反应。你们好像都不愿意承认这个事实。只有我一个人在担心。"

"咱们应该去看电影,"我说,"干吗不去看电影呢?"

亚历克挠了挠鼻子。新毛衣的标签在他手腕上晃荡着,就像某种廉价装饰品。从他青春期还没过完的时候,我就开始教他心理学常识,所以我跟他几乎无所不谈,包括我多年来波澜起伏的情感经历。总之,我们姐弟俩的关系好得不能再好了。这意味着我们会互相监督对方对家人是否尽责,时刻留意对方有没有不负责任的迹象。事实上,我们被困在同一座荒岛上,都在偷偷建造自己的救生筏,免得其他的突然失效。我的头等大罪是交男友,因为有了自己的小家就顾不上垂死挣扎的大家了。他的头等大罪是年纪小,需要我的照顾,因为没有别人可以照顾他,这个责任就落在了我头上。现在,他翅膀硬了,觉得家里一切都应该他说了算。他努力用最小的情感付出维系这个家。

他发现我对妈妈退休这个话题不感兴趣,就回头聊起了迈克尔。他说,本告诉他,迈克尔这个月没交房租。迈克尔当初搬去跟本一起住,其实只是权宜之计,为了摆脱失去凯莉的痛苦,没想到一住就是好几年。他先是跟本两个人住,后来又加上了克莉丝汀。这几年里,他换过几份工作,也换过几个咨询师,情感危机一波接一波,但始终住在南城面朝肖马特街的那个小卧室里。我挺欣慰的,因为本和克莉丝汀虽然谈不上是迈克尔的守护者,但一直把他当成是家里人,每天都跟他交流,偶尔还会给他做顿饭,不然他就只能吃外卖了。亚历克一直跟他俩联系密切,对迈克尔的动态了如指掌。

"但真没想到,真没想到,"亚历克说,"本收到了一张支票……是老妈寄过去的。所以说,现在不光是学生贷款,连房租都要老妈替他付了。她不可能这么一直做下去。但无所谓啦!我估计大家只要过好自己的小日子就行了。"

见我盯着木柴的余烬出神,他停了下来,但很快又开了口。

"我跟你说过没有,我过来的路上碰到一个男人,他勾搭我来着。"

我摇摇头。

"他就坐在我旁边,一直想勾搭我。真的。我们总共大概就说过三句话吧。"

"好恶心。"

"老天,"他嚷起来,"你竟然这么反感。"

"拜托,他有可能杀了你好吗?"

"所以你觉得恶心?"

"就是有点太极端了,"我说,"你简直像在发泄。"

"你不是在湾区跟那些无家可归的孩子打交道吗。这就不极端了?"

"你也不能为了房租就去卖身嘛。"

"说不准呢。"他说。

"随你吧。我的意思是,你真想一直这样子?就不能找个固定男友?"

他难以置信地瞪着我。我已经累得脑子都快转不动了,所以这句话脱口而出。我换过一大堆男友,似乎证明这件事挺简单,但我知道并非如此。不过,他五官端正,能言善辩,又有正经工作,纽约城又这么大,他怎么就找不到另一半呢?他搬来纽约不就是因为机会多点吗?那他为什么要冒险跟陌生人鬼混?

"抱歉,"我说,"我明白了。那你现在没跟谁交往吧?"

"没。"他边说边抠着手上的死皮。

"能不能别抠了?"我不耐烦了。

"好吧——你心里肯定有什么事。怎么了?是保罗吗?"

"不,我怀孕了。"

他马上抬头盯着我的眼睛,看我是不是说真的。意识到这不是开玩笑,他惊得嘴都合不拢了。"这玩笑开大了!"他说,"你打算怎么办?"

"我不知道。"

"你不知道?你是说你有可能生个孩子?"

"呃,我又不可能生头鹿。你说话那口气,就像孩子是种病似的。你听起来就像迈克尔。"

"好吧,那我换个说法。要是你生下孩子,一切可就全得变了。"

他的反应让我感到天旋地转,就像我的救生筏一下子造好了,我划到了开阔水域,终于自由了。还有什么能比生孩子更能卸下照顾妈妈的重任?

于是,我和亚历克再也不是竞争者了。似乎没必要说破这一点。但在类似这样的时刻,我们还是会像过去那样较劲。我们聚在一起,是因为我们过去一直靠这种方法渡过难关,将彼此推开,则是为了向自己证明,将我们绑在一起的并非只有丧父之痛。

"我还没决定呢,"我不想吓到他,便退了一步,"但谁知道呢?也许这对我们大家都好。你不是说我们对未来考虑得太少吗?"

这句话让他琢磨了半天。

他身边的桌上有盏台灯,灯座是水鸟的形状,旁边摆着个镜框,里面镶着爸爸年轻时的肖像照。他肯定是为了某个商业项目才去照的。妈妈在他的文件堆里找到这张照片,就裱了起来。我们从来不挂也不摆家里人的照片,这张除外。我忽然有种前所未有的感觉,觉得爸爸会喜欢保罗。他们会很合得来。保罗会让他相信,他是可靠的人,值得信赖的人,也是社会契约的观察家。他们之间不会出现任何尴尬。如果爸爸当时坚信这一点,现在肯定还活着,会很期待我的孩子降临人世。

"好吧,我只是被惊到了。"亚历克说。

他不再坐立不安,完全忘了口罩还像个犄角似的杵在额头上。屋里一片寂静。

"不管怎么样,我都爱你。"他说。

迈克尔

行动总结报告

家庭治疗行动

    任务：增进沟通／家庭幸福

    结果：尚不确定

    1. 中央广场以东两公里的马萨诸塞大道上有艘搁浅的无畏战舰（据称如此，信息来源不详），经历该舰加农炮攻击后，老妈继续驾驶不带装甲的本田，以极慢速度前进，试图完成摧毁停车场任务。整支作战小队高度警惕。多处看似可供停靠，最终证明纯属错觉。我们保持沿街边行驶，向南开进剑桥港。天气阴冷，鸟儿绝迹。离开集结地十八分钟后，才在熟食店门口发现位置。老妈虽深感怀疑，仍操纵车辆进入既定位置。

    正当她换入倒挡，某非正规军驾驶大众轿车驶入，抢占了我们身后的既定位置。老妈立刻进入一级应战状态，恶言恶语齐上，全力展开攻击。紧闭车窗反弹的火力造成若干误伤。西莉亚即刻搭乘救护直升机前往拉姆施泰因空军基地,进行前额叶移植手术,并于四分钟后重新投入战斗。其余的受波及者企图寻找精神掩体,却发现枪弹无处不在。战场硝烟弥漫。小规模战斗结束后,小队内部的紧张局势迅速升级。为重新部署,亚历克采用心理战,试图说服老妈,前方自助洗衣店门口的消防栓旁足有四米空地。该策略未能奏效。老妈下达了更为激进的指令。西莉亚却指出我们早已奉行这一指令。十一分钟后,亚历克建议选择付费车库。但此时局面已然失控。老妈连声怒吼:这都是些什么人啊?我表示,他们可能是住在附近的。僵持七分钟后,老妈威胁要赶我们下车,自己继续前进,此时敌军一辆SUV忽然叛逃,家居店门口露出一丝破绽。亚历克立即跳车,占据有利地形,成功协助老妈倒车入位。

2. 作战小队及时抵达训练设施。此处装饰为西南偏南风格(瑙加海德单制沙发,搭配塞拉沙发套),壁毯上绘有阴道图案。等候室经过战火洗礼,不见一人。我建议老妈阅读《野流》杂志,打发剩余的一分三十秒。老妈未作回应。从查尔斯河方向不时传来迫击炮声响。疑似友军。

五分钟后,训练室内走出一位女士,身穿盖革夹克,颈戴珠链,未见伤痕,疑为敌方。亚历克单方面发动攻击,用铜制纳瓦霍人雕像偷袭敌人。尸体藏进壁橱。训练员留胡,秃顶,疑为中立方,将小队遣送至可落座之弧形现代主义家具前。咖啡桌疑似原创品牌,上有瑙加海德革盒,内装舒洁纸巾。小队成员按序号依次就座。证书距离过远，难以看清，疑似真实。训练员面带微笑，进行自我介绍，让我们称其为格斯。陷入沉默。格斯要求部队每位成员汇报对此次任务的认识。西莉亚少将在开场几分钟显得失望沮丧。不排除是执行停车任务导致的创伤后应激障碍。

3.尽管如此，她仍汇报了自己对当前局势的认识：（1）小队的凝聚力，以及某些士兵（我）的情绪反应，在联合指挥官退役多年后仍深受质疑。问题极其明显，却被视而不见。幽灵仍阴魂不散。（2）此次重新接受训练，需要改善整体表现。亚历克大体同意。老妈表示不反对。格斯请她详细说明，但称老爹为老妈的"人生伴侣"。这就错了。这种措辞立刻激怒了小队参谋，质疑该训练员深受新世纪语言感染，无法承受老妈的评判，更无力协助我们。格斯询问自己哪里说错了。老妈说，没什么，只是我永远不会这么称呼约翰。

4.格斯按照自述疗法的规章制度，命令老妈前往伍切斯特劳改营。小队年轻成员并未提出异议。然而，老妈却违抗军令，命令潜藏在科德角的"消极蔑视"号驱逐舰发射巡航导弹。据称伍切斯特劳改营已被夷为平地。

5.成人痤疮为常态。零星可见螨虫、压迫性骨折和脱发。

6.初次审讯过程中，亚历克向格斯汇报自己是同性恋。西莉亚马上表示，我们来这里不是为了讨论已知事实。随即引发的小规模内斗对家具和窗户造成了轻微损伤。家丑外扬导致老妈无地自容。格斯问亚历克，关于这一事实，他对全家是否有话想说。这位一等兵回答，有，其实他内心始终在挣扎，但由于老爹退役一事超越所有战争伤害，他只能默默服从这一制度。

7. 报告显示，哮喘小子第一个向副总司令西莉亚坦白，他第二个向老妈坦白（两人的对话还是不去想为妙）。上大学以后，他才向我提起此事。那是一个夏夜，我开着卡特拉斯带全家去看电影。他问我在波士顿学院有没有遇上什么人，凯莉是不是我女友。这挺意外的，因为我们俩从没谈过这种事。他是半点经验都没有的初生牛犊，只会装出一副深谙此道的样子，我则是耻于谈论自己的情感经历。他勇敢地打破尴尬，告诉我他还单身，然后转头望向窗外，装作若无其事地说，他其实喜欢男人。当时我们刚好经过他的一个高中好友家门口，那个早熟的孩子对潮流品牌斯图西很感兴趣，总是模仿杜兰乐队的穿衣风格，我记得亚历克挺喜欢他的。想到这个小捣蛋鬼一直如此孤独，我便替他难过。因为少了爸爸，他或许对我这个当大哥的有更多的期待。

8. 格斯意识到我尚未进行任务描述。我寻找掩护，并未成功。头天晚上，司令官西莉亚批准我今天谈谈贝瑟尼。我待在卧室里，听她最爱的"奇异双胞胎"唱片，试着读了一会儿结构马克思主义者阿尔都塞的书。凯莉在父母家过圣诞节，我拨了无数个电话，她终于接了起来。让我失望的是，她的建议跟西莉亚的差不多：承认这段感情来自我浪漫的拯救欲，承认它是幼稚的。她还像西莉亚一样暗示：我的悲伤是错位的，失去贝瑟尼只是旧日伤痛的表面体现。那种伤痛注定会反复呈现，除非我揭开它的本质。当然，这是弗洛伊德式的基础训练，其中的原则我欣然接受。但问题在于，基础训练对实际作战并无助益。我并不缺少对自身状况的理性认知。生命不断流逝，而我需要贝瑟尼。因为她能接受我当下对她的爱，此时此刻对她的爱。尽管这一学说指出，对她的爱换不回我失去的东西，但万一可以呢？凯莉厌倦了我的固执，我们互道晚安，我吃过药便躺倒，陷入梦境。我梦见自己在拍卖会上。老查尔斯顿街的迪奥时装店后面搭起了一个舞台。舞台上灯光聚焦的赤裸女郎，正是贝瑟尼。有些竞拍者在拍照，有些人凑上去欣赏她的线条。衣着艳丽的白人女郎对她的发质品头论足。在她身后的墙上，两个展示时装的玻璃柜中间，一个瘦骨嶙峋、肤色苍白的哥特式耶稣形象的双手正在滴血。似乎无人注意他的存在。我想从架上取下衣服，披在贝瑟尼身上，挡住众人的目光，但售货员说，只有我得先买下才行。此时，我的胸口赫然出现一个大洞。我朝洞里呕吐，一股暖流顺着我的心脏和脖颈直冲大脑。贝瑟尼颓然跪倒在脚灯旁，沉默地弓着身子。我只能眼睁睁看着这一切发生，却无力拯救她。

9. 我决定最好不提这个梦，便告诉格斯我同意西莉亚的说法。过去的影响早该随风而逝了。正如马克思告诉我们的，无数死者的传统如梦魇般压在生者的脑海。我其实很想讨论跨代际的影响。但因为那位我急需见到的俄亥俄姑娘，当下我实在无法专注于此。

10. 训练员娴熟地调兵遣将，将战局引向女友问题。这个问题解释不清，纯属鸡同鸭讲。把他的婚戒化成金水砸成金箔再折成兔子，都比给他解释他对我的误解有多深要简单。女友问题？那两个长舌妇就不能少对你叽叽歪歪？训练员的女权主义倾向似乎已经消失。

11. 格斯对我们的分享表示感谢，随后简单介绍基本原则：禁止自由开火，限制附带损害，不丢下任何人。在此基础上，他想知道，目前情况如何。老妈表示，她很高兴我们都能回家，希望我能不用再吃那么多药。此外，她还发现格斯是鲍登学院毕业的，问他认不认识她在史密斯学院的一个老同学，考古学家莫林·杜兰－德雷珀。老妈说，她对君士坦丁堡很有研究，不知你见过没有？小队里的年轻成员个个垂头丧气，坐在椅子上。老妈对格斯说，你也看见了，我的孩子动不动就生气。格斯转身询问，我们对母舰提出的问题有何不满。老妈替我们回答，我应该严肃一点的，但我们来这里不是为了聊我的事，他们要说的话才重要。

12. 西莉亚发觉行动偏离预定轨道，便重申核心任务：探讨老爸自戕对家里的影响。我并不反对，但已然记不清他的长相。老妈记得丈夫的长相，这当然很正常。但我实在想不明白，为什么比我小的西莉亚，甚至是亚历克，都能想起他的模样，而我这个长子，跟他接触时间最长的人，却记不得他的样子。对他们三个来说，悲伤的记忆至今鲜活如生。他们的讲述让我听得入迷。他们哭得像老爸去世后我跟彼得·洛里安回家时似的，在沙发上紧紧搂成一团，看见我后更是难以抑制。在格斯的咨询室里再次听见他们哭泣，让我仿佛回到了过去，回到了我逃离家庭之前，独自看见凶兆之前的那段岁月。我忽然感到一阵后悔，觉得自己太过懦弱，不配加入他们的行列。但我被他们的情绪带动了，就像被旁边房间的低沉乐声带动，一个充满意义的世界正引我走进一扇紧闭的大门。

13. 亚历克对格斯说，要是那天早上我能早点醒，也许能跟爸爸说上话，他可能就会回心转意了。妈妈说，亲爱的，你不能那么想。突然之前，亚历克提起了我，说他是多么担心我，多么希望我的生活能轻松一些。西莉亚死死咬着下唇，默默表示赞同。她的身体因为激动而不停地前后摇晃，极力克制着，不让自己哭出来。妈妈把手搁在我的膝头，对格斯解释说，迈克尔过得很艰难，我们不知该怎么办才好。格斯隔着桌子望着我，开口说道，他们似乎都很担心你，你对此有什么感觉？

14. 所有消耗战都有个节点。过了这个节点，士兵就会开始怀疑战争的目的压根不是他们想的那样，怀疑战争其实是种有机物，自己只不过是其中的细胞，唯一的驱动力是继续下去。从恍然大悟的那一刻起，你要么暴跳如雷，要么心如死灰，不是深陷绝望，就是因为彻底不抱希望，反倒开始觉得轻松。

15. 时间飞逝，会面即将结束。在总结陈词中，小队错综复杂的问题显然让格斯相当兴奋。他说还有很多需要努力的地方，如果我们愿意的话，他这里可以让我们重新受训。事后，我们去了一家日式餐馆。老妈问我们刺身是什么。我喝了比尔森啤酒。解散的命令迟迟未下。最后，在夜幕的掩护下，我们终于开始撤退。

第三章

守护

亚历克

他家的窗户上没有倒影。躺在他的床上，我能看见对街的屋顶和水塔，还有在月色下高耸入云的烟囱。这幅纽约旧日的景象，电影般的画面，为我们的相遇增添了几分怀旧色彩，仿佛我们是以某种传统方式相遇的，像是两个小屁孩正好在酒吧里撞见。

他的床紧紧贴在角落，挨着窗台，留出来的空间刚好够衣柜门打开。宜家买来的梳妆台上方的墙面上，贴着极简主义画作和几何图案拼贴画而成的明信片。屋里一共只有两个房间，他去另外一个房间拿电脑了。现在已经凌晨两点了。要是在平常，我一个小时前就进入梦乡了，但现在我却准备享受一番。对了，他的名字叫赛斯。

"你在干吗呢？"他抱着笔记本电脑回到床上，我好奇地问。

"我想给你放首歌。"他说。

"这是瓦妮莎·斯麦兹的歌。"他边说边滑动播放列表。

接着电脑屏幕的光从侧面看去，他的表情不像照片上那么严肃。他的眉眼和嘴唇有种难以形容的柔弱感，让我看得出神。其实，他一点也不吓人。在那一瞬间，我为此恨起了他。不过与此同时，我也感到好奇。他那头黑发该去剪剪了。他没刮胡子，但看上去不像是为了赶潮流。他身上有种独特的气质，没有一般人那种谨小慎微的感觉。

我待的时间已经比预计要长了,但就是不想走。

"你听过她的歌吗?"他问。

"没有。"我说。我听的音乐都是迈克尔推荐的,自己从来不找新歌听。如果迈克尔什么都不推荐,我就什么也不听。他会送我他在听的磁带、CD和音频文件,让我毫不费力地接触到最新潮的音乐。但自从五年前发生贝瑟尼那件事以后,他就很少这么做了。我的音乐品味自然也就落伍了。

"那就听听看吧。"赛斯说。

小小的房间里回荡起了标准的爵士前奏。那是现场录音,钢琴奏出轻缓的小调,号声与琴声相伴,让人联想起四十年代的夜店。乐器演奏的间歇,传来低沉缓慢的女声,仿佛不忍打断乐声。我不是爵士乐的粉丝,但那忧郁的曲调让人着迷。我试着忘记现在已是深夜,第二天可能爬不起床,音乐对此挺有帮助。缓慢的鼓点加入了合奏,接着是贝斯,最后是弦乐,共同营造出了令人晕眩的效果。这是重塑爵士标准,而不是演绎经典。琴声渐强,歌手像是得到了许可,投入了更多的情感,最后一句唱得悠长无比,动人心弦。

赛斯把笔记本搁在一旁,重新在我身边躺下。乐声还在回荡,时而紧张,时而放松。我原本以为会是首口水歌,要么就是小众爱好者喜欢的严肃音乐,结果证明两者都不是。我越听越觉得迈克尔会喜欢。他不在乎是谁的歌,只要对他胃口就好。这首歌就是。我再也不觉得它保守老套了。歌手开场时的羞怯是装出来的。她的嗓音力量十足,她自己也对此一清二楚。

她似乎在说,你不在别处,就在这儿,跟我一起,在这间屋子里。

我们并排躺着，一起聆听的时候，赛斯像第一次约会的紧张少年那样，摸索着握住了我的手。我毫无准备，他的手又那么温柔，让我一阵战栗。几分钟前，我们还激情缠绵。但那些都是套路，这个可不一样。它更亲密，所以也更危险。他在真正地抚摸我，而我也允许了。

我脖子上的肌肉开始放松，脑袋深深陷进枕头里。

手牵着手，听着最爱的歌？就像我们不是两小时前才认识的？就像以前我们没有经常跟陌生人发生类似的关系？他以为他是谁？魔术师吗？以为这样就有进一步发展的可能？

歌手给人的感觉变了，不再冷静。她开始大声嘶吼，仿佛快要唱不上去了。这恰恰证明她没有假唱，她确实有麻烦了，不管后期怎么修饰都无法掩饰这一点。她没有掩饰自己的崩溃，没有装出一副天下太平的模样，跟听众保持安全的距离。她毫无保留，默默承受自己的重担。

我下意识地攥紧了赛斯的手，仿佛回到了年少轻狂的岁月。他紧紧握住我的手时，我忽然陷入了深深的怀旧。我从未有过如此强烈的感觉。少年时代，我曾多么期盼这一刻：跟一个人坠入爱河，在秘密场所分享喜悦。现在，我终于知道那幻想中的幸福是什么样子了。

歌声飚到极致，如同飞离终将衰朽的尘世，进入永恒的极乐。这让我产生了不切实际的奢望：也许赛斯能跟我在一起，帮我找回早已缺失的东西。躺在他身边，我默默祈祷。

＊　　＊　　＊

　　第二天早上我离开的时候,他给了我电话号码和邮箱地址,我也给了他。我走上街头,只能看见头天晚上的一片漆黑。人行道上有排垃圾箱,街道两旁停满车辆,初雪湿润了路面。穿着西裤和羽绒服的男士挎着电脑包,身着定制套装和及膝外套的女士默默朝车站走去。我就像初尝禁果的大一新生,通过他们的表情推测,哪些人早晨刚和伴侣缠绵过,哪些人是迈克尔所谓的"上天的宠儿",哪些人是独自生活,在孤独的自律中度过清晨。头天晚上的遭遇几乎让我觉得自己也成了"宠儿",直到随着人流涌进地铁,我才意识到两者的不同:头天晚上的魔咒只能暂时抵御世上不曾改变的事实。

　　我以前也有过类似的感觉,但只有喝醉的时候才会有。如果连喝醉都没法排解忧愁,我只好赶在悲伤无法抑制之前洗澡上床。一夜情通常会让人在第二天早上感到空虚。几个小时前的愉悦感渐渐退去,剥下我每天穿在身上的盔甲——相信日常琐事是有价值的——让我打心底里感到凄凉。但今天早上不一样。我的感觉似乎变敏锐了,街头的声响格外清晰,无论是公交车的刹车声,还是卡车咯吱作响的引擎声,或是出租车呼啸而过的声音,我都能分辨得一清二楚。

　　我在地铁上没东西可读,也不想听音乐,因为不想把赛斯放的那首歌赶出脑海。我开始观察其他乘客,观察他们如何带着戒心,靠报纸、掌机、书籍、耳机保证自己的平静不被人打扰。他们避开我的目光,就像躲开乞丐和疯子似的。通常情况下,我不是反感就是贪恋别人的生活。如果不这样，我自己的生活就会失去方向。我都要迟到了，却站在车厢里，随着列车的节奏摇晃，在一片寂静之中，深情地打量其他乘客——多傻啊！但这种玩世不恭的态度顶多就维持了一站地，相安无事的善意倒是持续了一路。

午饭的时候，赛斯发来短信，我们约好了第二天晚上一起吃饭。我根本没想过会有这一出。我到底是怎么了？

第二天晚上，他打扮得体地出现在餐馆。他刮了胡子，换上了深色修身牛仔裤和蓝色牛津纺衬衫。我从桌边站起身，尴尬地伸出胳膊，想跟他握手。他显然也很紧张，这倒让我松了一口气。他显然是想来的。我希望跳过关于人生经历的闲聊，直接去他家。但他很可能一脸迷惑，以为我跟他在一起不开心，觉得我不过是个没长大的莽撞小子。我挑这家餐馆是因为安静，但现在我后悔了，希望能有些杂音或音乐帮着分散注意力，希望服务员能时不时从身边走过。

很快，我就笨嘴拙舌地问起他都设计些什么。平常跟网友见面的时候，我都刻意避免提出这类问题。隔着桌子面对面，其他一切都不重要了，我们只知道对方很孤单。因此，这种社交方式我总是应付不来。实际上，我才不在乎他是设计什么的呢。

他说起了图表和网站什么的。我想阻止他，想跟他说，等等，我们还没到这一步吧。但我什么也没说。他继续说着，提到了设计唱片封面、自由职业和自己的项目。我心不在焉地听着他说，意识到刚才的放松正逐渐被沮丧取代，便索性又提了几个问题。他用了发蜡给头发定型，略带雀斑的脸洗得干干净净，还抹了层保湿霜。他显然为今天晚上做足了准备,出门前一定仔细挑选过衣服,对着镜子尝试过不同的搭配,希望给我留下好印象。这个之前并没有这么在乎打扮的家伙,怎么才能把我们带回原先的状态?他是不是用那首歌不小心打开了我的心扉?他到底有没有感觉到此刻和当时的区别?

他问我想不想一起吃开胃菜,喜欢喝哪种酒。他努力显得有礼貌,我虽然不大自在,但能本能地做出适当的回应。

我希望这个晚上能从头来过,希望我们保持神秘感,停留在浪漫的世界,而不是做什么自我介绍,努力寻找什么"共同点"。

他问我做新闻是什么样的。我讲了几个名人故事,还有我做过的滥用政治募捐款的报道。拿这些故事来哄外行人很容易,但我真正的报道更加鞭辟入里。

靠着有一搭没一搭的闲聊,我们坚持到了吃完主菜。我认命了,觉得这次看上去无可挑剔的约会没希望了,大概只能以互留邮箱地址告终。但在分吃杏仁蛋糕的时候,他突然说,他喜欢我说话的方式。

"我喜欢你的用词。"他说。

他的直率再次让我不知所措。我不知该怎么回答。

他的眼睛是绿色的。我很少注意别人眼睛的颜色。我发现文章里描述某个人的时候,通常一上来就会提到眼睛的颜色,好像隔着几丈远就能分辨出脸上那两个小点是什么颜色似的,我一直觉得难以置信。但我们俩相距不过咫尺,他又直勾勾地盯着我,因此我能断定他的眼睛是深绿色的。

"我说错什么了吗?"他问。

"没有。"

他放下叉子，手肘支在桌上。

"我知道这么问可能有点太急了，"他说，"但你有男朋友吗？"

就这样，我脑子里的噪音统统消失了。"目前没有。"我仔细观察他的表情，不知这个看似满不在乎的回答有没有掩饰住实情：我从来没交过男朋友，起码没有能坚持过一个月的。

"你呢？"我问。

"目前也没有。"他笑着回答，似乎看透了我的心思，却并不在乎。

我最不想聊的就是情感经历，所以我也不知道为什么会脱口而出："但以前有过？"

"我们是研究生同学。"他说。

我对别人的情感经历又嫉又恨，因为它们会让我想到迈克尔。跟贝瑟尼分手以后，他几年来一直沉浸在悲伤之中。我决不允许自己变成那个样子。但我忍不住想象赛斯和男友在宿舍里跟其他朋友把酒言欢，手挽着手参加聚会的样子。对赛斯来说，那只是一段记忆，但那只会更令人向往，这就像留给继承人的遗产一样。

"但那是以前的事了。"他说，"你呢？"

"也是挺久以前了。"我说。

他又笑了，这次放松了不少，就像我们是在对暗号，就像我的回答是勾引而非掩饰。他又这么做了，用自己的快乐营造出一种亲密感。就这样，我彻底坠入了情网。

"我大概不该告诉你的，"我说，"我下载了你放的那首歌。大概也不该告诉你，我反复听了很多遍。"

他脸红了。"你当然可以告诉我。"

他隔着桌子朝我伸出手来,掌心朝上。我看见,他的手心湿漉漉的。

"呃,"我说,"我有间公寓……"

"真的?好少见啊。"他开玩笑似的说。

"我是说——"

"走吧。"

床对面的墙上挂着一张美国摄影师安塞尔·亚当斯的作品。下面的梳妆台我出门前就打扫过,桌子也是。自从大学毕业,我就靠着这点家具活着。过了这么多年,我终于付得起房租了。来来往往的朋友,都对这里的光照和视野赞不绝口。过去,他们的赞许总能让我觉得开心。但透过赛斯的双眼,我突然意识到,我并没有把这里变成自己的家。我不想弄乱干净的白墙,也不想在地上堆满自己的东西,导致屋里空空荡荡的,一点家的样子都没有。这里只是曼哈顿成千上万的成人宿舍之一,好让合格的小孩过上想象中的成人生活。

我说:"我根本不了解你。但那又怎么样?从那天晚上开始,从我们遇见时起,我就没觉得正常过。你对我一点都不了解。但我有个哥哥,他单身很久了。通常我不会这么想的。但他孤零零一个人,我却在这里。这让我觉得内疚。真的,平常我不是这样的。我不是整天都想这个,我发誓。抱歉。我他妈的全搞砸了,对吧?"

"不,"赛斯说,"恰恰相反。"

……

头几个月,我们还在装模作样地约会。这是一种调情方式,显得有点忸怩作态，就像我们中的哪个真会说"不"似的。我们会找家餐厅，或者做顿饭。吃完以后，赛斯会问我晚上愿不愿意跟他一起度过，我则会假装考虑一下。

我一直在等他做出让我失望的事，比如不再打电话、发短信，或者拼命打电话、发短信，但他没有。于是，我试图从其他方面找借口：他家太整洁了，家里的书不够多，对政治不感兴趣，跟朋友说话的时候娘里娘气，会看情景喜剧，爱看动画片，有只叫佩内洛普的猫。但我发现，整洁的住处让我觉得安心。他平常看新闻，也关注大选投票。他跟朋友尖着嗓子说话，似乎只是在闹着玩。

我一直想象自己跟一个严肃朴实的人在一起。这个人大部分时间都有严肃的工作。这种距离感会让我深深着迷。当然了，他必须很帅，而且自己没意识到这一点。他会不动声色地爱着我，从不表露自己的感情。但赛斯出现了。他在公开场合牵着我的手，当着朋友的面亲吻我，认为我应该穿亮色衣服。我一直在寻找西装革履的家伙，而不是这个自得其乐的人。

我认定，我们的相遇方式迟早会让我们自找苦吃。我们中的一个会在网上冲浪时突发奇想，决定找点乐子，去勾搭别人。接下来会是尴尬的咖啡店约会，头一次上餐厅约会的时候交换电子邮件地址。那会让我如释重负，恢复正常的样子。但几个月过去了，这种事始终没有发生。

我白天接触的记者和政界人士，往往不是单身就是离异。他们要么和彼此上过床，要么跟其他城市的某个人有剪不断理还乱的关系。出差的时候，我们会一起在宾馆的酒吧间喝酒。那是我在四年前梦寐以求的事，能打听到布什和戈尔参选的内幕消息。如今，初选之前的招兵买马和筹款活动已经拉开帷幕，我终于打进了这个小圈子。然而，我却经常找借口提前离场，早早回房给赛斯打电话。

我从得梅因连续第三个晚上给他打电话的时候，他说："我觉得某人现在有男友喽。"

我能想象他坐在床上看电影的模样，头顶上是他自己制作、安装的松木架子。他在被子里支着两条腿，电脑就搁在腿上。所有洗完的衣服都折好收了起来。我从来没有跟哪个人交往过这么长时间。我现在渴望有他陪在身边。

"你现在是一个人吗？"我问。

"不是，我另外一个男朋友在呢，但他能理解。"

"如果我说，我觉得自己可能爱上你了，那会怎么样？"

"问题来了，"他说。"你是在假设你有可能爱上我吗？你问的是这个吗？你是想问我有什么建议？"

"抱歉，这对你不公平。"

"是有点不公平，但也挺可爱的，我们不妨看看可爱的那一面。"

不知道为什么，他说这种话的时候，我总会激动起来。我真想扇他一巴掌。

"我想我爱你。"我说。

"你喝多了？"

"没有！我没喝多。我爱你。"来吧，我想，我等你回答。

他沉默了一会儿，然后说："能帮我个忙吗？回家以后能再说一遍吗？"

"行。"我挺不情愿地说。

"好,因为我也爱你。"

我几乎不敢相信他说的话,无比渴望继续说下去,向他坦白这是我有生以来第一次对人说出这三个字。我已经三十一岁了,却从未走到这一步,真该感到惭愧。我害怕自己的孤独像麻风病一样,害得我面目全非。要是他见到我的真面目,就会打退堂鼓。

但我说出口的却是:"我真幸运啊,你另外那个男朋友会怎么看呢?"

"他不会有事的。我会好好跟他讲的。"

我顿时一身轻松,简直是欣喜若狂。但紧接着,我又想到了迈克尔。我看见过他对着电脑,在约会网站上填个人信息。挑头像的时候,他对自己每张照片都不满意。我哥就是个完美的自毁开关。他简直可靠极了。每次我试图突破自我,他就会挡在前头。

我还没跟迈克尔提起过赛斯,尽管我们在一起已经六个月了。长期以来,单身是我们的共同点,让我们彼此同情。西莉亚才是有伴的那一个。我和迈克尔都不希望对方一直单身,但多年来我们早已成为同一条战线上的战友。这一点让我们变得亲密,也在某种意义上让我们忠于过去。我内心有一部分很清楚,其实不该这个样子,这样只会越陷越深。但我不知该怎么告诉他。我可以有保留地告诉他赛斯的事,让他相信我只是刚对他有好感,但他肯定懂得这意味着什么。我甚至可以告诉他我爱上赛斯了。至少在他不再为自己的困境苦恼时,一定很希望听到这个消息。但如果告诉他赛斯也爱我呢?要是让他知道赛斯比我还动情呢?迈克尔当然也会表示得很高兴。他会说,真是太好了。但他已经这么孤单,我怎么忍心将他抛下呢?何不装作什么事也没发生,让他觉得一切都没变呢?

还有一个原因,让我觉得现在也许能告诉他赛斯的事了。那就是,经过多年的奋斗,他终于在三十六岁的时候被研究生院录取了。我们原本以为他永远都上不了。妈妈曾向我和西莉亚表示过担忧,她怕年复一年的失败只会让迈克尔的情况更糟糕,因为他坚持不懈的努力只换来一封封拒信。但不知出于什么原因,他仍然咬牙坚持了下来,最终如愿以偿。他说他不打算在学术圈里混出头,只想把自己的事做完,如果大学里没有位置,他愿意去做高中老师。这个计划起码能让他养活自己。妈妈还在帮他付房租和心理咨询费,本来就不多的存款越来越少。现在总算是找到解决方法了。可惜后来才发现,他得到的奖学金还不够付学费。他需要找份工作,还得再借一笔学生贷款。因为他信用太差,得有担保人跟他一起签字才行。

"他会自己还的。"妈妈告诉我,她已经同意做他的担保人了。

"要是他还不了呢?"我问。

"那我还能怎么样?叫他别去上学吗?"

妈妈每天都在担心迈克尔,现在他终于有点好消息了,她不能让他失去这个机会。于是,只剩下一个问题:他该怎么从波士顿去密歇根。让他自己开一辆租来的车,花上整整两天时间,开去一个从没去过的城市,住进一间空荡荡的公寓,我们每个人都觉得这不是个好主意。

"他不会开口求你的。"妈妈说,"显然你现在很忙……但要是能帮帮他就好了。"

在妈妈提出之前,赛斯已经邀请我去丹佛见他家人,时间刚好是迈克尔去兰辛的那个八月的周末。我想象过跟赛斯父母见面的情景。一对和善而宽容的夫妇，对儿子能找到这么一表人才的伴侣深感满意，欢迎我进入那个友善和美的家庭，成为家中一员。赛斯的姐姐瓦莱丽和姐夫里克刚有小宝宝，他们住的地方离赛斯父母家只隔几条街。里克在赛斯父亲经营的建筑公司工作，他们都很盼望见到我。我真的很想跟赛斯一起回他家，但如果我能帮迈克尔在新地方安顿好，他就能有一个全新的开始。我告诉赛斯，妈妈请我帮帮迈克尔，他表示很理解。他说，以后还有机会的，我应该去做该做的事。

八月中旬闷热的一天，我和迈克尔离开了本和克莉丝汀的公寓，搬家卡车后面拖着我几年前送给他的旧房车。

他的状态很糟糕。搬家前的准备工作，加上离开他成年后住得最久的地方，搞得他头晕脑涨。哪怕最简单的指示，我都得重复两三次，他才会照做。不管他现在吃的是什么药，看起来效果都不怎么样。我早就记不清他吃的都是哪些药了。每次我们聊起来，他都会提到那些玩意儿，药名在我脑子里搅成了一团糨糊。

在高速公路上，我不得不提醒他上坡时候要加速，还有什么时候该把太阳镜戴上。他的方向感一直很差，但我们在阿尔巴尼郊外加了个油，他就连回到高速的路都找不着了。我实在忍不下去了，叫他靠边停车，换我来开。

我们又开了五个小时，路上时不时遇上一阵雨，终于抵达了尼亚加拉大瀑布。去兰辛最快的路线是经过安大略省南部，从休伦港穿越国境。尼亚加拉显然是过夜的不二之选，而且我们俩都没来过这里。

我在加拿大边境找到一家汽车旅馆，宽敞的停车场能放下卡车和房车，然后刷我的信用卡开了房。太阳快落山了，我想赶紧到河边找条船，去看看大瀑布。

"我还是留在这儿吧。"迈克尔说。

开了一天的车，我们俩都很疲惫，但不出去走走我可受不了。

"要是有人打电话过来怎么办？"他坐在床边，盯着电话，声音病快快的。

"你说什么呢？"

"我手机没信号。"他说，"他们可能会打座机。"

"他们？他们是谁呀？"

他惊慌地盯着我，就像我在劝他放弃守夜祈祷。

"没人知道我们在这儿，"我说，"没人知道这儿的号码。"

他听见我说的话了，但似乎难以置信。"你去吧，"他说，"我待在这儿。"

"电话不会响的，"我说，"拿上你的夹克。"

他犹豫了一会儿，显得左右为难，但最后还是照办了。我也不知道我更受不了哪一个，是他的不情愿，还是他的屈服。二者都让我怒火中烧。

走在街上，他一直落在我后头。我只好放慢脚步，等他跟上来。我们穿过涌向纪念品商店的游客，他们一见到体育酒吧就两眼放光。我对这里没有太高的期待，但也没想到会如此不堪。

我们走到通往水边的小道，跟其他来晚的游客一起排队等待。没过多久，我们就通过检票口，上了一艘船。

船一离岸,我们就爬到上层甲板。放眼望去,悬崖和后面的高层宾馆清晰可见。我走向船头,享受清凉的空气。几分钟后,船就靠近了大瀑布,缓缓驶入水雾之中。乘客纷纷披上塑料雨披,挤到不会被水花溅到的那一边。我们在美国那侧过桥的时候远远看见过大瀑布。当时我还在想,嗯,跟照片里一模一样。但近在眼前,它却突然变得陌生了。周围翻溅的浪花掀起层层白雾,就像濒死者描述的死神降临时的炫目白光。在这团雾气之上,激流怒吼着奔涌而下,在渐渐变暗的天空中格外显眼。

　　我听过别人描述第一次看见喜马拉雅山时的情景,说那就像世界的边缘,一旦越过便只剩虚无。我以前不理解这话的含义,直到现在才恍然大悟。我知道自己看见的是什么,也知道应该看见什么,但站在摇摇晃晃的甲板上,巨大的水声和浓厚的白雾使我失去了一切参照,仿佛正在凝望虚空。

　　真是值了,我心想,就凭这一点都值了。这样的时刻堪称庄严。虽然人人都赞叹尼亚加拉大瀑布,这早已是老生常谈,但我还是被它打动了,敬畏之情油然而生。眼前的胜景将我一天的沮丧一扫而空,我原谅了迈克尔的担忧和恐惧。

　　我回过头,发现他站在船尾,没有朝上望去,而是看着旁边,眼镜上沾满水珠。人人都戴上了雨披的帽子,只有他不知为什么没想到,一头黑发湿漉漉的,紧紧贴在头皮上。他弯腰驼背,似乎这样就能免遭从天而降的灾难。

　　老天啊,抬头看哪!快看哪!我真想冲他大喊,但他不可能听见。

　　船开始返航,船头从大雾中钻出。我走回迈克尔身边。其他乘客开始议论纷纷,翻看刚才相机拍下的照片。

"真壮观,是吧?"我说。

他迅速而机械地点了点头,仿佛我说的是他听不懂的外国话,只能点头附和。

"你身上全湿了。"我说。

"噢,"他说,"好像是呢。"

我们第二天上午就抵达了休伦港边境,中午之前就到了东兰辛市。他的公寓在学校南边几英里外的研究生宿舍区,在一条树木掩映的小道旁边。那栋建筑是双层混凝土结构,看上去应该建于六十年代早期,宽阔的走廊两头各有楼梯。他的公寓有两个房间、狭长的厨房和一个卫生间,白色砖墙,油毡地板。房租是每月五百美元,包含网费和杂费。西莉亚在网上查过了,我们一致同意,就算提前过去,也找不到更好的住处了。这将是他第一次一个人住。我希望他住的能比这儿好一些。

"挺干净的。"我说,他表示同意。

我们得把东西搬进来,赶紧把卡车还回去,免得多交一天的租金。光是搬唱片就花了一个钟头,搬书花的时间也差不多,尽管他的大部分收藏都留在了妈妈家的地下室里。他有一张沙发床、一个衣柜、一张书桌、几个书架、几盏台灯,还有一把原先搁在客厅里的旧靠背椅。椅子的布料都磨破了,妈妈就在上面加了一层布。我问这些东西他想怎么摆,他说不知道。我建议把书桌放在窗前,书架贴着墙,他同意了。剩下的纸箱我们没拆开,直接堆在门口和卧室里了。搞定以后,他开着卡车,我开着房车,到城里另一头的租车店还车。出发的时候我提醒过他,还车之前一定要把油加满,但他开过一个又一个加油站,就是不停下来,最终我只好打电话再提醒他一次。

他终于把车开进了高速旁边的一个加油站,我就停在路边等他。他打不开油箱盖。时间一分一秒流逝,盖子就是开不了。他没有发火踢上卡车几脚,也没有显得不耐烦,只是站在那儿一次次尝试着。最后,他转过身来,四处张望。看见我以后,他既没有挥手,也没有喊我的名字,而是守在油箱旁边,一脸无助,像是在问:你能帮帮我吗?

后来,我们在学校附近一条商业街上的泰国餐厅吃饭,我问:"我有点好奇,要是我不在那儿的话,你会怎么办?"

"我大概能想出办法吧。"他羞怯地说。

"要是你跟凯莉在一起,就肯定能想出办法,对吧?你肯定不会放弃。到底是怎么了?为什么你跟我一起就这样?"他被我问傻了,仿佛菜单、服务员和食物都能让他陷入恐慌。"为什么跟我一起就不一样?"我不依不饶地追问,希望他能做得更好一些。

"我也不知道,"他说,"对不起。"

我的电话响了,是赛斯从丹佛打过来的。我总算能找个借口离开一会儿了,尽管晚上外面还是很热。

"我跟个保姆似的。"赛斯问我情况怎么样,我这么回答,"就像在照顾一个长不大的小屁孩。"

"但有你陪着,他一定很高兴。"赛斯说。

"可能吧。虽然看起来不像,但没准是的。"

我问他回家感觉怎么样。他说早上打了会儿游戏,下午去逛了商场。我们刚开始约会的时候,每个新发现都是意外之喜,比如我不用为周末晚上做计划了,每天晚上回家后都有人跟我聊天。现在的新发现已经不一样了。我能从他说的话感觉到他的情绪。我知道他什么时候在担心我,并为此感到愧疚。这些东西奇迹般地证明了,我和赛斯确实紧密相连。光是听他描述跟家人在一起的生活,都能让我放松下来。我才跟迈克尔待了不到四十八小时,整个生活都大变样了。我没有回别人的电话,甚至没有回编辑发来的邮件。透过餐厅的玻璃窗,我看见菜已经端上来了,哥哥还在等我。在那一瞬间,我用打量陌生人的眼光看着他:一个身材瘦削、没刮胡子的男人,穿着黑色工装裤和灰色系扣衬衫,腋下已被汗水浸湿。肤色苍白,头发稀疏,已过中年。

赛斯说起了下周末举行的一个派对,他希望我们能一起去,他想让我见一个朋友。我嘴上说"好好好",其实却没认真听,一直想着迈克尔电脑桌面上的贝瑟尼的照片,他在宿舍里打开电脑的时候我刚好瞧见了。已经过去了这么多年,他还对贝瑟尼念念不忘。

"你今天挺辛苦的,"赛斯说,"我就先不打扰了。"

"睡前能再聊会儿吗?"

"当然啦,小笨。"

我一回到桌边,迈克尔就问我出了什么事。

"没什么,"我说,"为什么非得出点什么事啊?"

"我只是觉得可能出了什么事。"

"没事,"我边说边往盘子里舀了一勺饭,忽然胃口大开。"是赛斯。跟我交往的那个人。我跟你说起过的。"

"他还好吗?"

"他挺好的，"我说，"一切都挺好的。"

"你在跟他约会？"

"对。"

"挺好的，"迈克尔说，"现在情况怎么样？"

"其实吧，"我说，"情况挺不错的。"我本来可以就此打住的，但他追问下去，我只好回答："老实说，我觉得我们可能恋爱了。"

他的头微微往后一仰，仿佛在躲避一记重拳。"挺好的，"他又说了一遍，只是语气变严肃了。"真奇怪，你以前怎么都没提起过。我简直想象不到，遇上这种事还不跟别人讲。这事太可怕了。你肯定很担心他会离开你。"

"那倒没有。我觉得我们挺好的。"

他眯起了眼睛，想搞明白我说这话是什么意思："你们是怎么认识的？"

"在网上，去年冬天。他是科罗拉多来的。他父母住在那边，还在一起。他们想见见我，我觉得这是个好兆头。"

"太棒了，"迈克尔说，"他看过心理医生吗？"

"我觉得没有。"

"你们都聊些什么？"

"想起什么就聊什么。他音乐品味挺不错。他给我放了些歌，你肯定会喜欢的。"

这句话比告诉他我在恋爱还伤人。迈克尔爱上别人一向是通过音乐体现的。他觉得这样最真实。

"他也理解我做的事。"我说，"突然有工作找上我，或者必须出差的时候,他都能理解。你有空真该见见他。"

"当然了。"他盯着桌上的咖喱饭,他还没碰过呢。他不是没胃口,而像是忘了该怎么盛饭。

"来,"我把装咖喱饭的盘子递给他,"吃吧。"

接着,我们开始吃饭,不再说话。

"你会选哪些课?"我终于忍不住开口了。

这个问题他可以给出长长的答案,列出所有的科目和阅读文献,点评不同老师的研究方向,指出哪些人的方向跟他一致。"研究生前两年要读的文献,大部分我以前都读过。"他说,"如果他们允许的话,明天我就开始写论文。"

他一打开话匣子就收不住了,开始聊那个老生常谈的话题:奴隶制和精神创伤。我实在想不通,他是真不记得早就跟我聊过这个了,纯粹是药物导致的健忘,还是——这种可能性似乎更大一些——他其实并不在乎对面是谁,只是需要一遍又一遍地倾诉。

今年夏天早些时候,杂志刊出了我工作几个月来的第一篇专题文章,编辑砍掉了我关于有色人种的一些论述,但对文中含沙射影的批评却睁一只眼闭一只眼。这篇文章在网站上吸引了大量评论,被多次转发,让广告部开心不已。我给包括迈克尔在内的家人和朋友发了链接,他们从来不看我们的杂志,不然就看不到我的大作了。迈克尔一直在这个邮件列表里。妈妈当然订阅了我们的杂志,期待看见我的作品变成铅字。西莉亚通常会马上回封简短的邮件。但迈克尔通常一个字都不回,这次也不例外。感恩节或圣诞节假期在家的时候,他会非常专注地听我讲我打算写的东西,但我不知道他究竟有没有读过我的文章,就算读过的话,也不知道他作何感想。

服务员来收空盘子的时候,我问起了迈克尔这件事。可能是因为我跟他说了我和赛斯的事,也可能是因为第二天一早我就要飞回纽约,不知道什么时候才能再见他,甚至可能是因为我不记得我们俩有多久没在一起好好聊过了,所以我想弄清楚。

我的问题似乎把他问晕了,他想了一会儿才开口。

"你有很多有利条件,"他说,"你的人脉啦,愿意给你工作的朋友啦。"他怎么知道是朋友给我的工作?我告诉过他吗?还是西莉亚说的?"大多数黑人都没这些条件。"他补了一句。

我本来向前探着身子,等待他的答复,现在却靠回了椅背上。我还以为他压根就没认真看我的文章,没想到他倒研究得挺透。

"你是说我做的事不对喽?"

"不是不对。情况就是这样。想想看,能有几个黑人女性给国家级杂志写政论?"

"得了吧,我们真要继续扯这个?这不就是你说的'官僚式多元文化主义'?什么都根据肤色做判断?"

"这很危险,没错。但这个世界不是纯粹的精英体制,你能不能接受这一点,也许更能说明问题。这对你取得的成就是种侮辱。"

"难道不是吗?"

"呃,如果这确实是侮辱,想想意味着什么吧:所有能给国家级杂志写政论的人,碰巧都是中上层的白人。这种巧合都持续三百年了。"

"我只是问你对我的文章有啥看法,你却给我讲了半天平权法案?"

他面无表情,看上去就像个支持某种理念的狂热分子,努力不因为情绪波动改变立场。

"我读了你的文章,"他说,"写得不错。"

或许是因为我累了吧,也可能是因为他太久没夸过我了,哪怕是这种不情不愿的小小肯定,也能让我感到一阵甜蜜。我工作那么辛苦,报酬又那么少,那点网络文章几乎刚发出来就淹没在了信息的海洋里,根本得不到新闻界大佬的赏识,结果从我哥的角度来看,我还算是享有特权、小有成就。

"谢谢,"我招手示意服务员过来结账,"你能喜欢,我真高兴。"

回到公寓,他帮我搭好了沙发床,从纸箱里翻出妈妈准备的床单、枕头和毛毯。他铺床的时候,我把碗呀盘子呀摆好,银餐具擦干净。接着,我们打开他的行李箱,开始整理衣服。我真希望能放点音乐,在我走之前对这个小房间熟悉起来,但他忘带音响的连接线了,我们就只好听听窗前风扇的声音。

我们把书和唱片以外的东西都收拾好,已经将近十一点了。第二天早上我就要从底特律飞回纽约,去机场大概要花一个半小时。我开着房车驶过空空荡荡的街道,去我提前订好的汽车旅馆。经过加油站和一片漆黑的商业街时,我真希望他能开开玩笑,说点有意思的话,活跃活跃气氛,让我们两个都轻松一下。

到了停车场,我把钥匙交到他手里,才猛然意识到,我应该给他也订个房间,这样他就不用在没空调的宿舍里过夜了。但现在已经太迟了。他得赶紧回去吃药,我也筋疲力尽了。

迈克尔

我原本以为上课会像我和凯莉、迈拉的阅读小组一样：大家抱着同志般的情谊，致力于追寻真相，探讨影响黑人生活的历史因素，可能还会有人自愿参加赔偿运动。可我万万没想到，大部分同学不是整天看电视，就是去健身房，要不就是对学业没什么兴趣，还没想好研究方向。他们倒不反对我的研究课题，也并非不想了解黑人跨代际创伤，只是无动于衷而已。我研究什么是我自己的事，他们虽然不排斥，但也不热心。毫无疑问，作为唯一的白人和比青年教师年纪还大的学生，我在他们眼里多少算是个怪人。也不是说谁对我不友好，但如果他们有聚餐，肯定是不会叫上我的。我对自己说，无所谓，我来这里是做学问的。

要是我还能像多年前第一次服用氯硝安定的时候那么啃书、读文献就好了。但一页页的文字现在只会惹我生气，让我分心。都到了中午，我还没写下几句有用的笔记。一想到还有那么多东西没读，我的胃就直泛酸水。我把无聊的课后作业先搁下，想抽点时间做自己的研究，结果两样都没做好。晚上打电话的时候，凯莉试图安慰我，说一切都会好起来的，我只是需要慢慢适应，妈妈则建议我冷静下来，好好睡个觉。

我从没想过，自己一个人生活，跟和本还有克莉丝汀一起生活是多么不同。以前我总是讨厌本提醒我"星期四了"，也就是轮到我去倒垃圾或刷厕所的日子（我可能会用错清洁剂，把瓷砖弄坏，也可能漏掉一小块地方没擦干净，换来他默默表示不满）。现在一个人住在斯巴达公寓就没这些破事了，我想什么时候倒垃圾就什么时候倒垃圾。不过，另一间屋子里不会有人边看美剧《反恐24小时》边吃炖豆子。克莉丝汀多年来一直嘲笑我拿冷冻墨西哥卷饼作晚餐，现在没人这么做了。我从没想过，正是她的嘲笑让卷饼那么难以下咽。我成年后的大部分时间都跟本住在一起，后来又多了克莉丝汀，但我从来没意识到自己在做什么。不过有一点我从不怀疑：透过紧闭的房门传来的说话声，还有楼上冲马桶的声音，都向我证明还有别人存在，让我觉得安心。但在新公寓，空心砖墙阻断了隔壁的一切声响。

我偶尔会在走廊上遇到邻居，也会跟他聊上几句。他是个胖乎乎的住院医师，性格温柔，看起来像个孩子。他来自特拉华州，在一家疼痛门诊上轮班，经常抱怨碰上的全是冥顽不化的病人。比方说，有个女人在做完第三次脊柱手术后去芝加哥探亲，在好市多超市购物时发生意外，在过道上被人撞倒了。她不听他的劝阻，执意要求他开止痛药，把处方用快递寄过去。买到药以后，她一口气全吞了下去，结果昏睡不醒，坐车坐过了站。她本来是要在美国底特律下车的，一觉醒来已经到了加拿大多伦多。他说，来我们这儿的全是别的地方不肯收的病人,他们自己不想应付,就全丢给我们了。这自然会让我联想到,他房间里不知都囤了些什么药。

跟往常一样,我得靠加药才能熬过这段日子。贝奈特医生为了帮我度过这段适应期,给我开的剂量已经很大了,但没过多久我就吃了个精光。后来,我开始吃心理卫生系的格林曼医生一个月前给我开的药。第一回,她同意提前给我续药。几个星期后,她出于人道主义精神,再次同意了我的请求。但到了第三回,她便暗示我该好好约束自己。

从那时起,我就开始经常冒汗。这跟夜间盗汗不一样。我早就习惯一觉醒来发现床单湿漉漉的了。床单可以洗,用不着花上一天时间。但还没走到公交站,衬衫就已被汗浸透,就是另外一回事了。这跟气温没关系。密歇根不是不刮风的地方,但我的毛孔还是像坏掉的水龙头一样往外飙汗,害得我的皮肤总是黏糊糊的,活像七月天的毛驴。上课时我都不敢举手,生怕汗珠会滴在课桌上。但我等了那么久才如愿来到这里,还是希望能做点贡献。因此,我每天上学都会带上毛巾和换洗衣服,上课前先拿毛巾擦擦,换上干净的衣服。

我们的课包含为少数族裔高中生开设的辅导项目。在凯莉的鼓励下,我申请成为志愿者,每个星期工作两个下午。我被分给了一个叫杰伦的高二学生。我们的第一项任务是为准备国家英语考试过一遍教材。但我才讲了十分钟美国女诗人马奇·皮尔西的诗,就开始跑题,提到了他身上嘻哈男歌手Juicy J的T恤,接着又开始跟他讨论孟菲斯旷克乐①的起源。他认为孟菲斯说唱组合 Three 6 Mafia 是个创新乐队,但他们的单曲《很难找到一个皮条客》(It's Hard Out Here for a Pimp)是个失败作品,Juicy J 本人应该负大部分责任,因为他野心太大,只想着扩充乐队。我同意他的看法。当时奥利斯·杰伊刚推出新作,我就跟杰伦说,如果他真想来点劲爆的,不妨听听英伦回响贝斯②。让我高兴的是,他真的听了我的建议。跟他第三次见面,我就意识到,我和他的共同之处,要比我和同学的共同之处多得多。我们都是十五岁(按心理年龄算),都听过很多舞曲,而且我看得出,我们俩都觉得他的英语老师魅力无穷。

不管我怎么努力领他读美国第二任总统夫人阿比盖尔·亚当斯的信件,或者《新闻周刊》上关于滑翔伞的文章,最终话题都会绕回我们最近听的音乐。我说我车子后备厢里有个低音炮,他问能不能给他听听,我就在送他回家的路上放起了德国电子乐。车子穿过兰辛的大街小巷时,我忽然意识到,自从来到密歇根,我还没让其他人坐过我的车,当然更没人陪我听音乐。因此,我很感激有他陪伴。跟家里人不一样,他从来不会叫我把声音调小。老实说,要不是车里有这么一套怪兽级的音响,我这几年该怎么过啊?除了夜店,还有什么地方能像在车里一样让你感觉到低音的冲击,让你忘掉一切烦恼,还不用担心邻居的抱怨?即使你没有别的地方可去,音响也能把私家车变成遁

---

① 旷克乐,美国南部的一种嘻哈和电子乐结合的派对风格舞曲。
② 回响贝斯,二十世纪九十年代源于英国伦敦南部的电子乐,深受牙买加音乐和英伦车库乐影响。

世的避难所。开车去便利店的短短五分钟,都能让人觉得身在天堂。过马路的老年人还以为是有人开枪,冲我投来冷笑,但我毫不在意。这种释放太难得了,我可不会为了照顾别人的感受而放弃。

杰伦对我挺提防,这点可以理解。但我有那么多他闻所未闻的音乐母带和原版唱片,而且让他随便听,可把他激动坏了。我现在很少写乐评了(我不愿给电子乐界的大咖莫比写乐评,所以这条路走得不太顺),但还是会收到源源不断寄来的唱片,亚历克一直说我应该把这些玩意儿通通挂到网上卖出去。我开始把品质还说得过去的唱片送给杰伦。我会在包里塞满CD和黑胶唱片,在送他回去时送给他。我在他的复习材料里加上了英国诗人华兹华斯和黑人作家詹姆斯·鲍德温的作品,觉得自己有点过火了,但他似乎并不在意。他说,你真怪,你怎么不是教授?我告诉他,我正在接受训练,将来就能做个教授,虽说我怀疑现代学术圈可能不会对我这么好。他说,你应该见见我妈妈,她经常投票的。我在车道上见过他妈妈几次,她冲我挥了挥手。还好,她看上去不像是要逮捕我的样子,我也很愿意跟她混熟。

谢谢您帮杰伦辅导,有一天下午我送他回家时,他妈妈说。我希望您给他的东西不是他缠着您要的,这孩子都被宠坏了。我说,这些都是我免费拿到的,别担心。您是在密歇根州立大学的吗,她问。我还在读研究生。我一直说,我会按时读完学位,这样等他高中毕业,我就能跟他一起毕业了。但我到底能不能做到,到时候再看好了。

谢天谢地，即使是在最危急的关头，我都抑制住了自己强烈的冲动，没有脱口而出说我爱她。此时此刻，我只感到一股暖流。课外我很少跟人聊天，周末也没有任何安排，只是偶尔打个电话。挂断电话以后，屋里就一片寂静。我不是对这个女人打什么歪主意，只是想走进他们家，跟他们共进晚餐。但我似乎听到了凯莉的声音：冒失鬼，别傻了。于是，一阵寒暄之后，我就告辞了。

我把汗流不止的情况跟格林曼医生说了，她问我最近是不是有特别烦心的事。像是联邦政府在催我还助学贷款？还是你拒绝给我多开点药？还是说我等了这么久才回到校园，以为终于可以好好做点研究，从乔治·克林顿到《芬兰车站》，从贩奴船到大屠杀，结果却发现自己无法集中注意力？但我不想这么没礼貌。总的来说，这个穿宽条纹灯芯绒裤和针织毛衣的女人还是挺有同情心的。我相信她确实担心我的病情，尽管她只顾严格控制药量，没能意识到眼下问题有多严重，只有加大用药剂量我才能熬过去。

我能做些什么呢？我开始上网搜索苯二氮平类药物的替代品，大家似乎一致认为卡痛茶挺管用，那是一种类似于鸦片的茶，泰国人喝来缓解压力的。美国药监局还没把它列为禁药，所以我在网上订了一磅，喝了起来。它在芳香疗法领域没什么地位，但真正有麻烦的人才不管这个呢。它的效果类似浓咖啡加上大量苯那君，我每天早上都要喝。我的一天是这么开始的：服下超医嘱剂量的氯硝安定，灌下一保温杯的浓咖啡，喝掉一马克杯的卡痛茶，再吃三四种以前剩下的药，加上几百毫克格林曼医生新开的药，接着冲个热水澡。到了十一月，我基本上放弃了课程要求的阅读书目，更不用说那些超过截止日期的作业了。这就让上课变得很没意义，甚至有些多余。如果把这件事告诉妈妈，或者西莉亚和亚历克，只会让他们担心。所以我找凯莉聊了聊，但她把我臭骂一顿，就算我写不出优秀的论文，也该把学业完成。她说，这是我最后的机会，只有拿到学位才能找到工作。

星期二和星期四下午，我会逼着自己换上一身新衣服，多喝一杯卡痛茶，去学校接杰伦。我们的教学安排是，头一个月在学校里补课，等两个人建立起信任，就可以自行选择地点了。辅导员需要时刻关注学生的学习状况，但不限于此。所以，大部分时间我和杰伦都是开起低音炮四处兜风。

我最开始给他放的是老派的玩意儿，我自己都好多年没听过了，但觉得他应该听听，像是拉里·莱文的车库摇滚集锦，嘻哈教父Afrika Bambaataa和摇滚歌手尼尔·杨的歌，总之都是展示现实世界的痛苦。不过，等我放到唐娜·莎曼的歌，他有点犹豫了。你这是搞笑吧，他说。到目前为止，我一直觉得他是个规规矩矩的孩子。至于他妈妈，在黑人政治倾向中属于中间派，决不允许孩子越雷池一步。但在音乐方面，她似乎做出了妥协，不太管孩子听些什么。听音乐的时候，他可以肆意幻想白人同学害怕他这个黑小子，然后关掉音乐，该干吗干吗。但这种想象容不下唐娜·莎曼、戴安娜·罗斯，甚至容不下妮娜·西蒙和大卫·鲍伊。我换了种方式，给他放莎曼和莫罗德的《我们的爱》(*Our Love*)的最后二十秒,也就是合成渐强,盖过鼓点,让人想扭起来的那一段。我告诉他,没有哪首浩室舞曲没受这一段的影响,它是你现在爱听的音乐的祖师爷。

我把车开到他家门口,他妈妈崔茜正好也在门口停车。她说,给你来点咖啡吧,如果你想喝的话。他们住在一层楼的砖房里,客厅只有来客人的时候才会用,沙发和椅子上都罩着一层塑料布,防止落灰。这让我顿时轻松了不少,因为我身上的汗不会弄脏它们了。咖啡桌的面板是玻璃的,上面搁着一大碗落满尘土的黄色干花。杰伦有些别扭地坐在沙发另一头。他妈妈说,希望他高中毕业后能上密歇根州立大学。他翻了个白眼。她说,既然他已经这么喜欢那里了,为什么不去呢?因为我不想留在这儿,他说。她狠狠瞪了他一眼,接着冲我笑了笑。

您有孩子吗?她满怀期待地问我。有,我说,儿子六岁,女儿八岁。哦,这样最好了,她笑着说。等他们到了他这个年纪,就会整天惹麻烦了。不过他比他姐还是强点,他姐已经搬到男朋友家去住了,怎么说都不听。您管家里那两个小的都累得够呛吧?还得抽时间来帮我们家杰伦。

他们不跟我住,我说,跟他们妈妈一起住在芝加哥,我会过去看他们。我能感觉到杰伦在瞥我,但他什么也没说。好吧,至少您还会去看他们,她通情达理地说,至少您还会去。我只觉得汗流浃背,希望她没有闻出来。今天轮到杰伦做晚饭了,她说,他要做墨西哥卷饼。

留下来一起吃吧。

在洗手间里吃了几片氯硝安定以后,世界终于恢复了正常:头顶的灯,切碎的奶酪,杰伦的妈妈正在训斥他,叫他别吃那么快。就连我那经常让人一头雾水的研究课题,似乎都变得正常了许多。如果大部分时间你都一个人待着,病魔时刻可能卷土重来,那么别人给你倒杯可乐都会变成一种恩赐。我告诉杰伦的妈妈,我是在芝加哥南部一个多种族大家庭里长大的,谎言简直信手拈来。凯莉一定会说,你真够了,接着我们俩就会吵起来。但我在跟他们一起吃晚餐啊,这可是上天的恩赐。

尽管我再三坚持,他们还是不让我刷碗。他们觉得刷碗是件苦差事,但我完全不觉得。刷碗对我来说是种乐趣,至少是件有趣的事。但毕竟我是客人,所以没有再坚持。外面天色已晚。冬天傍晚六点,街上已是漆黑一片,就像半夜三更。杰伦的妈妈打开屋外的灯,我上车前再次感谢她的热情招待。一路顺风,她说。

回公寓的路上,我一直在想,到底是抗焦虑药的作用,还是因为隐瞒了部分真相,才让我能跟别人正常交流而不受伤害。

如果你对一切都感到恐惧,你害怕的究竟是什么呢?害怕时间飞逝,又怕时间停滞。害怕死去,又害怕活着。无论我怎么用力呼吸,都没法吸饱空气。我永远那么警觉,导致我没法想清任何事。用这样的方式形容恐惧，似乎意味着它是能描述出来的。但事实上，只要是有过切身体会的人都清楚，这是一种难以言表的恐惧。无论你走到哪里，它都潜藏在你的体内，让你每分每秒都紧绷着。但我还在自欺欺人，还在努力描述它。因为如果不这么做的话，我该如何逃离这一秒，又该如何逃离下一秒？这本身就是个困境：我需要一刻不停地逃离当下。

第二天早上，我五点钟就醒了。醒来时伴随恐慌发作，床单湿漉漉的。我就着床头柜上杯子里的水，把最后几粒氯硝安定吞了下去，然后马上去烧了一壶水，准备喝卡痛茶。我照西莉亚教我的方法，做了一遍瑜伽伸展运动，然后按她给我的自我调节小册子，坐在硬背椅子上调整呼吸。然而，做完这一整套，我还是三十六岁，孤身一人，要死不活。我连忙给格林曼医生打电话申请续药，但助理说她今天请假了。我把早上该做的事都做了，但恐惧仍然主宰着我。就在这个时候，我收到了学校发来的邮件。上面说，根据教育部的指示，基于我过去的违约状况，他们将暂停发放我用来租房和吃饭的助学贷款。

我好不容易才镇定下来，盯着屏幕，搜出格林曼医生家的地址，开车直奔她家。那是一栋黑白相间的维多利亚时期建筑，周围是修剪得整整齐齐的灌木丛。应门的是她本人，穿着威斯康星大学的文化衫和焦橙色长裤，眼镜片大得能给咖啡杯当杯垫。迈克尔，她说，我不在家里接待病人，你得通过诊所预约。我只是需要续点药，我央求说，这样我才能熬过这个周末，下个星期才能去见你。这件事我们已经谈过了，她说，我不能顺着病人的意思开药，更不可能在家里给你开药。

我心想，要是我肚子上挨了一颗子弹呢？你也要让我先预约？难道我非得在你家门口大出血，才算紧急情况？但我不能对她这么粗暴无礼。她给人的感受仍然很温暖，虽然她的做法实际上是见死不救。你打算伤害自己吗？她问，如果你有这个打算，就需要去挂急诊，告诉他们是我叫你去的。室外大概只有零下一度，但我却是汗流浃背，就像刚在拉各斯做过举重训练一样。她伸出一只手，搭在我额头上，就像我是个普通人，而不是个精神病患者。迈克尔，她说，我很想帮你，但不能用这种方法帮你。如果事情变糟的话……确实很糟糕，我马上表示。我能理解，她说。如果事情真的不妙，你觉得自己很危险，就应该去医院。我不能再给你开药了，但星期一早上我们可以聊聊这件事，然后定个计划。我女儿还在里面等我，我得进屋了。

凯莉还在工作。她花了整整半个小时，求我上床去看《X档案》重播，说这样就会没事了。最后，她说她真的得挂电话了。西莉亚没接我的电话。亚历克也是。我拨通了妈妈的电话，转到了答录机，但我不想留下让她难过的留言。

我不知道我盯着电脑桌面上贝瑟尼的照片看了多久，大概有一个小时吧，然后给她打了个电话。等她接电话的时候，我盯着照片里她的牙齿。真是奇迹，她消失这么多年后，竟然接了我的电话。她说，喂？我说，我是迈克尔，你最近还好吗？我们聊了很长时间。她搬回了休斯敦，在那里完成了学业，现在在一家健身俱乐部工作。我想象不出她在健身俱乐部工作的样子，但听上去不像在撒谎。她问我最近怎么样。我说一切都挺好,终于上研究生了,正在写论文。你现在跟谁在一起呢?这个问题当然不该问,更不该一上来就问。但我就是想知道答案,因为如果她是单身,而且接了电话,那我心头乱撞的小鹿就能歇口气了。你打电话来不是为了问这个吧?她问。不是,当然不是,我说,我只是想知道你过得怎么样。好吧,她说,既然你都这样说了。其实我订婚了,我觉得你会喜欢她的。

在店里买酒的时候,他们收了我早就透支的信用卡。我买的主要是顺风威士忌,手抖得签名都签得歪歪扭扭。坐回车里,瞧了瞧四下无人,我就直接拎起酒瓶往下灌,同时放上了诺玛·弗雷泽的《第一次伤得最深》。(又不能给我安慰,这算不算自怜自艾?)不知为什么,我一直没变成酒鬼。大概是运气好吧。但作为一种常用的镇静剂,酒还是挺好使的。它能让我的小脑和大脑融为一体。酒精,这种古老的消愁手段。精神药物就像个行踪不定的老巫婆,面带诡异的笑容,从深山老林里摇摇摆摆地朝你走来。她不怀好意地冷笑着,想活下去?怎么活下去?说罢,她狠狠敲向你的脑袋。

最后,我的情况终于好了一些,那些可怕的感觉终于飘走了。我漫无目的地开车在街上逛,被震耳欲聋的声浪包围。对于我从小就听的那些音乐,爸爸从来不说什么。他自己的口味就很杂,喜欢听巴洛克音乐、埃尔加、电影配乐,还有法兰克·辛纳屈和弗兰基·莱恩的歌。每当车载电台里飘出"忧愁河上的金桥",妈妈就会提醒我们,这是爸爸最爱的歌。我常常想起他做的事,为了让我们能继续活下去,他亲手埋葬了化身为忧愁的自己。我真想知道,在他永恒的凝望之中活下去,西莉亚、亚历克和妈妈究竟是怎么做到的。他们为什么能对其他人那么亲切,唯独对像爸爸、贝瑟尼这样让你刻骨铭心的人漠然相待?

只有一个必然的结果:跟彼得·洛里安从英国回到美国的那天下午,在洛根出站后,我走进火炉般的酷暑中,还没穿过停车场,身上的衣服就湿透了。车顶反射的阳光、万里无云的蓝天和渐渐融化的柏油路,一切都显得那么不真实,但又那么清晰。走进家门,妈妈张开双臂紧紧抱住我,我却无动于衷。看见他们三个在客厅里哭成一团,我很想做点什么来安慰他们,但又不知做什么才好。我只知道,我把他们丢下受苦,而如今爸爸去世了。这是必然的结果。就像唱片上的音槽太深,唱针跳不出去。不管你在放其他什么歌,这首曲子永远不会停止。这就是加大音量的作用——用它盖过这首曲子。无论是扬声器的音量,还是抑郁的当量。只要药量足够,就能有效果。

细雨和车灯,店面与路标,仿佛交织在一起,变得模糊起来。我敲了敲门,开门的是杰伦。嗨,他说,今天咱们没有课吧?对,没有,我说。我突然意识到应该多说点的,连忙补上一句,我只是想谢谢你们昨晚请我吃饭,真高兴能跟你们在一起。客气了,他说,眼神带着一丝忧虑。你要是来找我妈的话,她现在不在家。没有没有,我说,我只是顺路过来一趟。这也许是实话吧,我再也不想跟谁扯上感情了。爱给我带来的伤痛,将伴我度过余生,只能从别的地方寻找安慰。杰伦站在门口,一时不知该如何是好。抱歉,今天没给你带唱片,我说。

没关系，他说，你已经给我一大堆了。我还能再给你的，我说。你该把帽子戴起来，他说。我抬头望去，雨水滴到了我脸上。对，我说，是该戴起来。我可以进去吗？

他房间里有个黑胶唱机，搁在装满唱片的牛奶箱上面。墙上贴着美国黑人说唱歌手图帕克的海报，还有我送他的Run-D.M.C.首张专辑里的海报，跟西蒙斯和史密斯一起，穿着运动服，戴着软呢帽，靠在墙上拍的那张。他的床单图案是红色米老鼠，作业堆在梳妆台上，衣服扔在豆袋沙发上。他稍微收拾了一下，把豆袋沙发让给我坐。昨天我买了些你可能会喜欢的唱片，要听听吗？他问。好呀，放吧，我说。那是印度支那唱片公司出的女歌手卡茜·布朗"难以置信"的混音版。原版（这么形容似乎不怎么贴切）让人朗朗上口，是标准的纳什维尔曲风，虽然还能称作节奏布鲁斯，但歌手却是来自得克萨斯州萨尔弗斯普林斯的白人青少年。但印度支那（又叫Brian Morse和A. Fiend）去掉了华丽的钢琴和吉他部分，用1979年风靡一时的四拍鼓点盖过人声，在歌曲中段又突然加速。听着近乎消失的人声掺杂在鼓点和此起彼伏的合成乐声中，我情不自禁地开始摇头晃脑，杰伦也是。

如此难以置信，我却选择相信
如此不可原谅，我却选择原谅
爱是如此疯狂
总让我回到你身旁

这歌真够娘的,他说,我绝对不会在学校里放。不过挺带劲的,是吧?够娘的?我真想问,你知道有多少人在打碟时毫无保留地挥洒汗水,你才能听到这种令人振奋的音乐吗?有多少人怀揣美好的音乐梦想,渴望得到唱片公司的青睐,却倒在努力拼搏的漫漫长路之上,死于艾滋病和吸毒过量,要不就是彻底破产?你知道得费多少口舌才能买下版权吗?但现在没有必要争论这些。跟杰伦一起坐在他的房间里,边听唱片边聊音乐,我很久都没觉得这么平静了。就像我们是朋友一样。对,我说,确实带劲。

他放上了我们刚认识的那天我推荐给他的《掠夺》(*Rob One 7*),扭曲的贝斯声配合狂暴的鼓点,不时夹杂键盘鸣奏的电音,带来标准的后工业时代音效——至少反映了谢菲尔德大量民众失业的社会状况——让人听了欲罢不能。杰伦知道扬声器营造不出这种效果,便插上耳机,让我戴在头上,自己去找接下来要放的歌。我彻底消失在了乐声中。

我终于听见了幽灵的痕迹。它们在伤痕上起舞。随着律动的节奏,我的身心恢复了生气。就像音乐在我身上打开了一条通道,让那些遗失的东西顺着通道流回体内。

我能问你个事吗?杰伦在这首曲子放完后问我。当然可以,我说。你干吗告诉我妈你有孩子?你没孩子,对吧?对,没有,我说。我只是不想让她失望,她似乎希望我是个有孩子的人。不过别担心,我说,我对你妈没动歪脑筋，只是觉得像回到了家。抱歉让你失望了。酒精竖起的高墙开始崩塌。我能感到恐惧冲垮高墙，溜回我的脑海里。

你真怪，他边说边放上另一张回响贝斯唱片，把音量调低了一些，然后在桌边坐下，开始翻看手机。我该走了，我心想。但要起身离开这里，实在是太可怕，简直难以想象。如果我留下来，有他陪着，说不定能熬过去。他们晚上会做饭，我可以跟他们一起吃饭。明亮的灯光，美味的奶酪，这些都可以变成常态。我的眼球开始颤动，就像即将从梦中醒来。如果是在急诊室，他们恐怕会把我当成瘾君子。

门开了，杰伦的妈妈出现了，一眼就看见了坐在豆袋沙发上的我。我的身体开始打抖，能从她提防的表情看出，时间已经不早了。事态不妙，我需要他们的帮助。

玛格丽特

地面上干得吓人。小溪变成了涓涓细流，岸边的植物毫无生气。七八月份很少下雨，即使在闷热的午后，天上电闪雷鸣，往往也是雷声大，雨点小。所以，大多数晚上我都得浇水。现在已经是十月中旬了，我还是得浇水，保证苗圃和灌木不会缺水。最近几个星期天气都很好，天上不见一丝云彩，气温也不高不低，适合清早和晚上下班后在户外劳动。真是秋高气爽。

在道路尽头的草地上，晚开的荷兰菊冒着干旱尽情绽放。最后几丛白花顺着斜坡向上蔓延，一直延伸到树林边缘。背对大道站着，你会感觉置身荒野，就像从来没人来过这里。我过去会刻意避开这里，因为约翰喜欢走这条路。但这种刻意的回避，最后反而成了一种提醒。于是，我开始站在他曾经流连的地方，在这条大道和这片原野上感受四季的变迁。

最近我在修剪院子里四棱树的枝条，它们长得太快，都快把车道遮住了。我要种球茎，给苗圃翻土，还要犁地和除草。迈克尔总能帮上大忙。不是我叫他做的，而是他主动要帮我。我自己一个人搬不动的东西，两个人合力就能搬出去了。这些东西包括装满旧书和旧杂志的茶叶箱、亚历克和西莉亚高中时用过的东西，还有凯莉多年前搬走时留下的满屋子家具。考虑到目前的情况，它们都该被清出去。

大多数时候我们都一起吃早饭。我去上班，他就回楼上用电脑；我回家后，他会在家迎接我。我做饭，他洗碗，睡觉前一起看场电影。其实，我很乐意有他做伴。他一向善解人意。他会谈起自己的困境，滔滔不绝说个没完，所以不怎么擅长倾听，但我们仍然是彼此的陪伴。

房产中介是我朋友苏珊推荐的。她说维罗妮卡讨人喜欢又实在，跟大部分中介不一样，如果我愿意的话，她可以过来看看房子，看能不能卖出去。要不是因为实在还不起房贷，我是不会考虑走这一步的。医院的账单没完没了地寄过来，还会随时打来电话，说话的口气又那么不客气，就像我们犯了什么罪似的。接着迈克尔休学了，我替他担保的贷款到期后,学校也开始打电话。他们就不能写信通知吗?那样也方便我整理,好及时给他们还钱呀。现在每当电话响起,我都不想去接。

我不能告诉亚历克我准备卖房,也不能告诉他维罗妮卡正等着我签代理合同。他会阻止我的。我也不想拿这件事去烦西莉亚,至少现在还不行。估计还完所有欠款,还能剩下七万多美元。我从来没有过这么多钱,这笔钱足够我们租个好点的公寓了。当然了,我会很想念花园的。这点我可不会装作不在乎。

大约十个月以前,我接到迈克尔学校的医生打来的电话。迈克尔跟我提起过那位格林曼医生,说她很有同情心。她在电话里给我的感觉也是这样。她说迈克尔断药断得太狠了,不得不住院。她告诉我,他现在最好休学一段时间,到离家比较近的地方好好休养。西莉亚给她回了电话,做了安排。亚历克则提醒我,在他看过之前,不要在医院里签任何文件。但这一切来得太突然了。在机场接到迈克尔以后,我马上开车带他去了北岸的疗养所。只有我签字,他们才肯收下他。所以,现在账单像雪片一样寄到了家里。

我几乎每天都会开车去看他,带去他最喜爱的开心果和音乐杂志,还有用得着的洗漱用品。他的病友很年轻,才二十出头,脸色跟床单一样苍白。似乎没人来看他,所以我也会给他带些坚果和梨子。他会轻声向我道谢。至于他爸爸妈妈在哪里,我就不知道了。

我去看他的时候,有时正赶上他在睡觉。我就坐在窗边看报纸,不想打扰他休息。他不是趴着就是侧卧,肩膀随着呼吸缓缓起伏。从他很小的时候起,我就没有看过他睡觉了。他的手脚经常抽动,时不时咽口水，有时脑袋还会钻到枕头底下。西莉亚和亚历克出生之前，我会站在他的婴儿床边，看着那个独立存在的小生命，陷入深沉的梦境，感到惊奇不已。这让人觉得温暖，但同时又感到孤独，因为我爱他胜过一切，此刻却意识到他迟早有一天会离我而去。他从一生下来就格外紧张，至少睡觉时能放松一些。但我能为他做的微乎其微。

当时我的年纪还没他现在大。再次看见熟睡的他，让我有种时空错乱的恍惚感。

我所有的孩子，尤其是迈克尔，恐怕都不想知道，从我坐公交车去另一间朝北的病房探望他们的父亲算起，已经过去了将近四十一年。具体日期重要吗？我仿佛听见他们在问。我给不出能让他们满意的答案。他们觉得，我用这样的方式回顾往事，简直是太天真了。我不想找借口，也不是说这有什么特别的含义，但我确实花了不少时间回顾往事。这是为了跟家人保持联系。就像他们搬家以后，我会过去探望，记住他们新的样子，这样每天晚上睡觉之前，我就能想象他们在其中生活的样子，从而拉近跟他们之间的距离。回首过去也是一样。如果我能在时光中穿梭，就能跟他们紧紧联系在一起，就能回到他们小时候，回到我和约翰结婚前的那段日子，回到一切刚刚开始的样子。

后来才知道，迈克尔在医院久睡不醒是因为换了新药。我想不起来那个药叫什么了，好像是Z打头的。贝奈特医生说那是精神抑制类药物，但我不用太担心。迈克尔不是精神病人，只是那个药刚好能治焦虑。

刚回家的时候，迈克尔看上去平静多了。大约一个月以后，我发现他开始变胖了。好事，我心想。他一直瘦得像根竹竿，胖一点看上去更健康。但结果他越来越胖。他吃得不多——我做的也不多——体重却一直往上蹿。最近的九个月，他重了能有三十六七斤。他的肚子一向不明显，现在却有了啤酒肚。他从骨瘦如柴变成了膀大腰圆。因为脸上肥肉多了，就连他眼睛的间距都变宽了。他的体型从来没这么夸张过。他们竟然给一个试图恢复自信的男人开这种药！跟其他药一样，这让他脑子变慢，说话断断续续，动不动就忘记自己本打算说什么。

我努力说服他跟我一起出门散步，尤其是我下班回家后他还待在家里的话。只要用不快不慢的速度在附近转个十几二十分钟就好。我不求帮他减肥，只希望他别整天在家窝着。通常情况下，他都不愿意出门，我只好苦口婆心地劝他。除此之外，我还劝他放下出门必带的黑色邮差包。他在里面塞了一堆药、书和纸，把它看成是让人安心的急救包。如果在外面要用到这些东西怎么办？他会说。就去散个步而已，我说，到超市转转，根本没必要。但每次拉他出门，这些话我都得重新说上一遍，就像他每次出门都要重新评估一遍不带包的风险。如果我坚持，他会妥协，但我不常这么做。因此，他有时会挎着那个鼓鼓囊囊的包走在我旁边，就像个出门溜达的邮差。我总在想，不知别人看见我们俩会作何感想。

* * *

我回到家的时候，迈克尔已经煮好咖啡了。

他出院回家没几个星期，我就开始出现心悸的症状。我跑去看医生，以为是迈克尔回家带来的压力造成的。但医生一上来就问，我最近摄入的咖啡因是不是比以前多。由于家里咖啡都是迈克尔泡的，我不知不觉喝下了比平常浓两倍的咖啡。于是,我现在只敢倒三分之一杯咖啡,再往里面加白开水。

我告诉他,待会儿我要去找苏珊吃午饭。我的车停在店里了,所以得借用一下他的车。"可以捎你一程。"我希望他能去城里走走。他差不多每个星期进一次城,大概是去看朋友吧。这纯属我的猜测,但我不想刨根问底。

"好吧。"他接受了我的提议。

吃完早饭后,我看见隔壁邻居多萝西牵着小狗蒂利站在家门口,突然想起有些剪报想给她看,便拿起它们,匆匆穿过院子。她看见了我,微笑着挥了挥手。

"我本想放在你家门口的。"我说,"觉得你大概会喜欢。"

她谢过我,把剪报揣进防风夹克的口袋里,跟我聊起了难得的好天气。我还没准备好告诉她自己可能要搬走。不到万不得已,我都不想说。

"迈克尔还好吗?"她用往常那种轻快的口气说,我可以畅所欲言,不愿说的就不必说。约翰去世后不久,她就带着两个孩子搬到了隔壁。我一直很感激她。她不害怕谈论任何事,也绝不勉强别人说。

我告诉她,下午我们准备进城一趟。她问我们晚上想不想去她家吃饭。我们经常到对方家里吃饭,但不知为什么,她的这次邀请让我受宠若惊。

"那真是太好了。"我说。

"到时直接敲门就行,我会在的。"

走回车道时,迈克尔那恐怖的车贴映入了我的眼帘:"我恨生活。"

白底黑字，异常醒目。车上没有其他贴纸——没有国旗，也没有政治标语——只有生锈的庞蒂亚克车标和荒唐扎眼的"我恨生活"。多萝西和其他人经过看见后只会觉得尴尬。有时我会把车倒着停，让车贴冲着车库，这样别人就看不见了。迈克尔似乎从来没有注意过，但我不可能每天晚上都这么做。

昨天我开这辆车穿过镇中心时，这张车贴就贴在后面，所有人以为我是个愤世嫉俗的家伙。在超市的停车场上，帮忙搬东西的男孩差点笑出了声。太荒唐了。现在我竟然要开这辆车去波士顿。

我受够了。我走进车库，在架子上翻出一把旧雪铲，然后铲了起来。这可不容易。我使出了吃奶的力气，塑料雪铲才把车贴撬起了一点点。"恨"字刚刚掉下来，迈克尔就透过饭厅的窗户看见了，连忙跑出来问我在干吗。

"你觉得在干吗？我要把这恐怖的玩意儿弄掉。"

"但这是我的车。"

"也许吧，但开车的是我。我才不要开贴着这种玩意儿的车。太荒唐了，迈克尔，这也太消极了。"

"这是一首歌，珀尼斯兄弟的歌。"

"但这也太过火了。你干吗要贴这种玩意儿炫耀？"

"你是担心别人看见吗？"他不解地问，就像这是个匪夷所思的念头。

"你又不恨生活，迈克尔。没人会恨自己的生活。这简直太幼稚了。"

他上前一步，紧紧盯着被我撕下一半、只剩"我"和"生活"

的车贴，突然从我手里夺过铲子。

我被他的突然爆发惊到了，甚至是吓到了。简直难以置信。他从来没做过这种事。我简直想要感谢老天了。所以，当他铲掉剩下的车贴时，我除了掩饰突如其来的失望，还能做些什么呢？

在高速公路上，他一直待在右侧车道，跟在一辆送奶车后面，保持时速五十英里。要是换成亚历克，车子会像演谍战片一样来回并道，害得我不得不牢牢抓住车门上的把手。如果是西莉亚，车子会一直待在中间那条道。如果是十年前的迈克尔，他根本意识不到自己开得有多快。而现在，我们只能老老实实地跟在卡车后面。我什么也没说。

我们在科普利街附近的波伊斯顿街停下车，他把钥匙交给我，说要去四处转转，然后坐公交车回家。我说，要是他愿意的话，可以先说好地方，我吃完饭去接他，带他兜兜风。他说有可能会去马萨诸塞大道上的唱片店，但不用我去接，然后就走开了。外头阳光明媚，他却戴上了帽衫的帽子。

我走进餐馆的时候，苏珊已经点上一瓶酒，自饮自酌上了。她穿了件低领宽松上衣，戴了条红玉项链，染黑的长发披在肩头。我们一起工作了这么多年，她几乎没有变化，永远都那么时髦。

我刚坐下，她就把酒水单递给了我。"来点什么？"她问，"今天我请客。我在庆祝呢。别问我庆祝什么，反正是庆祝就对了。"

服务员走了过来。不出意外，是个二十来岁的英俊小伙。

"你做过这种事吗？"她问服务员，"没有理由的庆祝。"

"当然了。"他例行公事地微笑着。

她马上就聊起了八卦。图书馆新馆长的薪水比其他员工加起来还多,某个董事会成员跟一个阿根廷商人的妻子出轨了,在男厕所里搞破坏的孩子是上次那个捣蛋鬼的弟弟。最后这件事我听说了,但我不知道那孩子家里很有钱,只是父母疏于管教。苏珊对这些丑闻如数家珍,我则永远无法企及。能这么自娱自乐,凭着手头的一点东西大做文章,多少是种天赋吧。

我们刚吃完沙拉,她已经喝完第二杯酒了,而我的第一杯都没怎么碰。工作的时候她总是叹气,脸绷得紧紧的,但在这家没什么人的餐馆里,她就自在多了,打着夸张的手势,眼睛也兴奋得放光。

最后,等鳟鱼上桌的时候,她问起了迈克尔和卖房子的事,就像中场休息时的寒暄。"他的医生怎么说?"

"他们听说了约翰的事,说是遗传。我相信确实有这方面的原因,但他们不了解约翰和迈克尔。迈克尔跟他爸不一样。他爸不会花那么多时间去关注别人的痛苦,读那么多书。"

"悲惨的人需要伴。"

"什么意思?"

"我是个酒鬼,"苏珊说,"我以前好像没这么直接地跟你说过吧,但你并不吃惊,对吧?有些人靠吃药,有些人靠上教堂,我呢,靠喝酒。每个人都有自己的发泄方式。我认识迈克尔也挺长时间了,他总是那么焦虑,没地方发泄。他很痛苦。我的意思是,他靠读书寻找认同感。我们跟那些阅读小组不是这么说的吗——设身处地,感同身受。对吧?奴隶的事又不复杂,只是悲惨。"

她耸了耸肩,像是在说,生活就是这样。

服务员过来问我们还需不需要别的，她把手搭在他的小臂上，说："多倒点，行吗，这桑塞尔白葡萄酒真不错。"

我刚坐下来的时候挺饿，现在已经不觉得了。"其实，"我说，"我不需要大房子，如果家里人能住得近点，事情就好办得多。总比为了钱的事跟亚历克吵，亚历克再去吼迈克尔要好。有些人家总是为这种事吵。"

"你是个好妈妈，"她说，"反正比我好得多。你总是为那几个孩子着想。"

"他们恐怕不会这么想。"

"当然会。你在开玩笑吗？你就算活得一团糟，也没人会怪你的。"

结账的时候，她不顾我的抗议，执意不让我出钱。外面起风了，我们慢慢走向达特默斯镇上，我一路都想把钱塞给她。

"别给我钱了，"她说，"陪我逛会儿街就好。"

我没法拒绝，但又想赶紧见到迈克尔，只好对她推荐的衣服首饰统统表示没兴趣，最后她终于自觉无趣，开始给自己买东西。我们在她的车旁道别时，她让我发誓不觉得她烦人，以后还要再约。

"抛开别的不说，我一直觉得你那房子有点死气沉沉的。"她满嘴酒气地说。我真不该让她开车的。"所以别担心了，卖掉它是对的。"

叶落如雨，洒满联邦大道的宽阔路面。我开车经过推婴儿车的妇女，还有享受秋日的慢跑者。约翰在马尔堡大街找格雷戈里医生看病时，如果外面天气好，我就会来这里看书。如果天冷或者下雨，我就留在车里等，等另一个人告诉他事情不能再这么发展下去了。

我有一次偶然碰见了格雷戈里医生。那是约翰去世几个月后,我在电影院里看见了他和他妻子。我想狠狠伤害他,结果却跟他握了手。他还礼貌地问我最近过得怎么样。没过多久,迈克尔也开始找他看病。我估计他现在还在那间大办公室里吧。

开到马萨诸塞大道后,我向左转,寻找通向唱片店的楼梯。我来过一次,但不记得入口在哪了。那儿有个维珍大型音乐连锁店,令人惊讶的是,迈克尔竟然在店门口。他站在角落里,斜挎着邮差包,向路人分发传单。他的手伸得直直的,逼着路过的人要么接过,要么拒绝。他似乎是做西装大促销,要不就是诱人改信邪教。这个场面把我吓了一跳。肯定是出什么事了。他肯定是脑子糊涂了。

我离他近在咫尺,他却没看见我。我开始朝他走去,想救他脱离苦海,接着突然想起那些小册子——他一直放在包里的小册子,封面是黑人农民耕地的那些。原来是这样!他在发放小册子,呼吁人们关注黑人赔偿运动。星期六下午出来购物的人还以为他发的是优惠券呢,看见不是,自然就不再理睬他。

分发小册子的时候,他对每个人都露出微笑,试图给人留下良好的第一印象。虽然他刻意逢迎,不停道歉,但其实还是在缠着别人。

我顿时动弹不得。我想阻止他,不想别人把他当作在街角传教的疯子。但此时此刻,他最不愿意看见的就是我。如果我当众让他难堪,只会让情况越来越糟。就在我准备离开的时候,他忽然发现了我。他愣在那里,双手无力地垂在身旁,笑容也僵住了。他就那么死死地盯着我,仿佛街上除了我们两个,其他人都消失了。我绝对不能哭,不然对他不公平。于是,我微笑着挥挥手,大喊:"一会儿见,我先走了。"

说完，我转过身，默默离开。

晚上他回家后，天上开始飘雨。起初只是零星小雨，但很快雨点就像密集的鼓点一样砸在房顶上，敲着玻璃窗。我赶在窗台被打湿前关上了窗户。在这个十月的晚上，暖风穿过前厅和后面的纱门，就像本该八月到来的雷雨姗姗来迟。在干涸的土地上，雨水会流到沟里，白白浪费掉。我们需要一场把地浇透的大雨，而不是转瞬即逝的雷雨。二十分钟后，乌云朝东飘去，只剩下水珠从树枝上嘀嗒掉落，还有门厅外面昏暗的灯光。

电视上有个频道在播《费城故事》，我已经很多年没看过了。我问迈克尔要不要一起看，但他拒绝了，说打算上楼去。那部电影既有格调又轻松，看起来真是种享受。醉醺醺的加里·格兰特让赫本回心转意时，你会忍不住为他们欢呼。他们是天生一对。我本来只打算看一会儿，没想到看着看着就被吸引住了，看完已经是午夜时分。回屋睡觉的时候，我发现迈克尔的门缝下面透出了灯光。还是别管他了，我心想，他可能是读书读困了，没关灯就睡着了。于是，我径直走回自己房间，没有跟他说晚安。

天还没亮，我就被一阵敲门声惊醒了。接着门开了，走廊灯映出了迈克尔的身影。

"怎么了，出什么事了？"

"我没法呼吸了，"他说，"喘不上气来。"

在床头灯的照射下，他脸色苍白得吓人。他捂着胸口，走到我的床脚。

"你呛到了?"

"不,不,我只是没法呼吸了,没法呼吸。"

"来,快坐下。"我说。他照办了,坐在我腿边,整个身体都在上下起伏。"是不是哮喘犯了?你带药了没有?"

"不是哮喘。我得上医院,你得叫救护车。"

我赶紧下床,披上睡衣。"别担心,"我说,"你是恐慌发作了,对吧?你很害怕。没关系的。继续呼吸就好。你刚才有没有泡澡?我给你放上水吧。"

"不!"他喊道,"你得叫救护车。"

"迈克尔!振作点。你得冷静下来。咱们可不能半夜三更叫救护车。等明天早上再打电话给贝奈特医生。你不用去医院。"

他直勾勾地盯着我,就像我抛弃了他,让他独自在暴风雨里飘摇。但我还能怎么做?大半夜开车带他去医院?还是让救护车出现在家门口,打破凌晨四点的寂静?

"肯定有哪种药能让你踏实睡一觉的,我去拿过来。"

他拼命摇头。我第一次看见他那么绝望,那么悲惨。

"来呀。"我坐到他身边,想要抱抱他,但他的身子僵硬得像块木板。

"你都不帮帮我?"他问。

"我没这么说。起来,咱们下楼。"

他跟我来到厨房。我打开灯,烧上水,翻出柠檬和蜂蜜,又从壁橱里拿出我从来不喝的苏格兰威士忌。

"我快不行了。"他说。

我从洗手池上方的架子上拿了个马克杯,调了些苏格兰热棕榈酒。

"你怎么就不能叫辆救护车？"他问。

我把马克杯推到他面前，接着在他旁边坐下，扶稳他的身子，听他解释为什么这酒没用。我说，别管那么多了，先喝了再说。他说他快死了。我说不会的。最后，他端起了杯子。

他需要休息。好好休息。我也是。

西莉亚

走回山顶的路上，保罗领着劳拉和狗狗走在前面，我和凯尔在后面跟着。阳光明媚，万里无云，透过柏树林的间隙，能看见金门大桥和马林岬角的坡地。白色的小帆船在河道里穿梭，靠近岸边的地方还有人划橡皮艇。在这个温暖宜人的星期天，河面上热闹极了。

劳拉和凯尔是星期五下午从洛杉矶过来的。多亏有劳拉的父母帮忙照顾他们九个月大的宝宝，他们才能在孩子出生后头一次享受周末。他们是很好招呼的客人，能下顿馆子、看场电影就心满意足了。来客人对保罗来说也是件好事。他们是老朋友了。我在博尔德和南加州拜访过他们几次后，也跟他们混熟了。他们俩的工作都跟独立电影毫不沾边，所以保罗可以随意谈论自己的奇思妙想，而不用转成工作模式，推销激动人心的电影项目。我开始单干以后，他就重拾编剧工作，虽然没有保障，但还算成功。在大学时的朋友面前，他显得轻松了不少。

"我都忘了这里有多美。"凯尔边说边眺望远方的海面。我认识他有十年了，他的模样几乎没有变化，还是穿着破洞的牛仔裤和褪色的T恤衫，乱蓬蓬的金发上扣着顶棒球帽，就像刚从宿舍爬起来似的，略显邋遢，但精神不错。"我们住的地方也算海边，但看不见这样的风景。"

我现在已经很少关注风景了。就算偶尔关注，也只会引起我心中的疑问：我们还能在旧金山坚持多久？越来越瘪的钱包似乎是更现实的因素。但我们至少越来越享受户外生活。我们之所以养狗，就是为了逼自己每天到这个当初一见钟情的地方远足。在狗狗温德尔的央求下，过去八个月里，我们出城的次数比之前几年加起来还要多。这对我们三个都有好处。它能让我得到跟短距离冲刺不一样的释放，保罗回家时也比从健身房回来时更加放松。我还发现，我们做爱的频率也增加了。而且，受益的不仅仅是我们的爱情生活。一直以来，我总担心我们之间少了点什么。如今，这种源于不够信任的焦虑已经消失，不再像以前那样困扰我了。但我仍然隐约有种担忧，觉得我们可能不会永远在一起。如果这段关系会结束，我肯定是提出分手的那一个。我知道事情没这么简单，也知道这其实是源于更深层的恐惧：害怕有朝一日保罗会像我爸爸一样突然消失。性爱能阻止这些胡思乱想，至少暂时管用。

"自从有了宝宝，你们俩还好吗？"我问凯尔。

"挺好的，"他说，"我以为劳拉的父母搬得这么近会很烦，其实还挺棒的。他们有点神经兮兮的，觉得世界上充满危险，害怕慢跑会导致流产，但孩子出生后，他们就把那些杂七杂八的想法抛到脑后，变得正常多了。这对我们来说当然是好事,不然也来不了这里,对吧?"

正常多了。我对凯尔的看法恰好也是这样。他和劳拉是跟保罗同一届毕业的,毕业后没几年就结了婚。他们俩都热爱滑雪和登山,所以搬到了科罗拉多。劳拉在面包房干了几年,他则回到学校学游戏设计。正是游戏设计的工作,让他们搬回了洛杉矶。现在他所在的公司,同事个个手不离烟,给他的待遇不错,所以劳拉可以如愿待在家里,至少目前是这样。保罗告诉我,这对夫妻也跟别人一样有过低谷,但他们选择相濡以沫,笑对生活。我相信他们会永远在一起。前一天吃晚饭的时候,劳拉问起我的诊所目前情况怎么样。凯尔听我介绍时的模样,就像在听动物学家描述灵长类动物的习性。他从没听说过心理咨询。对他来说,心理咨询就像存在于平行世界。也许正是出于这个原因,我跟他聊天时笑得最开心。那些让我焦头烂额的事,是他这辈子都没想过的。我从他那里学会了,有些事是可以放下的。

"你最近怎么样?"他问。"还在想要孩子的事吗?"

这么多年来,我们一起度过了无数个周末,几乎无话不谈,却从没告诉过他们我堕胎的事,现在想起来是有点奇怪。那次在沃尔科特过完圣诞节后,我和保罗在回家的路上仍然争论不休。不是因为我们对要不要这个孩子意见不一致,而是因为我在做手术之前需要他承认,避孕失败带给我的麻烦远远超过带给他的。考虑到只有亚历克和一两个好友知道我怀孕了,做完手术后没过多久,我们就达成了默契,决定不再提起这件事。每当说起要孩子的事——通常是因为某对夫妇生了孩子——我们总会意识到,这对我们来说是多么不切实际。这也会让我想到,我已经为身边的人付出了那么多,不可能再给另一个人更多的关怀。

"我们总得先结婚吧。"这话一出口,我自己都觉得惊讶。

"这又不是必须的。"

"确实,但也许结婚对我们有好处,能让我们的关系更确定。"凯尔不再眺望风景,转过身来对着我,露出他一贯亲切而坦率的表情。这既让我放松,又让我困惑,因为他没有提问。"我不是在抱怨,"我说,"虽然听起来像抱怨,但我真没那个意思。"

"你想怎么抱怨保罗都行。你跟他在一起够久的了。他是个很情绪化的家伙。有一阵子我都以为他准备要和我绝交了呢,因为我超爱滑雪,读的书又不多。但他对朋友很忠诚。"

"你说得对。"我说。我们正沿着小路朝停车场走去。"他是很忠诚。"

在荣誉军团纪念馆门口的喷泉旁边,保罗从车子后备厢拿出小碟子,给温德尔盛了点水。穿着防风夹克、梳着马尾辫的劳拉站在他们旁边,满意地欣赏着这座城市和海湾。

"我们不能再待一个星期吗?"我和凯尔跟上来以后,劳拉问。

虽然她看上去像丈夫一样大大咧咧,但我有时怀疑这是她装出来的,是对丈夫的成功模仿,而不是天生如此。但装到一定程度,就能以假乱真了。

"我们这边没问题。"保罗说。

我弯下腰,帮温德尔清理皮毛上沾的草叶碎屑。它是一只黑色中型杂种狗,有柯利牧羊犬的血统,跟凯尔西一样活泼好动。这就是为什么我会喜欢它——它顽皮的模样会让我想起凯尔西。它们都是那么热情洋溢。

把温德尔在车里安顿好以后,我们四个人来到公园中央的博物馆。我一向不喜欢星期天去博物馆。气氛太压抑了,会让人想起小时候被逼进博物馆的无聊经历:不许说话,只能盯着那些没意思却被奉为经典的展品。明明跟家人在一起,却感到异常孤独。我的两个兄弟在参加这种活动时,要么妙语连珠,要么涕泪涟涟,相比之下,我则展现出了圣徒一般的忍耐力。作为成年人,我至少可以自由自在地到处转悠,不会像以前那样因为没认真欣赏展品而内疚了。

博物馆里的固定展品我都看过。所以,保罗在给劳拉和凯尔做讲解的时候,我钻进了一个从没听说过的十八世纪德国艺术家的巡回展厅。走进展厅,最先看见的是大量圣经题材的作品。悬在空中的天使和飘逸的长袍,躺在坟墓里的肤色苍白的基督,围在他身边悲泣的妇女,谛听使者传报、高居天庭的上帝。我半点兴趣都没有。电话响起时,展厅里除了我只有一位观众,是个穿着考究的老太太。她嫌恶地瞪了我一眼,然后扭过头去继续凝视画上那位躬身祈祷的修士。

现在是马萨诸塞州的下午三点。迈克尔通常不会在星期天下午给我打电话,我可以做自己的事情。直到七八个月前,一切都变了。无论我手头在做什么事,都得放下来,去应付他的突发状况。要是不这么做,就显得我太残忍了。但我春天已经回去过一趟,到医院看望他。为了回去看他,我不得不跟自己的病人推迟见面。那些病人很需要我,我也很需要他们付的钱。我还额外待了两天,好让每天都去看迈克尔的妈妈能歇歇。回来后我得了重感冒,过了好几个星期才恢复。在那以后,我对迈克尔的态度彻底变了,就像疲劳的肌肉无法恢复原状一样。

我把这件事告诉了我的督导，也告诉了保罗、亚历克甚至妈妈。我说自己实在受不了了：每个星期跟他聊两三次，每次半小时，谈的全是他，他已经成了我有实无名的病人。尽管我能理解，他也希望我能理解，描述当前状态比任何药物都能控制他的恐慌，但我实在没法继续听他反复念叨那些破事了。

我不会不回他的电话，但会隔上几天再回。我努力克制自己，因为我知道现在是他人生的最低谷。但他的绝望到哪里才是个头？他的需要停在了哪个层次上？过去，无论他的事给了我多大的压力，我从来没有想过，他其实不是我该背负的责任。我鼓励病人认清自己能为家人承担多大的责任，但我自己却没做到。我非常清楚，七到十天才跟他打个电话，会增加妈妈的压力。亚历克几乎跟我同一时间选择了放弃，跟迈克尔联系的次数越来越少。他也知道这会增加妈妈的负担。我们做了很大的努力，才让他有机会读研，结果他却回到我们身边，情况反而更糟糕了。没有哪个人的能力是无限的。我每个星期都会在咨询室里对病人说这句话。如今，我自己也相信了。

下一个展厅全是古典题材的画作：身着长袍的诸神在帕纳索斯山上现身，近乎裸体的英雄珀尔修斯牵着马，雅典学院的哲学家们穿着色彩明亮的外衣，对着书本低头钻研。我茫然地盯着最后一幅画看，它鲜艳的色彩多少还能引起我一点兴趣。这个展览即使在星期天都冷冷清清，鉴于陈旧的主题和古板的画风，原因显而易见。但这对我来说已经够好了，因为它对我没有任何要求。

最后的小展厅里陈列着王公贵族的画像。画面里的人都身穿绫罗绸缎，佩戴着各种饰物，显然全是定制的画像。

回去找他们之前，我在长椅上坐下，准备休息一会儿。

然而，我面前的画像似乎不太适合人对着休息。画上是个五十出头的男人，穿着朴素的黑领红褐色外衣，戴着棕色领巾，黑色的卷发披在肩头，没戴假发，衣服上也没有宝石纽扣。身后没有挂毯或软垫等装饰，只有一片棕灰色背景，因此观众只能关注画中人的面孔。这简直不像是出自同一位画家之手。不是因为昏暗的色调和简朴的风格，也不是因为它极其写实，而是出于某种难以言表的原因。我能感觉出，这个人真真正正地活过。他的画像流露出一种真实的气息，不像其他画像里的人那样，只是生活在历史之中。他曾饱经沧桑，这些沧桑经历被定格在了画面里。他目光深邃，双唇紧抿，我可能会用"心灰意冷"来形容。但这个词还不足以形容他那复杂的表情。"愁眉不展"好像也不太对。"失魂落魄"似乎更为贴切。他像是被一种不属于自己的想法、不受自己控制的力量攫住了，而且多年以来一直在忍受这种折磨。我凑近一看，发现标题是《自画像》。

画里的光线照在他宽阔的前额和鼻子上，在他右侧脸颊投下阴影。他的眼睑微微上挑，给人一种坦率的感觉，就像因期待产生的紧张感已经消失。他算不上老人，也谈不上年轻。他的眼睛又黑又大，目光出奇地平静。这双眼睛注视着我，注视着往昔，注视着让他形成这种自我认知的一切，显示出对事物本质的精确洞察。他既不恐惧，也不勇敢。

我对这幅画盯得越久，画中人看上去就越熟悉：无论是眉毛、丰满的嘴唇，还是双下巴，我都能看见某种熟悉的表情，看见无法逃避的命运留下的印记。爸爸的灵魂就藏在这幅画里。画中人嘴唇微张，像是爸爸有话要说。我不仅在观赏，也在倾听。它不像电影那样，通过画面上的动作来表情达意，而是直击人心。我和他终于重逢了。我们没能拯救他，他也没能拯救我们，这个事实变得不再重要。他知道一切并未结束，知道他还活在迈克尔心中。我无以言对。他的存在就意味着一切。

我们开车穿过要塞公园，来到码头，找了一家有户外座位的餐厅。凯尔点了一大份玛格丽特酒。我上菜前喝了一杯，吃饭时又喝了一杯。桌子对面，凯尔伸出一只胳膊搂住劳拉，劳拉的脑袋枕在他肩头，透过太阳镜眺望水面。落日和美酒显然深深触动了保罗，他拖了拖椅子，凑近我身边，也搂住了我。他以前从来没在公共场合这么做过。我的思绪飘荡开去，尽情享受四人同游的惬意时光。

饭后，我们沿着大路走到通向海边的小道上。我的手机又响了，这次是亚历克。我就让他们几个先带温德尔往前走。

"喂？"亚历克的嗓音听起来很紧张，我的心一下子蹦到了嗓子眼。他告诉我，妈妈那天早上给他打了电话，情况似乎不太妙。她大半夜被迈克尔弄醒，迈克尔想叫救护车，她费了半天劲才把他安抚好。"还有，你知道吗？"他说，"她找了个房产中介，想把房子卖了。她说实在想不出别的办法了。"

接踵而至的坏消息和亚历克的反应打了我个措手不及。

"这可不行，你同意吧？"他听起来就像个犹豫不定的赌徒，"我们不能让她这么做。"

肯定是发生了什么事,所以亚力克才打电话给我。现在,家里所有人都陷入了焦虑。

"首先,"我说,"你别老是担心妈妈的钱不够用。"

"哇,"亚历克满是不屑,"那好,她以后进养老院的钱就交给你喽!你不知道我是个穷写稿的吗?另外,我都快被炒鱿鱼了!你居然还说不用担心钱的问题?难道你觉得她应该把房子卖了,钱全用来补贴迈克尔?"

高中时那个行事夸张的亚历克又回来了——如此激情澎湃,如此雄辩滔滔,这就是为什么他会对政治感兴趣。那种孩子气的热情惹得我和迈克尔以前经常嘲笑他。那种熟悉的感觉跨越了千山万水,他仿佛就站在我面前。

"我们得跟妈妈聊聊,"我说,"你刚刚才告诉我,我现在一点头绪都没有。"

"好吧,"他说,"跟她聊聊吧。但我们俩都知道,这事跟房子没关系。这么下去可不行。他必须戒药。这是唯一的解决办法。他总得划条底线吧,不然他永远也好不了,永远也学不会自己照顾自己。他对那些玩意儿上瘾了。"

我们以前讨论过这个问题,有时候迈克尔也会加入讨论。从什么时候开始,药的副作用超过了药效本身?亚历克说,现在可能已经是这样了。我不反对。但迈克尔从来没这么想过。

"我已经想了一整天了,"亚历克说,"我给比尔·米切尔打了电话——"

"比尔·米切尔?"

"对,问他缅因州的那座小屋。我都不知道那地方还是不是他们家的,不过妈妈把他的电话号码给我了。挺奇怪的,对吧,不过管他呢。那是个好地方。他接到我的电话挺惊讶的,不过我也没讲得太详细。我说得挺委婉,不过他听懂了。他只犹豫了一会儿,就告诉我那个地方现在空着。岛上的房子已经没了,不过小屋还在。他说没问题,只要离开前把燃气加满就行。"

"什么没问题?你到底在说什么啊?"

我停下脚步,望着他们三个带着温德尔沿小道走到沙滩,下水嬉戏。

"我在说怎么帮他戒掉那些药,"他说,"我陪他一起去。让他离开房间,离开妈妈,清空脑袋。不然我们还能怎么办?你说呢?眼睁睁看妈妈破产?"

关于妈妈和钱的事,我听他说过无数遍了,但这次不一样。他的口气没那么锋芒毕露了——与其说是愤怒,不如说是沮丧。

"再说了,"他说,"我很想他,想他以前的样子。你难道不想吗?"

"他也不可能一个周末就好起来啊,"我说,"这种事不可能一蹴而就,得慢慢来才行。"

"我知道啊,所以才要赶紧开始。我突然有了一个月的假。我们那儿裁了一半的人,真够恐怖的,不过这下我倒是有时间了。我还从来没有好好休过假呢。以后再上哪儿找这么好的机会啊?"

一对穿着莱卡短裤和情侣背心的恋人跟我擦肩而过。他们戴着耳机,头发一丝不乱,皮肤黝黑光滑。迈克尔对这种人总是又嫉妒又鄙视。

"要是他不想去呢?"我开始想象各种情况。

"我觉得他其实是想去的,只是有点害怕。"

我明白他的意思。他说得没错。我真希望自己钱包鼓鼓,能把迈克尔送去高档疗养院,里面有看护、按摩、瑜伽的那种。我有时会幻想把自己的病人送去那种地方。淡季的缅因州小屋跟那种地方当然没得比,但怎么说也适合静养,能让他远离现有生活,摆脱频繁发作。

也许是我中午喝得有点多,也许是这天发生了太多事,也许是我此刻只想跟保罗他们一起,在沙滩上无所顾忌地放松一下,我突然觉得,亚历克的提议说不定能成功,大家最后都能松一口气。

* * *

当天晚上,帮客人准备好沙发床,跟他们道过晚安后,我们俩就在床上躺下了。保罗从身后抱住我,胸口抵着我的后背,把我裹得紧紧的。他平时很少这么做。

"他们玩得挺开心的,"他说,"你觉得呢?"

我靠在他的肩窝上,让他用胳膊搂着我。"他们能过来真好。"我说,"我喜欢咱俩跟他们在一起的样子。"

"也就是说,他们不在的时候,你对咱俩就不太满意喽?"

"你明白我的意思的。"我笑着捏了他一下。

躺在角落里的温德尔嗅出了我俩之间的柔情蜜意,凑过来想分一杯羹。它跳上床,想钻到我们俩中间。我们咯咯笑着,用膝盖挡住它。它拼命乱钻,把前爪探进保罗的裤裆里,一边呜呜地叫着,一边往我们身上爬。最后，它紧贴我的后背趴了下来，终于平静了。

"有时候你会不会觉得，我们其实已经结婚了？"我问。

"这话什么意思？"

我等着他撒开手，躺回自己那边，但他没有。"你就没想过结婚的事？"

"你是在向我求婚吗？"

"别说笑了。"

"没说笑。"他边说边把手滑向我的大腿。

"你就是。"

"你不想被束缚住，"他说，"每次我们谈到结婚，你都会说你那些病人糟糕的婚姻，说我们还有很多问题要解决。后来，我们去你家过圣诞节，迈克尔又说起了卡夫卡对婚姻的看法。"

"所以你从来没向我求过婚？"

"你这个大女子主义者，还敢说！"

"别这么刻薄嘛。"

他亲了亲我的脖子，然后伸手拍了拍温德尔的鼻子。"我觉得你不会答应的，"他说，"而且对我来说，结婚不像其他人那么重要。我以为你也是这么想的。"

"我爱你。"我说。

"我也是。你想结婚吗？"

"你又说笑了。"我说。

他紧紧抱住我，脸深深埋进我的后背，声音低得几乎听不见："不，我没说笑。"

迈克尔

延期还款申请书

亲爱的借款人：

如果您在还款时遇到困难，受够了一次次拖延并等待谅解，申请延期还款或许能稍解您的燃眉之急。递交申请后，您的还款日期可暂时延后。不过请注意，延期偿还需要支付更多的利息，将加重您的还款负担。如果您的借款已经到期，请尽快填写并提交这份申请书，但提交申请并不意味着能获得批准。

第一部分：借款人

申请延期偿还的贷款金额：
68281.11 美元

贷款起始日期：
十二年前

贷款截止日期：

取决于我继承人的死亡日期

目前无法还款原因：

"我心里明白，那天贝戈特的死让我非常难过。众所周知，他的病拖了很久。当然不是他最初得的病，那是自然的产物。自然产生的疾病似乎都很短暂，但医学在延长病痛方面发挥了奇效。药物能带来暂时的缓解，但停药导致的身体不适，造成了一种得病的假象。病人会渐渐习惯，让这种假象稳定下来，持续下去，就像百日咳痊愈后的孩子还会阵阵咳嗽一样。往后，药效减退，剂量加大，但效果不佳，副作用反而更加明显。大自然决定了药物无法长期发挥作用。几乎能战胜自然的医学却迫使病人卧床休息，继续服药，否则就会在痛苦中结束生命，这真是一大奇迹。这么一来，人为制造的疾病就生了根，变成了一种真实的继发性病症。仅有的区别在于，自然产生的疾病能治好，医学导致的疾病却不然，因为医学本身并不了解治病的奥秘。"

——普鲁斯特，《追忆似水年华》第五卷，《女囚》

我的后续还款计划：

通过我们的往来信件，您一定很清楚，我在九十年代接受多年训练后，被教育部选为第一批"木星探测学生贷款之旅"的四位成员之一。我们经过多年太空旅行，穿越实习和零售店的星云，见证技术的大爆炸，飞过破产的光环，终于抵达了这个气态行星的表面。我们希望跟失落已久的"怀才不遇者殖民地"取得联系，结果却令人沮丧。起初，他们非常友善，为同龄人提供帮助，让美国啤酒再创辉煌。但随着出生率降低，加上席卷该地的焦虑风暴，使拒绝工作的人和牧师阶级彻底灭绝，导致该地无人懂得宇宙学知识。离开这个星球的希望愈发渺茫，殖民地也更名为"人文学科傻瓜联盟"。但最让我们惊讶的莫过于他们的体重。我们以为他们会瘦得像面条，没想到供应商伊莱·莉莉始终跟他们保持无线电联络，常年从哈萨克斯坦用飞船为他们运送非典型安定药再普乐。殖民者服用这种药物多年，人均体重高达二百五十斤，多数患有糖尿病和运动障碍。据一位艺术史学士表示，基督在十字架上向他们要水喝时，他们拿出了醋（她好像还加了一句，所以基督放弃了这群幽灵）。另一位殖民者质问，反正年纪大了，又是单身，谁不愿意长点儿肥肉，来点儿面部抽搐？我必须承认，他说这话时多少有点生气。他以前很瘦。但即使在当时，他也不觉得自己有魅力，现在就更不可能了。显然，由于药物消耗过快，为殖民者运送药物的频率也加快了。殖民者代表已经开始向医生施压，要求提供尚未通过临床检验的药物，不管是治疗战争创伤的，还是治疗口吃的，只要是药就行。这些药物的副作用几年后才全面显现。部分殖民者打算提出集体诉讼，但该地飞船只可进不可出。出于对他们的同情，我希望能帮上点忙。但我们能提供的只有延期还贷申请书，还被他们当柴火烧来取暖了。我空手而归，毫无变化。

除了上述贷款，我还欠有：

我们白人对运奴船受害者的承诺不过是一纸空文，是永无止境的拖欠，我无法享受奴隶制时代传承下来的自由，却对黑人惨痛的历史无动于衷。

我目前的流动资产总额：

无视黑人应得的赔偿，享受白人特有的权利——在我看来，这种精神暴力流淌在狱卒和囚徒的血脉之中。

第二部分：条款及细则

我了解：（1）我和妈妈住在一起。（2）她打算卖掉房子为我还贷。（3）我的延期还贷申请永远不会得到批准。

此外，我还了解：（1）1803年秋，葡萄牙的华金号护卫舰在莫桑比克海岸绑架了三百名非洲人，随后往南驶向好望角。（2）启程数日后，被关押在甲板下的黑人陆续死亡。起初每天一个，但一个半月后，随着船转过好望角，驶入大西洋，死亡人数开始增加。接下来的四个月里，被囚禁的黑人一直生活在密不透风、暗无天日、拥挤不堪的环境下，周围遍布自己的排泄物、呕吐物、脓汁和血迹。他们一觉醒来后，常常发现跟自己拷在一起的陌生人、父母或孩子，已变成在热带高温下迅速腐烂的尸体。最后，船员清理了尸体，将其抛入海中，喂给尾随的鲨鱼。（3）华金号抵达西班牙的蒙得维的亚港时，三百名非洲人中已有二百七十人死亡。城中医生害怕疾病传染，命令船只即刻返回海上。由于风暴在向潘帕斯一带袭来，船长起初并未同意这一要求。但港务长威胁要逮捕他，同时收押船只，船长只好极不情愿地做出妥协并返回海上。暴风很快吹断了船上三根桅杆，华金号险些沉没。返回港口避难途中，该船冲上了拉普拉塔河的浅滩。在此停留数周后，其命运才得以确定。（4）华金号的主人，一位西班牙商人，打算拍卖幸存的奴隶，弥补自己的损失，同时起诉港口的医生，要求准许自己的货物登陆。为解决纠纷，官方成立了调查委员会，派遣五位医生治疗生病的黑奴。（5）由于发现华金号船员和水手无一人死亡，委员会得出了令人意想不到的结论：奴隶并非死于传染病，而是死于脱水和抑郁症。用意大利医生卡洛斯·约瑟夫·古兹的话来说，背井离乡，家破人亡，加上船上糟糕透顶的生存条件，使他们"彻底漠视生命"，陷入精神分裂，以至于"放弃自己"。（6）由于委员会认为不存在传染的风险，商人如愿将奴隶押至岸上，在市场公开售卖。（7）航行期间，华金号船员经常听见关押黑奴的下层甲板传来歌声。

最后，我需要在此表明，我不知道自己为什么总会想到这些场景，想象在一片漆黑中这些男女老幼被锁在一起的样子。那些窃贼，四百年来盗取他人的劳动力，通过不断继承财产扩大贸易利润，通过银行向我提供助学贷款。向这些人揭露他们自己的野蛮历史，本来是义不容辞，甚至令人振奋的事，但金钱和正义并非我执迷于此的真正原因。干瘪的尸体、濒死者绝望的哭声、血迹斑斑的甲板、作恶者的狂欢——这些才是我每天服药的原因。读到华金号的故事时，我感同身受。不是说我能真正体会那种遭遇——我承受的恐惧根本无法和他们相提并论——而是说我能理解那种持续不断的忧虑和精神分裂的痛苦。因此，我意识到，代际创伤不一定是靠生殖繁衍传承的，而是通过精神共鸣来传递的。我生来就享有不公正的特权，另一些人生来便是这些特权的牺牲品。但暴力的源头是相同的。我做的事不是为了别人，而是为了自己。

亚历克

从米切尔的小屋，可以俯瞰距克莱德港半英里远的水湾，那是半岛上最远的村落。我不看地图就知道怎么去那里，我哥对此感到难以置信。在浸信会教堂右拐，离开海岸边的小路，沿着岩石滩一直开到高地，就可以看见小屋了。

天空没有我记忆中那么蓝，而是灰蒙蒙的。别的地方则跟我印象中差不多：倾斜的前院（如今已被白雪覆盖）、路旁的石堆、码头上的铝制踏板、旗杆，还有长满蓝莓的灌木丛。

街对面有一栋白色房子，院子里堆着不少捕虾笼。沿街望去，还能看见几栋房子。再过去就是树林了。

就着越来越暗的天色，我们把路上买的杂货和行李搬进了厨房。我寻找水阀和气阀的时候，迈克尔就站在屋子中间，邮差包紧紧抱在胸前。我转过身来，他仍然一动不动，就像我们只是奉命前来放些东西，很快就会乘车离开。我请他帮忙把吃的搁进冰箱，他这才回过神来。我从棚屋把柴火抱进来的时候，他正把包里的东西一件件取出来。

"你会生火吗？"他问。

"会啊，你也会。你都生过无数次了。"

"真的？"

开车过来的路上，我顺口提了一句，等妈妈过世以后，就只剩我们三个了。他一脸震惊地看着我，似乎从来没想过自己会活得比妈妈长。我差点就停车冲他破口大骂了。但我不希望这趟旅程这么拉开帷幕，所以像现在一样闭上了嘴。

据我看来，这间小屋没有翻修过，但保养得很好。深色木地板虽然不平整，却相当光滑。原来的印花面料家具已经换成了实木和皮革的。壁炉两侧的书架上搁着米切尔一家的合影，他家两个女儿跟我们第一次来这里的时候差不多大，穿着游泳衣，戴着救生圈，在阳光下眯起眼睛。旁边是她们青少年时期的照片，还有长大后跟男友或丈夫合拍的照片。

我让迈克尔住楼上三间卧室里最大的一间，也就是以前爸妈住的那间，想给他留出更大的空间。我说，你可以上去收拾行李了。

过去的几个星期，迈克尔不情不愿地接受了我的一系列建议，唯独不肯停止服用氯硝安定。凯莉一直在鼓励他，起到了一定的作用。妈妈也在劝他。没有人比她更希望此行能成功，但又担心迈克尔会熬不下去。她烤了姜汁饼干，还给我们带了苹果、花生酱和一包迈克尔最爱吃的薯片。我做晚饭的时候，他就着啤酒把薯片吃光了。

出发前一天晚上，我和赛斯爆发了第一次真正的争吵。我们在一起已经一年半了，此前一直相敬如宾，生怕冒犯或打扰对方。这看上去像是互相关心,但其实是为了维护这段关系。

他容忍我为采写新闻出差。美国大选期间,我经常一走就是几个星期,他从来没有抱怨过。等我好不容易回来了,他却需要加班,我也不会说些什么。听说我被杂志社炒了鱿鱼,他甚至暗示我们应该商量一下,搬到一起住。妈妈打电话来说她准备卖房,我几乎是一挂上电话就跟赛斯说,我得带迈克尔离开一段时间。他说,当然没问题,我能理解。

但就在我收拾行李,准备再一次离开的时候,顺口问了一声,请他帮忙上网订一张去波士顿的火车票,他突然抬起头来,一脸难以置信的表情。

他的口气是我从来没有听过的:"你记不记得你说过多少次,这个星期我们要出去旅行?等你忙完的时候。你有没有意识到,你所有时间都花在迈克尔身上了,却从来不陪我?"

"那你觉得我应该取消行程?"我说,"我好不容易才定好地方,说服他一起去。"他"啪"的一声把电脑合上,走进卧室。但我追了过去,逼他回答。"你真是这么想的?真要我跟迈克尔说,我决定取消原计划,跟男朋友出去度假?"

"上帝啊!"他说,"算了,我明白了——谁的问题都没你的重要。你说得很明白了。现在你打算钻进树林里,单枪匹马去拯救他。你根本没你想的那么聪明!"

后来,在洗手间里刷牙的时候,我们俩都一言不发。第二天早上,我向他保证,会打电话给他的。

正如我先前怀疑的，手机在这里收不到信号。不过，米切尔安了座机，饭后妈妈就是给这个座机打的电话，说想看看我们有没有顺利抵达，屋里够不够暖和。她跟迈克尔简单说了几句，就跟我们道晚安了。

迈克尔的邮差包里除了一大摞书，还装了很多DVD。我们看了两集《反恐24小时》，我很高兴这能让他分分心。但凡是比动作巨星布鲁斯·威利斯主演的电影节奏慢的，他都没耐心看下去。必须得是动作片——追车大战呀，星际战争呀，黑帮冲突呀。幸运的是，我发现一号公路的超市旁边有家音像店可以租碟，这样就不用担心没电影看了。

睡觉之前，我叫他先把我们之前约定的事做好。他上楼把洗漱包拿下来，坐在客厅沙发上，掏出橙色小药瓶，把它们一个个摆在桌上，似乎下定决心要跟它们告别了。总共有五个药瓶，外加一罐卡痛茶。

这么多年来，他一直像个孩子似的，坚信医生总有一天会拿出一种药，让他有第一次吃药时的那种感觉。他相信只有外在的帮助才能让自己好转，为了这个我们没少骂他，但其实我们也希望能有这种灵丹妙药。这既是为他好，也是为我们好。要是问题能这么轻松解决就好了。这不过是种美好的幻想，根本不存在这样的灵丹妙药。每种疗法，每种药物，我们能给予的所有帮助，没有一种管用。如今，我们别无选择，他必须学会照顾自己，必须好起来。上个月妈妈打来电话，告诉我准备卖房的时候，很清楚我是不会同意的。打这个电话就意味着，她自己也希望我能阻止她。所以，我必须阻止她。

"这么做是对的。"我用两只手把瓶瓶罐罐捧起来。

"我不确定,"他说,"我不确定。"

刚开始的几天,对我们来说最难熬的是没网。我很多年都没有过这么长时间的断网了,迈克尔也是。不能上网害得我们既无聊又焦躁。但跑到这个远离尘嚣的地方,远离只会徒增焦虑的联网状态,让他回归现实生活,原本就是我计划的一部分。

我曾没日没夜地关注投票数据和选举八卦,在无数垃圾信息里寻找新颖的切入点,自己也想彻底断网一阵子。但最开始的两个晚上,我还是忍不住跑到街上,站在能收到一格信号的地方,在寒风中哆哆嗦嗦地刷新闻。迈克尔带了笔记本电脑,但连不上服务器,什么新消息也收不到,所以连开机都懒得开。

第三天早上醒来时,我感觉到了许久不曾有过的放松。迈克尔还没睡醒。外面寒风刺骨。我穿好衣服,穿过前院,向码头走去。我们小时候就是从那里上船出发去岛上的。

岸边停着寥寥几艘小船,远方的海雾正渐渐朝岸边飘来。我眼睁睁看着它漫过河流入海口,漫过岸边的树丛,漫过整个河湾,漫过鸬鹚栖息、海豹在夏日享受日光浴的礁石,缓缓向我袭来。这时我才发现,那不是雾,而是雪。厚重的雪花静悄悄地从天而降,让我想起小时候在这里看着闪电逐渐逼近,倾盆大雨形成一道水帘,从海面上直奔我们而来。这让我意识到,我们太不关注大自然的奇观了。如今,我再一次从全新的角度感知时间。它不再是可以利用或浪费的东西,而是整个世界运转的体现。

等雪花飘到眼前,我就只能看见二十米以内的东西了。礁石、水面、船只，统统无影无踪。回到小屋后，我关掉放在桌上的手机，塞进厨房的抽屉里。

跟迈克尔一起吃完早饭后，我带他步行半英里去杂货店买东西。每天我们都要走这么一趟，店里卖的甜甜圈给了他每天步行的动力。下午，我们会在一号公路上打发时间，买买吃的啦，逛逛音像店啦。晚上，我们会一部接一部地看动作片。尽管如此，没事干的时间还是多得要命。迈克尔开始睡不着觉了，这是戒断反应的头一个迹象。对他来说，这些空闲时间是种折磨。

我们来这儿第一个星期的最后一天下午，迈克尔站在客厅窗前，隔着绣花窗帘望向对面，忽然问我："他什么时候才能停下来啊？"

捕虾人整个早上都在街对面的院子里劈柴。他劈得慢条斯理，每一根都像是最后一根，直到木头清脆的断裂声再次响起。

"得等他劈完吧，我估计。"

"你觉得他有多大？"

这个问题可不好回答，因为迈克尔总觉得自己老了，感叹自己已经"步入暮年"。一个三十七岁的男人，抱怨"步入中年"还差不多。不过，他的感慨是发自内心的。

至于街对面那个男人，我下午回家的时候看见过几次，见他把坏掉的捕虾笼从卡车上扔下来，换上院子里那些好的。他是渔夫的孩子，岁数应该不大。从他的保暖工作服和一头乱蓬蓬的金发看，他大概三十岁吧。

"我也不知道，四十？"我这么说是为了安慰迈克尔。

"哪有，他没那么老。"

"三十八？"

迈克尔不屑地摇了摇头。"我一直觉得我比他那样的人年轻，就像你觉得你比牙医要年轻一样。但现在我不那么想了。他跟那个开福特越野车的女人是两口子。她大概还不到三十吧。他们就住在那栋房子里，真是不可思议。"

"那栋房子其实也没啥特别的。"

"我不是说那栋房子不可思议，是说他住在这个冷得要命的地方，周围只有鹿和零零星星几个白人，竟然能找到个颇有姿色、年纪也差不多的女人，我真是惊了。"

我忍不住笑了起来。他的口气回来了。那种语速，那种一针见血的犀利。他自己还没发现。但他说话不再迟钝，听起来就像过去的他，脸上也多了几分红润。

"不过他的车贴挺不错的。"他说，"'他们喊它游客狩猎季，那为什么我们不能拿枪打他们？'我喜欢！他闲下来肯定会为自己争取权利，他也应该这么做。但我希望他能省省力气。那声音太扰民了。"

他慢慢走回客厅，我坐在那儿读旧版的《名利场》。他警惕地在屋里扫了一圈，就像担心会有敌人入侵一样。

"你感觉怎么样？"我问。

"糟透了。"他说。

附近没有私人水疗中心能帮他缓解压力，我就开车带他去了离超市不远的健身房。那里原来是个车行，三面是玻璃墙，一面是实心墙，里面堆满了二手健身器材。在旅游淡季，我们总算找到比看电视更健康的事做了。

第一次进健身房的时候,我们看见一位穿厚运动服的女士在楼梯机上读《美国周刊》,一个无所事事的少年在哑铃旁边转悠,迈克尔忍不住问:"那些肌肉男都在哪儿呢?"

过去,迈克尔的穿着打扮简直无可挑剔。那些英国设计师设计的衬衫、小脚裤和炫酷的黑夹克,活脱脱把他变成了"新浪潮"版的男演员杰瑞米·艾恩斯。他刚从伦敦回来的时候,时髦得让我望尘莫及。

而现在,他穿着旧运动裤和汗渍斑斑的V领背心,吃力地在跑步机上甩着一身赘肉。他从来没跟我抱怨过那身肉,只是会用前所未有的语气,说起自己过去有多瘦。他一向很瘦,经常担心自己可能太瘦了,现在却突然变成了胖子,还没有肌肉,全是肥肉。我能感觉出他的尴尬。这实在是不太正常。看着他气喘吁吁地在跑步机上运动,我仿佛看到了自己以后的模样。但至少在这儿,我们可以消耗点卡路里,顺便打发掉一个小时。

不过,迈克尔坚信这种锻炼对他没好处。

有一次健身完回家的路上,我问他有没有觉得轻松一点。"没。"他平静地回答。

"好吧,"我说,"但现在你只吃一片药,而不是六片,也不喝那种茶了。事实上,你比刚来这里的时候好多了,也有活力了。"

"也许吧。我也不知道。我觉得不靠谱。"

"当然靠谱了。你渐渐恢复了。"

"没这么简单,你知道的。我的病一点也没好。"

"现在不用想这些。这些念头暂时搁一搁吧。等你头脑清醒点,感觉就会不一样了。所以,我觉得你应该把氯硝安定也停了。"

"我办不到。"他说。

"你能办到的。"

"咱们一开始可不是这么说的。"

"但你也是这么想的,对吧?在合适的时候把它停了。你自己说的。"

"我可是因为停药才进的医院。"

"但你那时候是一个人,现在可不是。"

我们这么做是对的。他只需要大胆迈出最后一步。就像西莉亚说的,安定类药物在他周围筑起了一道道高墙。这些墙越高,他就越害怕墙外头的东西。

但我当时没继续给他施压,先让他缓缓。等到晚上吃饭的时候,我才重新提起这件事。

"得慢慢来,花上几个月。"他说。

"我知道你害怕——如果什么药都不吃的话。"

"这不是怕不怕的问题,而是药理作用。"

我们刚来的时候,这种事他连想都不敢想。现在,他至少敢想了。

"你现在是不是比刚吃药的时候好多了?"

"当然没有,"他的表情非常严肃,眼神中带着一丝哀求,"你真觉得我能办到?"

"对,我觉得你能办到。"

我买了些冰激凌当甜点。我们一边看《谍影重重》,一边吃掉了冰激凌。在电影的结尾,马特·达蒙和《劳拉快跑》的女主角逃到乡间小屋,在附近的树林和草地上捕猎狙击手。米切尔在小屋装了超薄液晶电视和家庭影院,达蒙的来复枪响起时,我们都觉得过瘾极了。迈克尔甚至露出了微笑。

第二天早上,他问我是不是应该把屋里的酒统统清理掉。他害怕自己什么药也不吃,会跑去寻找酒精的慰藉。

我一句话也没说,直接从冰箱里拿出啤酒和葡萄酒,当着他的面,一股脑倒进厨房的水池里。我把酒瓶涮干净,丢进屋外的垃圾箱,接着找了个纸箱子,开始清空米切尔的酒柜。我把箱子抱到水池边上,正准备往下倒,忽然意识到这些酒价值不菲,最后可能得赔他几百美元。迈克尔还坐在厨房的桌子旁边,盯着我看。

"剩下的这些交给我好了,"我说,"你去听会儿歌吧。你都好久没听歌了。"

我等了一会儿,直到听见他打开电脑,耳机里传出微弱的歌声,才抱起这箱酒走进棚屋,把它藏在了折叠椅后面。

"搞定了,"我走回屋里,对迈克尔说,"你可以把药给我了。"

"你知道我吃这些药是有原因的。我不是药物上瘾。我吃它们之前就病了。"

"我知道。"

"这真的是病,"他说,"我不是装的。"

"我又没说你是装的。"

"贝奈特医生说,他觉得我这都可以算残疾了。他说他的大多数病人都不算,但我算是——我的病就有这么重。"

"难道你就想要这个?一辈子都这样?领残疾补助?要是你想这样,干吗还费这么多事?如果这些药对你来说,就像胰岛素对糖尿病人那么重要,你干吗还同意跟我来?"

"你说我必须来。"

"没有,我只是提议。你同意了。"

"你不想妈妈把房子卖了。你觉得她不该再照顾我了。"

"对,"我说,"但你真以为我不想帮你?你总说,聊聊你的焦虑能缓解压力,所以你经常跟凯莉打电话。那好,现在我就在这儿呢,用不着打电话,你想聊多久聊多久。我哪儿都不去。"

他努力想要相信我。

妈妈答应过,不会经常打电话过来。但电话铃一响,我就知道准是她。

"你们那边可冷了,"她说,"今天晚上的雪能积起十厘米呢。"

无论我去哪里,她都比我更清楚当地的天气。

"今天我要给你们寄些蔓越梅面包,还有一些蔓越莓酱。我知道你说不打算在那边过感恩节,但以防万一嘛。说不定到时候你就不这么想了。你觉得你们还要在那边待多久?"

她要我保证迈克尔一切都好。不管她问什么,都是为了确认迈克尔的情况。我像当初一样告诉她,我也不知道要花多长时间,但她可以放心把东西寄过来。

迈克尔跟她聊得久一些,说起他晚上睡觉老是醒,早上总是觉得恶心,但叫妈妈别担心。除了十九岁时在伦敦生活的那段日子,他从来没有真正离开过妈妈。跟妈妈说起每一步进展,对他没有丝毫帮助,但我控制不了他们俩。

* * *

那天晚上迈克尔睡觉前,我给了他通常剂量四分之三的氯硝安定,也就是两片。我知道这种药跟其他的不一样,停药太快会很危险,得慢慢来才行。但我们没有那么多时间,只能是尽力而为了。

"你随时可以把我喊醒,"我说,"敲敲门就行。"

他把药片吞了下去,然后把手搁在胸口,像在计算呼吸频率。

我本以为他很快就会提出抗议,要求恢复原先的剂量。但那天和后来几个晚上,他的睡眠质量都还行。因此,在我们来这里第二个星期的最后一天,我建议把早上的药量也减少一些,他不情不愿地接受了。我把药瓶放在自己房间里,像护士一样给他定时发药。

平常我出差的时候,每天晚上都会跟赛斯通电话。但这一回,我到现在只给他打过两次电话,可把他气坏了。但鉴于我离开的时候我俩还在冷战,他有气也只会憋在心里,绝对不会表现出来。我第三次给他打电话,是他飞去丹佛过感恩节的前一天晚上。他跟前几次一样冷淡,问了些无关痛痒的问题,我也客客气气地回答。但即使是这样的对话,也让我气不打一处来。我陪迈克尔来这里是有原因的,又没有别的办法。

"我只是需要一点时间,"我说,"不会永远这么下去的。"

"你说了算。"他说。

"我想跟你一起去的,也想见见你的家人,但我先得把这事搞定。"

"我知道。"

他口气平平淡淡,听起来很失望,我不能怪他。我尽职尽责地问了他这个星期过得怎么样,还有谁会回家过节什么的,可一旦这些话题聊完了,我们俩都没兴趣寻找新话题。

那天晚上,我听见迈克尔去了几趟洗手间。我自己去洗手间的时候,透过门缝发现他屋子里的灯还亮着。他肯定听见了我的声音,知道我醒着,但他没有喊我,我也没有敲门。第二天一早,他的恐慌发作了。他头天晚上几乎没睡,说他心跳得跟兔子那么快。

"你得把药还我。"他说。

我没有冲他大吼大叫,也没说他不讲道理,只是告诉他,戒药一开始是最难熬的,主要是心理作用,如果他晚上睡不着,那就白天补补觉。但他听不进去,满脑子只想着自己。吃早饭前,我把外套递给他,让他马上跟我出去走走,因为寒冷可以分散他的注意力。

走在路上我才发现,我终于不用放慢脚步等他了。他现在走得飞快,我得努力跟上才行。

杂货店还是老样子。它是个通风不错的大仓库,屋顶很高,地板嘎吱作响,离码头不远。以前我们上岛之前,会把船停在这个码头,加点油,买些吃的。对面的码头上停满了捕虾船。只是隔壁的小饭馆和炸鱼摊不见了,换成了一家号称"正宗缅因州美食"的高档餐厅,要等到春天才会重新开门营业。

我买了两杯咖啡和甜甜圈,提议在柜台旁边吃完再走。我们在外面待得越久越好。吃完点心以后,我说服他跟我一起沿着海港走到村子另一头,然后在通往海角的小路上散散步。那边有不少阵亡将士和失踪渔民的纪念碑。在那个人迹罕至的地方,潮水冲掉了岩石上的皑皑白雪,露出了下面一团团青灰色的海草。

迎着海风,望着冰冷的海水,我心想,待在这冰天雪地里实在太荒唐了。虽然挺浪漫,但毫无意义。我也许很快就要失业了。我得赶紧回去,回归快节奏的都市生活。万一没了工作,我还付得起几个月的房租?接下来呢?在很多问题都没解决之前,就不得不跟赛斯搬到一起?如果眼下做的一切,都在把我推向深渊,这么做到底对我有什么好处?

"我们在这里吃过野餐,"迈克尔说,"你还记得吗?凯尔西咬死了一只断了翅膀的海鸥,干净利索。真怪,我第一个认出的地方竟然是这里。"

"它咬死了一只海鸥?"

"对,凯尔西搞定以后,爸爸扭断了它的脖子,不过我觉得它早就断气了。西莉亚还抗议来着,因为我们没带它去看兽医。就在这里,绝对是。那些画面都回来了,就像一分钟前才发生的,我都能听见声音。大概吃了迷幻药就是这样吧。"

"不,才不一样呢。"

"你吃过?"

"高中的时候。"

他缓缓地点了点头,像是在说,这就说得通了。不过,他看上去还是挺惊讶。他对我的这一面显然缺乏了解。

"那时候我在外地,可能跟你聊得不多吧。"

他像是第一次意识到这一点。这话本来没什么,只是个简单的事实，但不知怎么的，我却差点掉下眼泪。我那时一直希望有他的消息，想知道他在伦敦过得怎么样，就算只能听听他的声音也好。但每次他打电话过来，都是找爸爸妈妈，不是聊学校的事，就是问他们要钱，我们最多只是打个招呼。他给我寄过几盘磁带，附上的只有歌曲列表和留言条，说"这盘超劲爆！"或者"认真听！"

我们走回空荡荡的停车场，然后朝村子走去。我问："你喜欢那边，对吧？"

"对，我爱上了一个女人，她叫安琪。那是很早以前的事了。不过真怪，我说这话的时候，竟然能闻到她的香水味。在我脑子里。"

我表面不动声色，但心里在偷笑。我跟迈克尔一起散步的时候，他什么时候讲过以前的事？隔在他和往事之间的帷幕正缓缓拉开。

药量减到一半以后，他的睡眠质量更差了。第三个星期快结束的时候，电影刚闪过几个镜头，甚至我刚拿出DVD，他就没法集中注意力了。他迷上了对面劈柴的声音，每隔几分钟就问我一次："他怎么劈得这么慢啊？"

但他的记忆还在源源不断地涌现。他以前总说想不起爸爸的模样，还有小时候的大部分经历。但现在，除了滔滔不绝地解释他实现不了我的计划，永远做不了真正想做的事，是个前途无望的失败者，他经常会提起过去发生的事。其中大多是问题。

"爸妈很少喝酒，对吧？"他问道，像是突然回忆起了梦中的某个细节。

最初只是些零散的片断。他问起，住在牛津郡的时候，我是不是从花园里的树上摔下来,摔断了胳膊。我说,对啊。每当他提出这种问题,我都很惊讶:这么令人印象深刻的事,他竟然会忘记。

"是我开车带你和爸爸去医院的,对吧?"

"对。"

"在那栋八角形大屋里,爸爸给我们讲过不少故事。"

除了点头称是,我想不出别的回答方式。

药量减到四分之一的时候,他开始浑身上下疼。没有了药物的舒张作用,他全身的肌肉开始不听使唤。我去药房给他买了泰诺和电热毯。他疼到实在忍不了的时候,我就用指关节隔着帽衫帮他按摩后背。不管电热毯开到多热,他都不肯脱下那件帽衫。

他扶着厨房的门框,我给他揉肩膀的时候,他突然问:"是你把蛇放进我房间的,对吧?"

我愣住了。他不但恢复了原有的嗓音,其他方面也都恢复正常了。他就像变回了十来岁,正在对弟弟说话。他是那么急着想知道答案,就像这件事刚刚才发生似的。那一瞬间,我仿佛回到了萨默塞特,站在他的卧室门口。

"蛇溜进我房间的那天晚上,是你放出来的,对吧?"

他在那条蛇身上投入了不少精力。不管我怎么苦苦哀求,妈妈就是不准我碰它。你太小了,她说。迈克尔戴着妈妈的网球帽和太阳镜,坐在后门的台阶上,腿上搁着一块砧板,那条蛇就蜷在上面。他说,它跟我们一样,都要晒太阳。凯尔西站在我旁边,警惕地盯着那条蛇。只见它吐着信子,感受周围的气息,鳞片在太阳下闪闪发光,没有眼睑的黑眼睛出奇地冷酷。

"那是我们跟爸爸一起去码头以后,你跳进泥里以后。"

他说的是,有一次我们从教堂开车回家的路上,我问能不能去海湾钓翻车鱼。大家都说天气太冷了,季节也不适合,只有爸爸说:"为什么不呢?"

"那就带上迈克尔。"妈妈说。

但我们出发之前,爸爸没去查涨潮时间表。我们到码头的时候,船舷都陷进泥滩里了。我以为那只是普通的泥巴,但别人说这种淤泥很危险,有人陷进去淹死过。我们站在小船尾部,下面就是泥滩。爸爸又意识恍惚了,开始想别的事。如果直接回家的话,他肯定会埋头看报纸,吃完饭就午睡,那样我就看不见他了。

我好像什么也没想,直接就跳了下去,两只胳膊高高举起,大声呼唤爸爸。他马上俯下身子,抓住了我的手。当时淤泥已经没到了我的脖子,辛亏他奋力一拽,把我救了上来。

回家以后,迈克尔念叨个没完,说我明明是故意跳下去的,根本不是意外掉下去的。

他的记忆没出错。那天晚上,大家都关灯睡觉以后,我顺着后面的楼梯,偷偷溜进娱乐室,把蛇引进网眼袋,然后走到迈克尔房间门口,让它从门缝钻了进去,又眼睁睁看着它爬上床。

"你干吗做这种事?"迈克尔问我,"你这个小混蛋。"

我恨不得当场给他一拳,让他为一直以来嘲笑我付出代价。但转瞬之间,这种冲动就变成了对时光飞逝的感伤。而感伤很快就化为乌有,只剩下莫名的感激之情。感谢他是我的哥哥,感谢他让我恨他,感谢我们五个能成为一家人,感谢迈克尔没有离开。在我的陪伴下,那个熟悉的他终于一点点回来了。

彻底停药后,他出现了幻听。他会走到厨房,把耳朵凑到收音机的喇叭上,确认收音机到底是不是开着。他说自己听到了鼓声、合成乐和整首歌的歌词,每次都长达好几分钟。

我发现他在客厅里检查米切尔家的音箱,后来又看见他趴在窗口,侧耳倾听外面传来的歌声。我叫他不用担心,说这只是大脑重新适应的一个阶段。

后来,他开始听见公交车的声音,屋里某扇房门关上的声音,还有嘈杂的静电干扰声。他彻底睡不着了。我一直盼着他白天能在沙发上躺躺,但他走来走去,就是歇不下来。他说自己太累了,不肯再去健身房,我又不好反驳。

没有两全其美的做法。他必须忍受这种折磨。

他大部分时间都在客厅里待着,我会陪着他。我给他买来吃的,头两口他会狼吞虎咽,但剩下的就扔到一边,碰也不去碰。除了恐慌发作,他还发起了高烧。他求我把药还给他。我该怎么告诉他,剩下的药早就被我扔了呢?这只会让他更恐慌。

清晨和傍晚是他最心烦意乱的时段,我会逼着他跟我一起出门散步。有时候我能说服他脱下帽衫,趴在沙发上,帮他按摩半小时后背和肩颈,不时提醒他深呼吸。过一会儿,他肩膀附近的肌肉就会放松下来,脸也会深深陷进沙发里。我本以为这样至少能让他打个盹,但我刚一停手,他就坐起身,问我有没有听见他听到的声音,接着像疯了一样在几个房间里来回转悠。

这么看起来,药物多年来起的作用不是消除焦虑,而是将其强行压制,就像在他脑海里筑起一道大坝。如今闸门大开,焦虑的洪流奔涌而下。除了顺其自然,我们别无选择。他的身体终归会疲惫的。

到这个时候,天地间似乎只剩下我们两个。上次跟赛斯聊过以后,我只给他打过一次电话,还是在他工作的时候打的。我知道那个时间段他不太可能接电话,所以只给他留了言,而不是直接聊天。西莉亚和妈妈打来的电话,我都转到答录机上了。但有一天晚上,西莉亚一刻不停地拨电话过来,我只好接了。

"你答应过的,"她说,"你答应会保持联系的。搞得妈妈每天都给我打电话。"

我不告诉她们最新进展,是因为我知道会发生什么事。迈克尔会说自己熬不下去了。她们人又不在这里,根本不了解具体情况,只会勒令我停下来。西莉亚会终止这个计划。

"没什么可汇报的,"我说,"很难熬。但我们也没指望能轻松解决,对吧?但你应该听听他说话的声音。简直难以置信,他听起来像是年轻了十岁,像是活过来了。"

她叫迈克尔接电话的时候,我本可以找个借口,说他在洗澡,或者好不容易睡着了。我们都走了这么远了,要是前功尽弃,他之前吃的苦不都白费了?但我也好几天没睡好觉了,晚上总是竖着耳朵听他的响动,担心只要我一闭上眼睛,之前的努力就会土崩瓦解。如果他跟西莉亚说上几句,至少接下来的决定就不是我一个人做的了。

我走进客厅,把听筒交给迈克尔,心想,就这样吧,我们尽力了。

他听西莉亚说了一两分钟，然后说："我睡个觉就好了。对，就是这样。睡不了觉真是太难受了。不过亚历克在这儿，他在努力帮我。"他又听西莉亚说了一会儿，然后打断了她："别担心了，你们俩都是。"

他本可以向西莉亚抱怨，叫她阻止我的。但他没有这么做。他选择不这么做。

"他听上去糟透了。"迈克尔把听筒还给我之后，西莉亚说。

"他想起以前的事了。"我走上楼，免得迈克尔听见。"你不是总说他需要想起来吗？"

"亚历克，你不可能用短短一个月时间解决他的所有问题。这只是个开始。"

"我知道。我本来就是这么想的。但我得坚持到底。你帮我跟妈妈说一声吧？告诉她一切都好，拜托了。"

第二天早上，天又开始飘雪。地面和车上覆满白雪，掩盖了路上的足迹。等太阳出来，我就跟迈克尔说，今天我们往相反的方向走，不去村子那边。

一路上，我们只看见三栋房子。大门紧闭，车道被积雪掩埋，皑皑白雪从前院一直延伸到水边。我们沿着小路走进树林，林子里不见天日，静得出奇。迈克尔自从睡不着觉以后，已经整整两天没有出门了。周围的环境让他焦虑不安。他既没有落在我后面，也没有超到我前面。最后，他终于放松警惕，不再那么紧张了。更重要的是，他似乎弄清了自己的方位。

走出大约半英里，小路开始向上延伸，通往高处的石滩，从那里可以俯瞰海湾。我们远远望去,看见了辽阔海面上深绿色的小岛,被白雪覆盖的卵石滩和礁石群环绕。

"那栋房子就在那儿,"我说,"在悬崖上。"我记得小岛离这边远得很,在开阔的水域中央,但其实它离我们只有一两英里而已。"你看见了吗?"

迈克尔定睛望了望。"在哪呢?"他问。

我指给他看。他的眼泡肿肿的。尽管外面寒风刺骨,他还是耷拉着眼皮,显得无精打采。现在他总算能睡了,我心想。给他点吃的,再来杯热茶,他就能睡了。

结果,他还是没睡。当天晚上没睡,第二天晚上没睡,第三天晚上还是没睡。在他的第六个不眠之夜,我半夜去上洗手间,听见楼下的后门开了,接着厨房里传出一阵脚步声。

"迈克尔?"我喊了一声。

脚步声停下了。

"怎么了?"他过了一会儿才开口。

"你在干什么呢?"

他没有回答。我打开走廊灯,走下楼去。

一片黑暗之中,他坐在餐桌旁。我打开橱柜上的小灯,看见他面前放着一只塑料杯,还有一瓶苏格兰威士忌。

"有一首歌,"他说,"就是停不下来。"

他撕开封口,拔下瓶塞,两只手捧起酒瓶,给自己倒了一杯。

"你从哪弄来的?"

"你放在棚子里的。"

"但我们说好的,你让我把酒收起来的。"

他举起酒杯,喝了一大口。"我没想吵醒你,"他说,"接着回去睡吧。"

我套上搭在椅背上的运动衫,在餐桌另一边坐下,跟他面对面。他是看见我把那箱酒放进棚子里了,还是猜到我肯定不忍心浪费?现在,这些都不重要了。一杯酒而已,没什么坏处。

我才坐下不到两分钟,他就把那杯酒喝光了。

"你知道吗?"他说,"我都六年没跟人一起过了。六年前,我跟贝瑟尼只做过两次。再往前推,又是两年空窗。整整八年,只做过两次。在密歇根的时候,我就开始写色情小说,写给自己看。起码除了上网,我还有事可做。"

我不需要知道这些,也不想知道。但我答应过会听他讲的,所以就忍住了。

"其实还挺管用的,"他说,"自己写给自己看,效果还挺不错。光是写出来,感觉就好多了。"

"有道理,我觉得。"

"有些药的好处是能抑制性冲动。这让我好受多了。真的,多亏有它们。"

"你说脑袋里一直有首歌,是哪首呀?"

"新秩序乐团的《诱惑》。只有一句歌词,一直在循环:上升,下降,转身,请别让我坠落/今夜我将独行,灵魂在家等待。他们的歌词挺一般的,但贝斯旋律……"

"不能再这么下去了,"我说,"一直这么下去可不行。"

"你总这么说。"

"因为你已经完全断药了,完全断了。这段日子很难熬,但你做到了。"

他把胳膊搭在桌上,身子前倾,耷拉着脑袋。"人是有极限的,亚历克。你不愿意这么想,但一个人的忍耐是有极限的。你不能因为感情上难以接受,就否认它的存在。人们总是一厢情愿,不愿接受事实,甚至编出童话故事,回避那些悲惨的事,不然就太残忍了。对你来说,就是逼着一个人活下去。比如爸爸。我从来没怪过他,从来没有。他只是到达自己的极限了。"

"你只是幻听了,迈克尔。这会过去的。我可以放上其他的歌。我们早就该这么做了,早就该一起听歌了。"

"跟那没关系,"他说,"我终于明白为什么有人说不让睡觉是种折磨了。这可真是折磨啊。"

"你不都喝酒了吗?酒能缓解压力。躺下来,闭上眼睛。你会觉得累,然后就会睡着了。"

他每呼吸一次看上去都那么费劲,就像肺部正在努力撑开胸腔。他又用两只手捧起酒瓶,给自己倒了大半杯。

"还是别喝了吧。"我说。

他死死盯着塑料杯上的螺纹。"我就不该回英国,"他说,"不该把你们抛下。不是说这样我就能阻止他,但起码能提醒你们。我应该留下来的。"

"你想跟朋友在一起,"我说,"当时你才上高中嘛。我们懂的,我和西莉亚,我们都理解。"

"我实在待不下去,不得不走。但是,但是——我到现在还害怕。那件事已经发生了,但我还怕它会发生——很快就会发生,马上就要发生……我不是个好哥哥,"他说,"对不起。"他伸出手,抓住我的胳膊,紧紧攥住,就像我小时候那样。

"不,你是个好哥哥。"我说。

我从没见过迈克尔掉眼泪,哪怕是小时候。他的面部肌肉垮了下来,嘴巴张开,嘴唇颤抖,眼角泛着泪光。他看上去焕然一新,然而无比悲伤。我也跟着他哭了起来。

"那年夏天我回到家,都不知该说些什么,"他说,"你们都很难过,但我什么感觉也没有,一点都没有。脑子里只有一片空白。我努力去试了,知道自己应该有感觉,应该去帮你们,但就是做不到。那时天真热。你还记得吗?又闷又热,一连好几个星期。我就关在房间里放碟听,因为实在不知道还能做些什么。"

"你一身都是呢子,"我笑着说,"你进门的时候,穿着灰色呢子裤和呢子外套。看上去很不一样,像个成年人。"

"夏天的时候,我真讨厌那栋房子。"

"爸爸病着的那段日子,我和西莉亚都在那儿,每件事都看在眼里。我们——主要是她——想出了一种方法,可以聊聊这件事。但你不在。我以为你跟爸爸在电话里聊过的,以为你比我们更了解他。我也不知道该说些什么。这不是你的错。"

我一度对迈克尔的痛苦很是不屑,现在看起来真是冷酷无情。我拼命装作我们的生活其实没什么不同,免得让迈克尔觉得孤独,其实不是为了他,而是为了我自己。因为我不愿可怜哥哥,不愿像现在这样可怜他。

我忽然想到,我可以亲亲他,把他搂进怀里。他很久都没被人这样抱过了。我可以帮他的。虽然这不是他想要的那种爱,但终究是一种爱。这么做又有什么坏处呢?

我递给他一张纸巾,他擤了擤鼻子,又喝了一口酒。我露出了微笑。虽然他哭了,但这不是坏事。他终于敞开心扉,开始释怀了。

"你还记得我们以前来这里过暑假吗?"我问,"在岛上住,去礁石上玩?"

"我记得在这里读过《威尼斯之死》,"他说,"不知为什么,妈妈支持我读那个。所有拼到临近崩溃的诗人。"

"你用的那些词——你大声读出来的那些——让我爱上了写作。我好像没告诉过你吧。多亏了你读给我听的那些句子。"

他直挺挺地坐在椅子上,一脸迷惑,想搞清楚我到底在说什么。

"那些句子让你特别着迷,特别满足。你读起那些句子来,就像牧师在布道一样。我当时大部分都听不懂,只能听听韵脚节奏什么的,但我也想参与进去。"

"真的吗?"

"我也想写点什么,听你那样大声读出来。当然,我现在做的不是这个。但刚开始的时候,我确实是这么想的。"

"类比的奇迹,"他边说边拿纸巾抹着额上的汗珠,"这是普鲁斯特的说法。偶尔出现的类比的奇迹让我逃离当下。那才是真正的活法。只有痛苦的回忆,才能让你觉得自己还活着。音乐就是这样。对我来说，问题在于，到了某个阶段，我意识到那些奇迹，那些痛苦，背后都有一段历史。它们不是一个人的事。音乐说的是某个人失去的东西。如果它够棒，你就能听出来——人们失去的世界，想要找回的世界。一旦你听进去了，就没法再回避——这关乎正义。"

他将第二杯酒一饮而尽，把空杯子搁在桌上。

"跟白水似的。"他说，"我一点感觉都没有。"

"我一直不想跟你说这个，因为似乎太狠了点，"我说，"但你每次说起黑人赔偿的时候，我都忍不住会想，真正的赔偿其实是妈妈给你的那些。她一直那么照顾着你，就像你要求妈妈把童年还给你似的。你因为自己身上发生的事，就把火统统撒在妈妈身上，这对她好像不大公平吧。到现在也是一样。"

他悲伤的表情开始退去，变成冷漠疏远的样子。我不知道他是在反思我说的话，还是根本就没听进去。

"你希望我活得像你们一样，"他说，"像你和西莉亚一样。有爱人，有事业，能照顾好自己。妈妈也希望我能这样。但这就是我说的情感压制，你知道这有多残忍吗？你们都希望我这样，我怎么能不顺着你们？但这永远都不可能。这可不是我自怜自艾，虽然有时候我确实会可怜自己。我的意思是，这不是我的命。别人不愿意接受我的爱，我的爱会让她们窒息。这不是她们的错，但也不是我的错。"

"但你现在可以放下了，"我说，"放下那些孩子气的执着，放下你以前不肯放下的东西。"

"你根本没在听我说。"他又捧起酒瓶，往杯子里倒，这次差点满出来。

"你就不能喝慢点？"我把杯子挪到右边，离他远远的。"我在这儿，在听着呢。你接着往下说吧。"

他慢慢站起身，走进厨房，拿了一只塑料杯，回来倒满酒。"我都说过了，"他的口气低沉而坚决，听起来很陌生，"我得去睡了。"

这句话他都说过无数遍了，我向来当作他的抱怨。我虽然同情他，但决不会因此改变计划。但这次不一样，不再是恳求的口气，而是一反常态地坚决。我本可以阻止他的。我可以把酒瓶拿走，把他搁在椅子边地板上的第二杯酒倒进水池。但我没有这么做。我眼睁睁地看着他一杯接一杯把威士忌喝了个底朝天。

我知道接下来会发生什么事吗——如果光凭直觉的话？

过了一会儿，我起身走进客厅，打开迈克尔的笔记本电脑，翻起了他的播放列表，寻找一张他给我放过很多次的专辑。"过来。"我对他说。唐娜·莎曼《在广播》(On The Radio)的旋律在小屋里响起。

刚开始，迈克尔一动不动。我又喊了一声，他才离开椅子，摇摇晃晃地走过来，一屁股坐在沙发扶手上。

"你放这个干什么？"他问。

他刚才说得一点也没错。我确实没在听他说，也很多年没有认真听他说了。这么多年来，我太渴望他好起来，所以不肯听他为自己做的辩护。如今，我第一次将他视为一个男人，而不仅仅是家庭成员。作为一个独立的个体，他终其一生都在跟命运搏斗，仅仅是为了能够熬下去。

我抓住他的两只手，跟他十指紧扣，伴着莎曼的歌声和旋律轻轻摇摆。"来呀。"我说，鼓励迈克尔跟我一起摇摆。让我惊讶的是，过了一会儿,他真的照做了。他不情愿地晃着脑袋,虽然无精打采,也跟不上节拍,但终究还是有了反应。他的膝盖也开始有节奏地晃动。

羞耻感困扰了我们多久?他独自一人痛苦了多久?

我向前一步,抓住他的手腕,搁在我的腰间。接着,我伸手抱住了他,让他把脑袋枕在我的肩头。我们俩就这么抱在一起,相拥起舞。

我还记得,我看见捕虾人卡车的尾灯划破黑暗,听见旧排气管在他倒车时突突作响。所以我知道,当时天还没亮。我没有陪迈克尔一起熬夜,而是把他一个人留在了楼下。

我看见他椅子旁边还有一瓶酒,肯定也看见了泰诺的药瓶。他把药瓶搁在餐桌上,紧挨着盐和胡椒瓶。我看见了,但没有意识到。

"我没想吵醒你。接着回去睡吧。"

我下楼的时候,他是这么对我说的。我知道他会一直喝下去,喝到能睡着为止。不管要喝多少,要喝多久。但我还是回到屋里,关灯继续睡觉,把他一个人留在楼下。

我睡到九十点钟才醒。我很少睡到这么晚。这次我睡得很深,没有做梦,最后是被滴水声唤醒的。睁眼一看,才发现窗外的冰凌被太阳烤化了。在床上又躺了一会儿,我才意识到屋里听不到迈克尔的动静,只有院子里滴滴答答的声响。

我穿好衣服,楼梯刚下到一半,就看见了他。他躺在沙发上,双眼紧闭,头朝后仰,两条腿伸着。他的腿上盖着毯子,但两只脚露在外面。早已干涸的呕吐痕迹,顺着他的脸颊,从苍白的嘴角一直延伸到肩头。旁边的咖啡桌上堆满了空酒瓶。

我马上意识到,他已经不在了。我终究还是没能拯救他。但我还是冲到沙发跟前,跪在他身边,拼命摇晃他,仿佛这样就能让他起死回生。他的双手已然冰冷,下巴不自然地向前伸出,就像喘不过气来似的。我抱起他的脑袋,紧紧压在胸前,前后摇晃着,脸埋在他的头发里失声痛哭。醒醒啊,我不住地低声说,快醒醒啊,求你了。

我不记得自己抱着他哭了多久,也不记得坐在对面的椅子上看了他多久。他的前额满是皱纹,眼睛像石头一样纹丝不动。我只记得阳光照进屋里,移到地图和他的身体上,最后落在地毯上,然后渐渐消失。

我过去不理解一个人的逝去。不理解人之所以为人,关键在于我们看不见的灵魂。直到我坐在那里,看着一辈子被我误解,如今已变成一具尸体的哥哥。

我知道,只要我一站起身来,就必须采取行动,向外界寻求帮助。但只要我还静静坐在那张椅子上,就什么事也不会发生。

西莉亚

我不相信。这种事,刚开始你总是不肯相信。人们无力面对真相,所以不愿承认事实。事后,只剩下一片迷茫。

我还记得，亚历克联系上我以后，我放下手头的工作，躺在客厅的地板上，透过窗户望向外面的街道，浓绿的棕榈叶在白云下飘荡，长长的电话线横在视野中央。我没有想到迈克尔，暂时还没有。

奇怪的是，我脑海里反复出现的不是亚历克和迈克尔在小屋里的情景，而是大约二十年前在沃尔科特的某个晚上，我跟杰森和他的朋友们在溪边小路尽头的草地上喝酒。当时我和杰森还在交往，虽说妈妈担心我们会一起嗑药，虽说我在爸爸在世的最后一天还骗了他，说我已经跟杰森分手了。我跟爸爸这么说，是为了减轻他的负担，好让他给妈妈交差。我很清楚，要瞒过他们俩实在太简单了。

事情已经过去好几个星期了，杰森在我面前还是那么尴尬。爸爸去世后，他不知该对我说什么才好。那天晚上，他总是挣脱我的手，不停地跟朋友和姑娘们开玩笑，哪怕是他们已经两两一对，在草地上缠绵起来。玩笑开得差不多了，我就碰了碰他的脚，示意他陪我沿斜坡走进树林。我们在林间空地躺下，开始接吻。我想让他压在我身上，但他一直支着手肘，只是亲吻我的嘴唇。那年夏天，只有跟他在一起的时候，我才不会被悲伤吞没。但我不能告诉他。他也不想听到这样的话。

我让他把手搁在我的肚皮上，把脸贴在我的胸口，希望我们的关系能进一步发展。但他一听见其他人的声音，就起身下山了。我没有马上跟上去，而是躺在那里盯着夜空中闪烁的群星，听着那些声音渐行渐远。我告诉自己，我爸爸结束自己的生命，对杰森来说也很难接受，我需要耐心点。

等我回到草地上，他们已经走了——所有人都走了。我在草丛里走来走去,寻找杰森的踪影,轻声呼唤他的名字,像是生怕惊扰到别人。但他和朋友们全走了,到某个人家喝酒去了。

在那个温暖的夏夜,我独自从溪边回到安静街区的路上,我发誓决不让这种事再发生,决不让自己再被男人抛弃。年轻时做出的决定,往往会在不知不觉中影响你的做法,改变你一生的轨迹。

那天下午亚历克打电话过来以后,我满脑子想的都是这件事:我发下了那么重的誓,信守了那么久的承诺,从来不跟可能离开自己的男人交往,永远让事态处于可控范围之内。

发誓决不让自己被人抛弃。真是可笑!

波士顿学院的广播电台,迈克尔做过打碟手的地方,播出了他最欣赏的音乐。我、亚历克、妈妈和凯莉坐在家里的客厅里一起听。举行葬礼之前,凯莉来家里陪我们待了几天。有几百件事要去做,基本上都是我和亚历克联手解决的。从来没生过病的妈妈得了重感冒,她的朋友苏珊和多萝西每天给我们送饭,还帮忙准备了葬礼后大家吃的东西。

这个时候宣布我和保罗打算结婚,似乎有点不合时宜。我本打算等到圣诞节再私下告诉妈妈的,但保罗觉得现在就应该告诉她。我仔细想过,觉得确实如此。这个消息应该能给她一些安慰。飞回加利福尼亚之前的那天早上,我发现妈妈在楼上的卧室里,给来参加葬礼的客人写感谢卡。我告诉她以后,她又哭了——既是为我,也是为迈克尔——但我很高兴提前告诉了她。

回家以后,我先休整了几天,才开始接待病人。最开始的那段日子很难熬，接下来的几个月也是。我静静地坐着，双手交叠搭在膝盖上，听他们描述自己的问题。我刚入行时那种不耐烦的感觉又回来了：急于找出他们过往经历中的重要时刻，找出能帮他们摆脱当下的钥匙。我过去经常这么做，催促对方讲述家史，以为是在热切关注他们的问题，其实只是想不再关注眼前的痛苦，希望能找出一条经验之道，解读并消除他们的痛苦。详细的讲述足以做到这一点。但渐渐地，我意识到，没有谁的生活是完美的艺术品。他们总在讲述自己的故事，但这些故事并不牢靠，会被遗忘，也会反复上演——通常来说，他们这么做，是为了逃避那些会让他们一蹶不振的感受。

很久之后，我才意识到这种渴求答案的冲动有多强烈。我不得不训练自己，意识到这种冲动是怎么出现的，怎么才能压抑下去。因为，如果我只是从病人每个星期说的话里寻找线索，就不可能给他们提供什么帮助。我必须先搁下治好他们的冲动，才能帮他们接受自己现在的模样。

我从来没有这么帮过迈克尔，从来没有放弃一直以来的信念。我深信，他只有接受过往经历，才能得到真正的解脱。我说的是爸爸带我们和凯尔西在树林里散步的那一次。一个笨手笨脚的青少年，住在他满心厌恶的小镇上，不情不愿地被拖去散步，跟所有处于青春期的孩子一样闷闷不乐，在林间空地上休息的时候，突然看见了难以描述的恐怖景象，害得他不得不仓皇逃离。他看见了恶魔。

亚历克告诉我，迈克尔在最后一晚提到，他为没有提醒我们就逃去英国感到愧疚。我心想：对，就是这个，这就是他需要承认并接受的时刻。仿佛事情就是这么简单。

迈克尔在缅因州接起电话的时候,他的声音听起来非常绝望。然而,我什么也没跟亚历克说。我本该警告他的,说这么做太过火了,太着急了,他得收手。但我始终坚信,只有这一种解决方法。亚历克和妈妈也是,就连迈克尔自己都是这么想的。他一直在努力,试图满足我们的期待。但他怎么可能做得到?我们并不是孤立的个体。我们受生者束缚,也受死者影响。我以前就深信这一点。但现在我知道了,这是事实,是他一直试图告诉我们的事实。

亚历克

赛斯的姐姐瓦莱丽来机场接我们。我们拎着行李挤进车里,我在后座跟她打了个招呼。

"这么说,你不是他编出来的喽,"她说,"欢迎!"她跟弟弟一样,有深绿色的眼睛和黑色的秀发,只是她的头发更长一些,更卷一些。"别管卢克,"她说,"他睡着呢。"小宝宝陷在我旁边的安全座椅里,小脑袋向后仰着,嘴角淌着哈喇子。

离开车站和停车场以后,除了高速公路两侧的灌木丛,眼前都是一望无际的平原。冬日的天空云朵压得低低的,几乎要碰到远方地平线上的丘陵。瓦莱丽在超车道上放慢车速,调低广播音量跟赛斯聊天,后面卡车和货车纷纷从旁边超了过去。过了一会儿,道路两旁开始出现广告牌,接着是燃气厂和其他工厂,还有绵延好几里地的单层货栈。最后,我终于看见了树木和街区,但丹佛的摩天大楼还在远处。

赛斯的父母住在牧场式的平房里,屋后是一大片杨树林。旁边一整条街上都是这样的房子。他妈妈穿着白色宽松上衣,戴着粉色珊瑚项链,在家门口欢迎我们。

"总算来了,"她亲切地把手搭在我的胳膊上,"我终于亲眼看到你了。"

我知道会受到友好的招待,因为赛斯经常提起他妈妈,但她的热情让我又惊又喜。她带我们走到阳光房,端上小甜饼和冰茶。后院的游泳池上盖着一块蓝色防水布,还没融化的积雪压得中间陷了下去。周围是精心修剪的刺柏树丛,一条石板路从草坪中央延伸到小河边。在我看来,这就像前几个星期发生的一切,像一幅展示已逝事物的静物画。

赛斯的妈妈和姐姐问了我一些无关痛痒的问题,比如我去过科罗拉多哪些地方,纽约冬天的天气怎么样,就是不提我家里发生的事。我一边礼貌地回答,一边看卢克跟家里的小猎犬在地上打滚。

自从我跟赛斯认识,就一直想来这里,见见他的家人。但过去的两个月里,我对什么都没有兴趣。赛斯一直鼓励我过来,说这对我们俩都有好处。是时候见见他父母了。于是,我就来了。

吃完点心,我打算去屋里小睡一会儿。我们被安排住在房子的另一头,跟他父母的卧室遥遥相对。那不是赛斯以前住的房间。他不是在这栋房子里长大的。那是间客房,地上铺着米白色毛毯,窗户底下有张躺椅,两扇橱柜门之间有两个洗手池。我脑袋一沾枕头就睡着了。

过了一个多小时,赛斯用额上的轻轻一吻唤醒了我。他抚摸着我的胸膛,又亲了亲我的嘴唇。

"她们想撇下我,单独带你去商场。是不是挺可怕的?"

我曾经担心会失去他,担心迈克尔的死和我的麻木状态会毁掉这段感情。但他给了我别人给不了的帮助,即使我看上去马上就要失业了,他还是坚持要跟我搬到一起住。即使是在我最软弱无助的时刻,他都对这份感情坚信不疑。

"没关系,"我说,"我会去的。"

他妈妈和姐姐开着宽敞的大林肯,带我足足开了二十分钟,穿过繁华的商业街,在路口等了半天红绿灯,又转了个大弯。午后的阳光在挡风玻璃的边缘熠熠生辉。

"我们不是要绑架你,"他妈妈说,"但他把你藏了这么久,我总得找个人问问他现在爱穿什么样的衣服吧。"

"我看好你哟,"穿过停车场的时候,瓦莱丽小声对我说,"她对喜欢的人才会这么说。"

那天是星期六,商场里挤满了人。爸爸妈妈牵着小孩,打扮时髦的青少年成群结队,老年人在过道里慢慢转悠。穿卡其裤和马球衫的售货员站在珠宝柜台后面满脸堆笑。清洁工在擦拭洒在白色瓷砖上的橘子味汽水。商场里的背景音乐是英国治疗乐队的抒情歌曲《星期五我恋爱了》。

"我只是想知道,他跟你在一起的时候,是不是和在家的时候一样有洁癖。"赛斯的妈妈说,"他在家连衬衫都是按字母顺序排的。"

在布克兄弟服饰店,我只建议她们买中号,而不是大号,并委婉地表示赛斯可能更愿意自己买牛仔裤。他妈妈说什么都要给我买条领带，好在瓦莱丽帮我挡了下来。

我们逛了大概一个小时，转了好几家店，然后在星巴克坐下休息。她们又问了我一些问题，提到了我妈妈、西莉亚和保罗。我也礼尚往来地问了她们一些问题，像是赛斯小时候住在哪里，瓦莱丽当学校辅导员具体是做什么的。她们这么关照我，我想让她们知道我很感激。

我们到家的时候，赛斯的爸爸和瓦莱丽的丈夫里克已经回来了，正在厨房里跟赛斯一起手忙脚乱地给肉解冻。他爸爸就是老年粗犷版的赛斯：个头高点，下巴厚点，肩膀宽点，因为常年在户外工作，皮肤上多些斑点。他站着的姿势、耸肩的样子、平淡的口气和短促的发音，简直跟赛斯一模一样。

他大力跟我握了握手，给我介绍了他的女婿，然后问我想不想烤肉。里克站在旁边不远的地方，手里端着一盘腌过的牛排。

"亚历克想跟我们聊天。"赛斯的妈妈说着，在丈夫旁边俯下身子，在冰箱里翻找蔬菜。

"你是说他自己拿不了主意？"他爸爸大声顶了回去，就像我不在屋里似的。赛斯抱歉地冲我笑了笑，但什么也没说。里克的表情似乎在说，最好还是跟他们一起去烤肉。赛斯的爸爸从架子上拿了瓶啤酒递给我，然后我们三个一起走向露台。

他们俩刚和一位房产开发商开会回来。郊区的一批不动产项目许可证要延期发放，害得他们公司损失了上千美元。他们跟我聊起了合同的细节，就像我是个业内老手似的。

"我老是跟赛斯说，我们需要设计师，"他爸爸说，"只要他愿意，这里随时有工作。"

在熊熊火焰的照耀下,他爸爸手上的婚戒和表盘金光闪闪。他稳稳地站在烤架前面,边用钢叉翻动架上的牛排,边对烤肉的火候评头论足,除了双手和胳膊,浑身纹丝不动,让我忍不住盯着他看。我真想知道他对我是怎么看的。

吃晚饭的时候,他站在餐桌的一头,把牛排切成一条一条的,摆在他妻子端着的餐盘里,确保每个人盘子里都有肉了,这才坐下。大家边吃,赛斯边汇报我们下个星期的登山计划,瓦莱丽和她妈妈建议我们一路上可以顺便去些景点。里克问起我是做什么工作的时候,赛斯的妈妈替我回答说,我是写政论的。桌上的人突然都沉默了。

"国会那帮人要是再起劲点,"赛斯的爸爸说,"就会把自己的位置都让给外国人了。"

我哈哈大笑。接着大家也笑了起来,仿佛都松了一口气,尤其是赛斯。他在桌子底下悄悄伸出手,捏了捏我的膝盖。我都不记得自己上一次这么开怀大笑是什么时候了。他爸爸对自己的俏皮话颇为得意,滔滔不绝地说起了政府的腐败、国外的劣质建筑材料和起伏不定的银行利率。最后,他妻子打断了他,说大家已经听烦了,宣布饭后甜点是馅饼。

饭后,瓦莱丽和她妈妈收拾餐桌,到厨房里洗洗涮涮,我们四个男人却坐在原位。我心想,要是西莉亚看见了,肯定会大翻白眼。不过,后来赛斯也起身去帮忙了,餐桌旁又只剩下了我们三个。

"给你来点酒吧。"他爸爸冲里克和我点了点头,示意我们跟着他走进书房。里面有个吧台,皮革台面,黄铜包边,托架全是亮闪闪的镜面。房梁是一整根黑木,壁炉里堆满了劈成长条的桦木。屋子另一头有张棕色皮沙发,还有几把椅子,对面是一台色彩逼真的平板电视,设成静音状态,正在播篮球比赛。

"里克喝波旁威士忌,今天我也来点——给你倒点什么,亚历克?"他扶着琥珀色的威士忌酒瓶,表带垂在吧台的皮革台面上,等我回答。

"波旁就好。"我说。

他往杯子里放了些冰块,倒了三杯。

"干杯。"他说。这是他第一次直视我,虽然只有一瞬间,然后微微点了点头,似乎允许我进入他认可的圈子。我望向里克,他也点了点头。我们三个举杯相碰。这是男人之间的做法——抿嘴微微颔首,眼神短暂交流。别人冲我点过无数次头,我也冲别人点过无数次头。我猜,这大概是脱帽致意的沿袭吧。但它给我的感觉往往不止如此。它还意味着放弃暴力和威胁,是握手言和的信号。

"干杯。"我回答,意识到他们的身体离我很近。赛斯的爸爸身材魁梧,里克胸膛宽阔,两腿粗壮。这两个我刚刚才遇见的男人,默默地接纳了我,给了我最基本的尊重。在他们眼中,我是个男人,跟所有男人都是竞争关系。

意识到这一点以后,我不再觉得他们是陌生人,精神一下子放松了。我的心里暖洋洋的,突然振奋起来。

他们聊起供应商和房产市场时,我努力听着,但实在听不进去。我看着他们嘴巴在动,眼睛在眨,姿势在变,忽然第一次意识到,这就是为什么我受不了迈克尔。他拒绝像其他男人一样,拒绝跟其他男人竞争,拒绝像我和其他人那样表里不一。我意识到了一个过去不肯承认的事实:我其实也暗暗恨着爸爸,尽管原因恰恰相反——他虽然参与了竞争,但太过软弱,没能取胜。我从小就藏起这份怨恨,但始终没能放下。加上他的突然离世和我对他的深深同情,这么多年来我都不肯承认这一点。

"不过总的说来,"赛斯的爸爸说,"这种生活还不赖。"里克马上对岳父的话表示赞同。

我听见身后传来赛斯的脚步声。没过一会儿,他就站在了我身边,我们的小圈子扩大了。

"赛斯,自己拿个杯子。"他爸爸说。他给我们三个重新斟上酒,给儿子也倒了一杯。

我们四个举起酒杯的时候,他爸爸又冲我点了点头。但这一回,我没有冲他点头。因为有样学样实在太肤浅,太冷淡,就像是在表演,是瞧不起我深爱的人。

所以,我搂住赛斯的肩膀,对他爸爸说:"谢谢您邀请我过来。我非常爱赛斯。"

玛格丽特

我发现,时间对一个地方的影响竟然如此之大。新家一点也没有时间留下的痕迹。比如,我卧室的这块天花板,洒满了九月清晨的阳光,却显得毫无意义。它是新的,就像挂在它中间的灯,透光的双层玻璃窗,还有窗户两边的橱柜。它们承载的意义,远远比不上在沃尔科特的那些老家具。这样很好,就该这样。

剧痛之后,归于肃穆……

迈克尔摘抄了很多诗句,写在一张张纸上,塞在邮差包里,走去哪里都带着。它们大多是展示奴隶制的邪恶,但也有一些是关于音乐、艺术和生活的。去年冬天,他去世几个月后,我读了这些摘抄,被深深地触动了。它就像写给我们但没有寄出的短信,或者在我不再倾听后才说出的话语。

沉静落座,如临坟墓……①

有一段时间,我是靠不停转移注意力才熬过去的。一件事接着一件事,不让自己闲下来。跟房产中介维罗妮卡见面。把屋子打扫干净,等她带买房人过来看。当然,最艰难的一件事是整理迈克尔的遗物。我翻出了他跟债权人的一摞摞通信,还有他亲笔写的还债清单,知道他直到生命的终点还在努力还债。

除了我和迈克尔联名申请的贷款,亚历克只花不到一天工夫就把事情全解决了。只要开份死亡证明,那些债务就一笔勾销了。

接下来是他堆在书房、亚历克以前的房间和地下室里的一箱箱唱片,足有几千张。我的新家没地方放这些东西,但我们也不打算统统扔出去,只好先让它们在仓库里委屈一下,直到给它们找到新主人。只希望它们别被拆散,还能派上用场。

---

① 引自美国传奇女诗人艾米莉·狄金森的诗歌《剧痛后的肃穆》(*After Great Pain a Formal Feeling Comes*)。

新洗手间地上的瓷砖白得刺眼。药柜的柜门是面镜子,能映出雪白的墙面。我以前习惯泡澡,但现在只有玻璃门的淋浴间,挂在玻璃上的水珠闪闪发亮。

你确定要搬家?亚历克一遍又一遍地问我。

我确实考虑过留下来,至少多留一段时间,主要是为了亚历克。因为他费了很大的劲,才让我能保住这栋房子。但我没法在这些房间里再住下去了。

现在,我可以走着去城里购物,在水库周围的林荫道上散步。邻居们都在家里招待过我,我也渐渐跟邮递员混熟了。最棒的是,多萝西过来只用五分钟。我搬家后没几个月,她就告诉我,她受够了郊区的生活,想搬得离波士顿近一点,方便听音乐会和去博物馆。我们每个星期至少要见两次,我对此心存感激。

我冲好澡,换好衣服,蹑手蹑脚地经过客房门口,听见西莉亚和保罗在里面有动静。婚礼前一天晚上,保罗本来可以住他妈妈家的,但他和西莉亚希望一起待在这里。我穿过饭厅,轻轻关上落地门,让挤在折叠床上的亚历克和赛斯好好睡。

我昨天下午就烤好了小松糕,只需要放进烤箱加热一下,再切点水果,打些鸡蛋就行了。我本打算做顿丰盛的早餐,至少给他们的朋友劳拉和凯尔,还有保罗的父母都准备出来,但西莉亚说没必要。等我妹妹从酒店过来,我们六个就可以围着我带来的旧餐桌吃早饭了。除了那张餐桌,我把大部分旧家具都带过来了(亚历克在这里也会犯哮喘,他说罪魁祸首恐怕不是地下室的霉菌,而是地毯里的某种东西)。

"这个交给我吧。"保罗走进了厨房,穿着运动裤和T恤衫。他从料理台上拿了个甜瓜,又从刀具架上抽出一把刀。

"没事的,"我说,"我能行。"但他已经找到砧板,挖起瓜瓢来。

虽然他跟我们一起过了很多个圣诞节,但我很少单独跟他聊天,旁边总有西莉亚或者其他人。今年三月份他们邀请我去旧金山做客的时候,我跟他聊得多了一些。在我和西莉亚看来,他跟平时一样魅力十足,又是给我们做饭,又是安排外出游玩。我猜,女儿嫁给他这种人,有些父母大概会担心,因为他做的工作收入不稳定。但我从来不这么认为,现在更不会这么想。他们终于决定踏进婚姻的殿堂,我高兴还来不及呢。以前他跟迈克尔处得很好,两个人经常有说有笑。每当想起这个,我就非常欣慰。

在旧金山的时候,有一次我们去斯廷森海滩散步。西莉亚跟狗在前面玩,我和保罗跟在后面。我告诉他,我真希望格雷戈里医生、贝奈特医生、格林曼医生和发明那些药的人统统被关进监狱。我从来没有跟任何人说过这种话,就连自言自语都没有。但他坦然接受了,说他理解。

他把掏干净的甜瓜递给我,我削成小块,跟苹果和蓝莓一起搁在碗里。"好了,"我说,"你去忙你的吧,我这边没问题的。"

他见我的机会不多。迈克尔去世都快一年了,他还这么小心翼翼地照顾我,把我当成是沉浸在丧子之痛中的母亲,而我身边的人早就不这么看了。在他们看来,迈克尔去世带给我的伤痛,已经被日常生活冲淡了。

我坐在桌边打鸡蛋,他们四个在屋里转来转去。这是他们第一次在我的新家齐聚一堂。我整个星期都盯着天气预报,祈祷能有个好天气。目前看来,天气似乎还不错。

佩妮终于来了。我们围坐在桌边,等大家都盛好了吃的,我才舀了点水果。亚历克叫我多吃点,赛斯用近乎哀求的眼神看着我,像是替我的儿子向我道歉。直到几个月前,我才见到亚历克的另一半。他彬彬有礼,跟保罗一样小心翼翼地跟我说话,就像我下一秒就会彻底崩溃似的。他看上去年轻得令人不可思议,但其实比亚历克小几岁。他妈妈从来没跟我见过面,却寄来了特别贴心的卡片,对迈克尔致以诚挚的悼念。她完全用不着这么做的。于是,我写给她,说期待早日和她见面。

我一直担心亚历克找不到另一半,因为世界险恶,他又被伤害过。如果他能得到爸爸的认可,也许能安心一些。但我只是他妈妈,觉得自己的孩子哪里都好,所以我的认可对他来说没那么重要。但他已经跟赛斯搬到一起住了,我觉得他现在挺幸福的,虽说他嘴上不承认。

他背负着深深的罪恶感,觉得迈克尔的死是他的错。因为只有这样,哥哥才能在他心里活下去。仿佛只要他不肯放下,迈克尔就会回来听他忏悔。就像不这样,他就会彻底失去迈克尔。

我意识到了一点:虽然迈克尔已经不在了,但我们并没有放弃拯救他。我们肩头的压力变小了,但并没有彻底消失。我们也觉得困惑,只是靠惯性坚持下去。

他们四个聊起了下午会有谁来,婚礼上要放什么音乐,打算带明天晚上才走的朋友去哪里玩,我和佩妮在一边静静听着。当然,我的婚礼是很正式的那种。我妈妈写好并寄出请柬,邀请的大多是我父母的朋友。提前一个星期举办正式晚宴,让我父母和约翰的父母见面。

此外，还有量体裁衣，跟牧师沟通，在教堂彩排。约翰对这一切都很有耐心，也不像我那么反感各种条条框框。但如今这些都没必要了。在西莉亚看来，这些繁文缛节毫无意义。

货车到了以后，他们帮我把东西卸下来，搁在我和邻居共享的小院里。幸运的是，邻居两口子对园艺没什么兴趣，很乐意全权交给我打点。我搬过来才一年，但已经在院子里收拾出一块地方，种了不少花花草草。我希望院子能再大些，尤其是今天。我提议我来出钱，把婚礼办得隆重一些，但西莉亚拒绝了，说这样就挺好，有家人朋友参加就够了，没必要提前一年准备，花上一大笔钱。不过，她接受了我买的浅蓝色齐膝裙和相配的鞋子。

至于鲜花嘛——她让我负责鲜花。佩妮帮我把花摆在后院围栏边的桌子上，还有四排折叠椅的旁边。她应该多派点任务给我的，但他们考虑得很周到，早就把一切都安排好了。

快到中午的时候，凯莉带着租来的扬声器和立体声出现了，在厨房外面的小门廊上调试起来。本和克莉丝汀给她打下手。时隔这么多年，他们还保持来往，着实让我感到宽慰。凯莉如今住在芝加哥，说什么也不让我替她买过来的机票，虽说我觉得这笔钱理应我来出。西莉亚告诉我她邀请了凯莉，她也答应会过来的时候，我开心得不得了。她的样子没怎么变，还是那么优雅、苗条、腼腆。她说会在这边多陪我几天，我们可以一起去仓库清理迈克尔的唱片（她比我们其他人都更懂那些玩意儿）。我整理出了写着她名字的论文，还有他们俩一起制作的小册子，统统交给她保管。我把她介绍给院子里其他客人时，她一直在紧张地微笑。

按照传统,西莉亚在我房间里梳妆打扮的时候,保罗不允许进来。我帮她扣扣子、系项链,能帮什么就帮什么。她长大以后,我就再也没有帮她做过这些事。

我女儿今年三十六岁。我在她这个年纪,已经生下他们三个了。他们已经能在萨默塞特的院子里嬉笑打闹了。但我不指望她也这样,甚至不指望能抱外孙,尽管我的朋友们都已是儿孙满堂。我只希望她能过得开心。

"这耳环配不配?"她问。

那是一副垂着银线的蓝玻璃耳坠,跟她的裙子颜色很配。

她没看我,而是盯着镜子里的自己。

"要是你爸在这里,肯定知道该说点什么。在这样的日子里,我应该说点什么才对。这么多年来,有些话我早该跟你说了。"

她瞄了我一眼,然后转过头去看镜子。"有些话你确实该说的。"她说。

虽然她从不化妆,但今天还是决定涂点口红。她慢慢把口红擦在嘴唇上,然后拿纸巾按了按。

"你知道吗?"她说,"我以前很讨厌圣诞长袜。倒也不是讨厌吧,只是看着就来气。还有圣诞日历也是。那些小玩意儿,不管我们多大了,都要来这么一套。就像你在逃避现实,简直幼稚透顶。"

"我知道,我——"

"妈,你听我说完:我现在不那么想了。我见过很多人,女人和男友、妻子和丈夫、父母和孩子,因为钱的问题、心理问题或者其他问题,关系疏远了,不知该怎么办才好。他们很绝望。你只是努力把我们聚在一起,让一切保持原样。我现在明白了。"

"你要照顾那么多人,真是太不可思议了。真不知你是怎么做到的。"

"你把我们照顾得很好,"她说,"你尽力了。"

我强忍着眼泪,抱住了她:"保罗能娶到你,是他的福气。我心里很清楚。"

她任由我抱着她。"有时候我挺嫉妒你的,"她说,"你对天气情况那么了解,能记住那么多纪念日,又那么享受这些小事。我以前觉得你很幼稚,但其实你很幸运。只要你能开心,就是好事。"

我还没理解她说的话,门就开了。亚历克闯了进来,跑到镜子前面调整领带。

"人都到齐了,"他说,"正屏住呼吸等你们下去呢。"

我不懂这有什么好笑的,只知道这是迈克尔会开的玩笑。也许正是因为这样,我笑了。这惹得他们俩也露出了微笑,接着毫无理由地哈哈大笑起来。

我笑得太厉害,眼泪都掉下来了。我说:"哦,得了,咱们得冷静点。"

"何必呢?"亚历克说。

仪式本身很简短。我挽着西莉亚走过红毯,他们的两个朋友读了几首短诗,凯尔引导他们交换婚誓。最后,大家一起鼓掌,新婚夫妇请客人们在长桌旁就座。桌上已经摆好了香槟杯,雪白的桌布在太阳底下亮得晃眼。倒香槟的时候,酒杯反射着阳光,格外耀眼夺目。本、劳拉和凯莉确保每个人手里都有酒。过了一会儿,亚历克敲了敲酒杯,客人们都安静下来。他为姐姐送上了最美好的祝愿,他们的爸爸要是在场,肯定会为他骄傲的。

天气挺暖和,大家都开始出汗,额头亮闪闪的。他们谈天说地,开怀大笑,享受着这个美好的午后。我知道这个时候应该关注当下,而不是回忆过去,但我实在忍不住。散发着酒香的花园、明媚的阳光和欢乐的人群,让我不禁想起了伦敦英皇大道旁的斯莱德本街,我被一个朋友带去那里参加派对。穿过低矮的走廊,来到后院那片不大的草坪上,我在那里第一次见到了约翰。他穿着条纹裤和格子衬衫,站在似乎是拿床单当桌布的桌子后面,正在调金汤力鸡尾酒。他先给我调了一杯,然后端起他的那杯,绕过桌子,跟我一起喝。那是我们第一次聊天。他是那么彬彬有礼,那么温柔体贴。

回想起这一幕,我并不觉得悲伤,只是忍不住感慨接下来发生的一切。

图书在版编目（CIP）数据

岛上的人／（美）亚当·哈斯特著；王岑卉译．——海口：南海出版公司，2019.2
ISBN 978-7-5442-9284-9

Ⅰ．①岛… Ⅱ．①亚… ②王… Ⅲ．①长篇小说－美国－现代 Ⅳ．① I712.45

中国版本图书馆 CIP 数据核字（2018）第 078210 号

著作权合同登记号 图字：30-2017-170
IMAGINE ME GONE by Adam Haslett
Copyright © 2016 by Adam Haslett
Simplified Chinese translation copyright © 2019
by ThinKingdom Media Group Ltd.
This edition published through Bardon-Chinese Media Agency
ALL RIGHTS RESERVED

岛上的人

〔美〕亚当·哈斯特 著
王岑卉 译

出　　版	南海出版公司　（0898）66568511
	海口市海秀中路 51 号星华大厦五楼　邮编 570206
发　　行	新经典发行有限公司
	电话 (010)68423599　邮箱 editor@readinglife.com
经　　销	新华书店
责任编辑	李玉珍
策　　划	好读文化
封面设计	林　丽
内文制作	一鸣文化
印　　刷	三河市三佳印刷装订有限公司
开　　本	880 毫米 ×1230 毫米　1/32
印　　张	10.25
字　　数	200 千
版　　次	2019 年 2 月第 1 版
印　　次	2019 年 5 月第 2 次印刷
书　　号	ISBN 978-7-5442-9284-9
定　　价	48.00 元

版权所有，未经书面许可，不得转载、复制、翻印，违者必究。